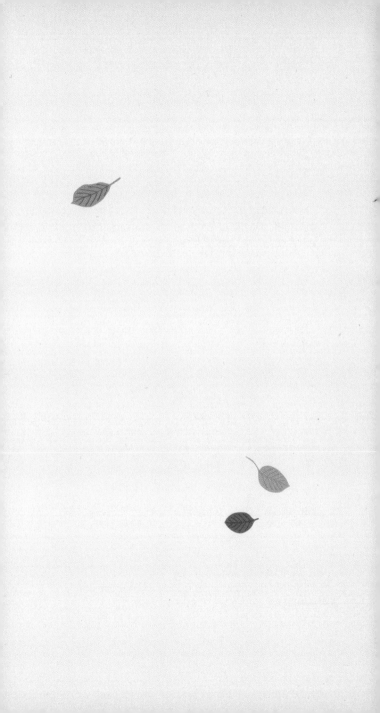

보통의
책읽기

독서, 일상다반사

가쿠타 미쓰요 지음
조소영 옮김

xbooks

3부 ——— 책 읽는 방, 2007~2009

일러두기

이 책의 2부와 3부에는 저자 가쿠타 미쓰요가 2003년부터 2009년까지 각종 매체에 발표한 서평이 실려 있다. 각 서평의 제목 아래에는 서평의 대상이 된 책들의 제목이 실려 있는데 국내에 번역 출간된 경우는 ■로, 미출간된 경우는 □로 표기했다. 자세한 서지사항은 이 책의 권말에 원서정보와 함께 따로 정리해 두었다.

1부

책이 있는 세상이라 다행이야

책은 사람을 부른다

—

평범과는 약간 거리가 있는 듯 보이는 커플을 보며, 주변 사람들은 "그 사람들 좀 특이하지", 혹은 "정말 서로 좋아하는 걸까" 등 자기들 좋을 대로 아무 말이나 늘어놓다가 마지막에는 "둘이 좋다니까" 하고 넘어가는 경우가 꽤 많다. 교제하는 두 사람 사이의 일은 그 두 사람이 아니면 알 수 없다. 이상해 보여도 아마 그 사람들은 그렇게밖에 할 수 없기 때문일 것이다.

하지만 '평범한 연인', '평범한 부부'라는 게 어떤 건지 역시 우리들은 알 도리가 없다. 교제라는 건 지극히 개인적인 것이라 내가 주체가 되는 이상 나의 교제력(交際歷)을 기준으로 생각할 수밖에 없고, 그렇게 되면 아무래도 기준이 한쪽으로 치우치게 된다.

나는 헤어진 연인과 거의 대부분의 경우 친구가 된다. 지금 사귀는 사람과도 만나게 하고, 단둘이 술을 마시러 가기도 한다. 나는 그런 게 보통 있는 일이라고 생각해 왔다. 그렇지 않은가. 다시는 만나지 않겠다는 게 어쩐지 더 부자연스럽게 느껴진다. 아직 미련이 남아서 만나게 되면 마음이 흔들리니까 만나지 않겠다는 것 같지 않은가. 나는 헤어진 사람에게는 미련도 없고, 만나서 달라질 것도 없으니까 자연스럽게 친구가 된다. 하지만 친구들 중 몇몇은 나의 그런 생각을 이상하다고 했다. 옛 연인을 만나야 하는 현재의 남자친구가 아무렇지 않을 리가 있냐는 거다. 하지만 현재의 남자친구도 옛 연인을 만나게 하는 게 보통이라면 아무 문제도 없다. 옛 연인과 친구가 되는 게 이상하다고 생각하는 사람은 옛 연인과는 헤어진 후 만나지 않는 게 보통인 거다.

하지만 이 경우에 '보통'이라는 건 커플 양쪽 모두의 공통된 인식이어야 한다. 옛 연인과 친구가 되는 게 보통인 나의 현 남자친구도 그게 보통이라고 생각하지 않으면 왠지 싫은 기분이 들겠지. 옛 연인과 헤어진 후 만나지 않는 게 보통인 사람의 연인은 자신도 같은 행동을 강요당하게 된다.

그렇게 두 사람 사이에서만 허용되는 '보통'이 형성된다. 하지만 그건 최대공약수의 '보통'이며, 모두에게 통용되지 않는다. 어쩐지 주절주절 답답한 얘기를 쓰게 됐는데, 내가 말하고 싶은 건 책과의 관계도 그와 꼭 닮았다는 것이다.

스포츠를 한다, 게임을 한다, 레스토랑에서 맛있는 음식을 먹는다, 온천에 간다, 나에게는 그런 것과 책을 읽는다는 것은 그다지 다를 게 없는 것처럼 느껴진다. 스포츠를 하지 않아도, 게임을 하지 않아도, 맛있는 음식을 먹지 않아도, 온천에 가지 않아도 아무 문제없이 살 수 있지만 사람들은 무언가 다른 걸 추구하며 그러한 행위를 한다. 그 속에 책을 읽는다는 행위도 포함된다. 나는 책을 읽는 것은 그러한 행위 중에서도 가장 특수하고 개인적이라고 생각한다. 그렇다, 누군가와 1대1로 교제하는 정도로 말이다.

나와 책의 사귐은 무척 길다. 초등학교에 진학하기 전에 책과의 밀월이 있었다. 그 후에도 책을 계속 읽어왔지만 진정한 의미의 밀월은 그때뿐이었다고 생각한다.

어린이집에 다니던 나는 다른 아이들보다 발달이 꽤 느려 제대로 말을 못했고, 제대로 놀지도 못하다 보니 필연적으로 친구가 한 명도 없었다. 친구 없는 아이에게 쉬는 시간은 매우 고통스러웠다.

쉬는 시간이나 엄마가 데리러 오기를 기다리는 동안, 고통에서 도망치기 위해 줄곧 책만 읽었다. 대부분이 그림책. 글자도 제대로 쓸 수 없었으니 문자보다 그림이 많은 책을 펼쳤다.

책은 고통을 싹 없애 주었다. 책은 펼치기만 하면 곧바로 읽는 이의 손을 잡고 다른 세계로 데려가 준다. 혼자만의 시간, 어린이집에 있으면서 다른 세계로 갈 수 있다는 건 정말 고마운 일이었다. 친구가 없다거나 모두가 할 수 있는 일이 왠지 되지 않는 것도 다른 세계에서는 잊어버릴 수 있었다. 아니, 그 세계에서는 그런 건 애초에 전혀 상관없는 일이었다.

읽는 것만으로는 성에 차지 않아 흑백 그림책에는 크레파스로 색을 칠하고 컬러 책에는 나의 분신을 그려 넣거나 동물을 그려 넣기도 했다. 그러면서 책 속의 세계는 점점 가까워져 나중에는 책에 쓰인 세계가 그대로 내 것이 되어 버렸다. 나만을 위해 쓰인 책, 나만을 위해 존재하는 세계.

초등학교에 올라가 조금은 발달이란 걸 했는지 드디어 나도 다른 아이들이 할 수 있는 것을 할 수 있게 되었다. 친구도 생겼다. 쉬는 시간에는 책을 읽는 것보다 친구와 흙먼지투성이가 되어 운동장을 뛰어다니는 게 훨씬 즐거워졌다.

하지만 나는 책을 손에서 놓을 수 없었다. 학교에서 돌아오면 바로 책을 펼쳐드는 매일이었다.

책의 가장 재밌는 점은 그 작품 세계에 들어간다는 것, 그게 전부라고 나는 생각한다. 한 번 책의 세계에 빠져들어가는 흥분을 느끼고 만 인간은 평생 책을 읽게 된다. 그리고 나는 그 가장 원시적인 기쁨을 어린이집 시절 이미 알았다.

옷을 사러 간 백화점에서 옷은 필요 없으니까 책을 사달라고 엄마를 졸랐던 기억이 난다. 책만 쥐여 주면 얌전해지니까 부모님은 책이라면 얼마든지 사주셨다. 나는 정말 책에 한해서는 그 이상 없을 정도로 분에 넘치는 경험을 하며 자라났다. 외국의 이야기, 일본의 이야기, 옛날이야기, 유령이나 요괴가 나오는 이야기, 위대한 실존 인물의 이야기, 읽을 게 없으면 작은 새를 기르는 방법, 거미의 생태에 이르기까지 닥치는 대로 집어 들고 페이지를 넘겼다.

내가 사는 집 옆에는 작은 서점이 하나 있을 뿐이었다. 거칠게 말하자면 시골에 있는 많은 서점이 그렇듯 책을 팔지 않는 서점이었다. 파는 것은 만화와 주간지, 여성지에 만화잡지, 그리고 문방구, 계산대에는 향기 나는 지우개 상자가 있고, 그 옆에는 손뜨개 세트가 있는.

버스를 타고 도심에 나가면 책을 파는 서점이 있었다. 엄청나게 큰 서점. "옷은 필요 없어, 책을 사줘" 하고 조르던 시절, 엄마가 데려간 곳이 이 서점이었다. 그곳은 요코하마역으로 이어지는 지하도, 조이너스에 있는 유린도[有隣堂, 일본의 대형서점 체인 중하나]였다. 유린도는 어린 나를 유원지처럼 매료시켰다. 어린이 옷 가게 따위보다 훨씬 흥분되는 장소였다.

'책이 있다'는 이유로 학교에서 가장 좋아하는 장소도 도서실이었다. 지금도 생생히 기억하고 있는 노란 융단카펫, 다 읽을 수 없을 정도로 많은 책, 유리창과 창으로 들어오는 햇살, 사서 선생님의 목소리와 웃는 얼굴까지도.

초등학교 2학년 때 처음으로 재미없는 책과 만났다. 그 책은 내가 입원하고 있을 때 숙모에게 받은 것이었다. 책이라면 뭘 준다고 해도 좋았으니 받자마자 읽었는데 무슨 소린지 전혀 이해할 수 없었다. 나에게 있어 '재미없다'는 건 곧, 이해할 수 없다는 것이었다.

그 책은 바로 생텍쥐페리의 『어린 왕자』. 대형판에 컬러책이었다.

끝까지 읽은 후 재미없다는 결론을 내린 나는 그 책을 내팽개치고 다른 책을 읽기 시작했다. 혼자 입원한다는 건 쓸쓸하고 지루했지만 그래도 계속 책을 읽을 수 있다는 게 즐거웠다. 이해가 안 되고 재미없는 『어린 왕자』는 그때를 마지막으로 어딘가에 처박혔다. 퇴원할 즈음에는 그런 책 따윈 깨끗이 잊어버렸다.

한 권 정도 재미없는 책을 만난 걸로 책과 멀어질 리가 없다. 그 후에도 나는 도서관에 들락거렸고, 조이너스 유린도에 흥분했다.

중학생, 고등학생이 되어서도 책을 읽었다. 읽긴 읽었지만 어린이집이나 초등학교 시절의 밀월과는 조금 방식이 달라졌다.

지금 생각해 보면 그 당시에는 책의 세계보다도 현실이 훨씬 정신없었다. 나는 너무나 작은 세계에 살고 있었지만 그래도 나 자신, 내 나이, 하루하루, 친구, 매일 일어나는 사소한 사건들과 필사적으로 타협해야 했다. 간단히 말하자면 책보다 새 옷을 더 갖고 싶었고, 유린도보다 두근거리는 장소가 도처에 나타났다.

그래도 가장 좋아하는 수업은 국어였다. 거의 모든 수업이 이해가 안 되는 중에 교과서에 실린 소설에 눈을 두고 있으면 책상 앞에 있다 하더라도 다른 세계를 여행할 수 있었다. 지금도 소설과 문학을 좇으며 내가 살짝 엿본 다른 세상의 감촉이 생생하게 떠오른다. 나쓰메 소세키의 『마음』의 어두운 다다미방과 자갈길, 『라쇼몽』의 폐허와 어둠, 『기노사키에서』의 햇살과 벌레의 사체. 한문 수업마저도 좋았다. 술술 읽히지 않는 한자의 나열을 보고 있다 보면 시간도 공간도 뛰어넘은 다른 세상이 불현듯 눈 앞에 나타나 나를 덥석 삼켜 버리니까.

그 뒤 고등학교 2학년 때, 친하게 지내던 친구가 책 한 권을 주었다. 그림이 실린 작은 책이었다.

나는 단숨에 그 책을 읽고 대단한 책이라고 생각했다. 나를 다른 세계에 데려다주는 것뿐만 아니라 여러 가지를 생각하게 하는 책이었다. 이렇게 훌륭한 책이 있다니. 하지만 어디선가 읽었던 느낌이 난다. 어디에서 읽은 걸까. 좀처럼 기억나지 않다가 어느 날 갑자기 기억을 떠올리고 깜짝 놀랐다.

그 책은 내가 초등학교 2학년 때, 병원 침대에서 재미없다고 내던졌던 『어린 왕자』였던 것이다.

컬러판 『어린 왕자』를 가져다주셨던 숙모는 내가 중학교 1학년일 때 돌아가셨다. 숙모가 준 그 책도 이제는 찾을 수 없다. 하지만 그 책에 쓰인 내용을, 그 이야기를, 이야기의 세계를, 단어 하나하나를 이해했을 때 다시 한 번 숙모에게 책을 받아든 것 같은 기분이 들었다. 나에게는 9년이라는 시간을 뛰어넘어 다시 건네받은 선물처럼 느껴졌다.

그후, 재미없는 책을 읽게 되더라도 '시시하다'고 단정하지 않게 되었다. 이건 역시 사람에 대해서도 똑같다. 백 명이 있으면 백 개의 개성이 있고, 백 가지 얼굴이 있다. 시시한 사람은 없다. 유감스럽게도 성격이나 외모 취향이 맞지 않는 사람이 있긴 하지만, 그것은 상대방이 해결해야 할 문제가 아니라 내가 안고 가야 할 문제다. 시시한 책은 내용이 시시한 게 아니라 나와 잘 맞지 않거나, 나의 협소한 취향에서 벗어났거나 둘 중 하나일 뿐이다. 그렇게 시간이 흐르고 보면 맞지 않는다고 생각했던 상대방과 뜻하지 않은 계기로 무척 가까워지는 경우도 있고, 취향이 확 바뀌는 경우도 있다. 시시하다고 치워 버리는 것은 (글을 쓴 인간에 대해서가 아니라) 쓰인, 이미 존재하고 있는 책에 대한 예의가 아니다.

그건 그렇고, 약간 책과 거리를 두게 된 나는 대학생이 되어 엄청난 문화적 충격을 맛보게 된다. 나는 문학부 문예과에 진학했는데, 어학과의 동기도 문예과의 동기도 나보다 오십 배는 더 책을 많이 읽었을 것 같은 사람들뿐이었던 것이다.

그들이 아무렇지 않게 얘기하는 작가의 이름을 나는 모른다. 그들의 입에 오르내리는 책 제목을 들어 본 적도 없다. '책이 좋다', '소설가가 되고 싶다'고 생각하며 이 대학 이 학과에 진학했는데 내가 읽어 왔던 책 따위는 고려의 대상조차 되지 않는다니, 이게 무슨 꼴인가.

충격을 받은 나는 책에 대한 얘기를 하는 사람과는 친구가 되지 않도록 주의했다. 나만 상처받을 게 뻔하니까. 농담 아니면 연애담을 즐기는 사람들하고만 몰려다니며 놀았다. 그러면서

귀에 들어온 모르는 작가, 모르는 제목의 책을 몰래 탐독했다.

조이너스 유린도가 세계 서점이었던 나지만, 행동범위가 넓어짐에 따라 세계는 훨씬 넓어졌다. 신주쿠의 기노쿠니야 정도는 농담 수준이었다. 이케부쿠로의 파르코북센터(현재 폐점)는 여기에서 살고 싶다고 갈망할 정도였다. 학교 안에도 꽤 큰 서점이 두 곳 있었다. 학교에서 가장 가까운 역에도 한번 들어가면 밖으로 나가고 싶지 않은 서점이 있었다.

어쩌면 무지했던 덕분에 난 이 시기 진심으로 좋아하는 책과 만나게 되었다는 생각이 든다. 과 동기들이 잘난 척하며 얘기하는 작가의 소설이 나에게는 재밌지 않았다. 그래서 그들의 입에 오르내리지 않는 작가들만 골라 닥치는 대로 읽었다. 내가 다니는 대학은 헌책방 거리와 가까웠기 때문에 기노쿠니야나 파르코북센터뿐만 아니라 헌책방에도 자주 다녔다. 가게 앞 진열대에 있는 이름도 몰랐던 작가의 싼 책을 사 읽었다. 여러 작가의 소설이 실린 작품집을 발견하면 엄청난 횡재라도 한 기분이었다. 작가 다섯 명의 소설을 읽으며 좋다는 생각이 드는 작가를 한 명이라도 만나게 되면 정말 행운이었다. 그 작가의 이름을 외워 대형 서점에 가면 그 작가의 저작을 몇 권이고 발견할 수 있었다.

문화적 충격을 받았던 대학을 졸업하고 1년 뒤, 나는 글 쓰는 일을 업으로 삼게 되었다. 글을 쓰게 되니, 그것대로 대학 시절과는 비교도 안 될 정도의 문화적 충격을 느끼게 됐다. 동업자도 편집자도 모두 나보다 연상이고, 그들이 이야기하는 작가도 책 제목도 또 다시 나에게는 통 알 수 없는 것들뿐이었다. 동기들이 오십 배였다면, 이 사람들은 나보다 오백 배는 더 많은 책을 읽어 왔다. "누구누구 작품은 읽었어?" 하는 물음에 솔직하게 "그게 누구죠?" 하고 되물을 수밖에 없었고, 그럴 때 편집자는 멍한 얼굴로 나를 쳐다봤다.

또 똑같은 일의 반복이다. 보고 들은 이름을 외워 몰래 구해 읽었다. 알게 돼서 다행이야 하고 뛸 듯이 기뻐지는 작가를 만날 때도 있는가 하면, 내가 너무 유치해서인지 이해가 안 되는 작품도 있었다.

생각해 보니 그렇게 문화적 충격을 느꼈던 것도 벌써 15년도 더 된 일이다.

지금 나는 이야기를 따라잡기 위해, 순수하게 지식을 쌓기 위해 책을 읽지는 않는다. 15년을 걸려 깨달았다. 세상에는 나보다 오백 배, 천 배 책을 읽은 사람이 있고, 그런 사람을 따라잡으려고 하는 건 소용없다. 그렇게 뒤만 좇을 바에야 지식 따위 없어도 상관없다. 나를 부르는 책을 한 권 한 권 읽는 편이 낫다.

그렇다, 책은 사람을 부른다.

서점 통로를 걸으면 나에게만 말을 거는 속삭임을 들을 수 있다. 나는 그 속삭임에 충실하게 책을 뽑아든다. 그렇게 만난 작가가 여러 명 있다. 연인은 한 명인 게 바람직하지만, 책의 경우는 세 명, 네 명, 아니 열 명이라도, 나와 잘 맞는 '엄청 좋은' 상대를 발견한다고 해도 아무런 문제가 되지 않는다. 그런 상대는 늘어나면 늘어날수록 더 행복해진다.

책이 있는 장소는 도서관이든 헌책방이든 대형 서점이든 어린 시절의 유린도와 다를 바 없이 나를 두근거리게 한다. 나에게 있어 네 살 때 손에 쥔 그림책도, 어제 읽은 패트리샤 하이스미스도 지금 다시 읽고 있는 하야시 후미코도 모두 똑같다. 글자를 눈으로 좇는 것만으로도 그 책은 내 손목을 붙잡고 미지의 곳으로 나를 데려다 준다. 그 구석구석을 보여준다.

너무나 재미있는 책을 만나게 되면, 읽으면서 나는 곧잘 이런 생각을 한다. 만약 이 책이 세상에 존재하지 않았다면, 나는 과연 어떻게 하고 있었을까. 세상은 아무것도 변하는 게 없겠지만 이 책이 없었다면, 그 책을 만나지 못했다면, 내가 보는 세상에는 색 한 가지가 빠져 있는 채였을 게 분명하다. 그러니 이 책이 있어 다행이야. 고마워. 친구가 없고, 모두가 할 수 있는 일을 못 하던 미숙했던 작은 아이처럼 그런 생각을 한다.

미의 신앙자 가와바타 야스나리

—

고등학교 1학년 때 『이즈의 무희』 감상문을 써야 했다. 나는 '엄청 재미없다'고 썼다. 엄청 재미없다고 생각했던 인용 부분도 기억난다. 자신에 대해 무희들이 수군거리는 것을 주인공이 듣고 있는 장면이다.

　"좋은 사람이야."

　"그래, 맞아. 좋은 사람 같아."

　"정말로 좋은 사람이야, 좋은 사람이라 좋겠어."

　이 대화처럼 지루한 것도 없을 거다라고 썼다. 일단 우리들이 살고 있는 지금 이 시대에 이렇게 무의미하고 태평한 소리를 나누고 있는 사람은 없다. 그러니 현실감이 느껴지지 않는다. 그리고 이 소설이 명작이란 소리를 듣는 건 이러한 대화가 지극히 평범하게 성립되는 시대에 한해서일 것이다라고도 썼다. 그 감상문을 선명하게 기억하고 있는 이유는 툴툴 화를 내며 썼기 때문이다. 감상문을 쓰게 하려면 감상문이 쓰고 싶어지는 작품을 읽혀야 마땅하다고, 그런 기분을 담아 쓴 것이었다.

그후, 나는 가와바타 야스나리의 책에는 얼씬도 하지 않았다. '엄청 재미없는' 작가일 거라고만 생각했다.

그러나 시시한 건 『이즈의 무희』가 아니라 나 자신이었음을 깨달은 것은 감상문을 쓰고 15년이 지난 후 스리랑카에서였다.

스리랑카로 휴가를 떠나기 직전, 편집자가 가와바타 야스나리의 문고본을 줬다. 『호수』였다. 이 책을 들고 여행을 떠났다.

문고본은 여행의 필수품이다. 특히 나는 대체로 혼자 여행을 떠나 시간이 넘친다. 그러니 가져간 책은 마치 함께 여행하는 친구 같은 존재다. 그 책이 나에게 (혹은 여행하는 장소에) 맞지 않으면 약간 비참한 기분이 든다. 방대한 시간, 나 홀로 남겨진 것 같은 불안과 고독이 뒤섞인 기분을 계속 질질 끌고 가게 된다.

캔디(Kandy)에 있는 오래된 호텔, 감기에 걸려 하루 종일 침대에서 뒹굴며 가와바타 야스나리를 읽었다. 어느 한 구절을 보며 감탄했다. 머리에 얼음물을 끼얹은 것처럼 놀랐다. 읽기 시작한 지 얼마 되지 않았을 때였다.

여관 접대부 피부의 윤기가 너무나 가까워 긴페이는 눈을 감았다. 목수가 사용할 법한 못 상자에 자잘한 못이 가득 담겨 있는

것이 눈에 보였다. 못은 모두 날카롭게 빛나고 있었다. 긴페이
는 눈을 떠 천장을 바라보았다. 하얗게 칠해져 있었다.

'못'이라는 것은 이 소설과 아무 관계도 없다. 비유도, 복선도
아니다. 느닷없이 그 광경이 나와 슥 사라지는 것뿐이다. 하지만
이 부분을 읽으니 아직 이야기는 아무것도 시작되지 않았는데,
아름다운 여자의 뒤를 쫓는 버릇을 가진 전직 고등학교 교사 긴
페이의 단순하지 않은 과거와 불온한 미래, 터키탕에 갑자기 들
어간 현재의 심경 모두를 한 번에 이해할 수 있었다. 그리고 본
적도 없는 터키탕이라고 불리는 장소의 습도와 온도, 창으로 쏟
아지는 빛의 정도나 타월의 감촉을 생생히 체험한 느낌이었다.
독자는 아마 이야기를 읽으면서 **못** 상자 속에서 **날카롭게 빛나**
는 **못**이라는 순간의 광경을 몇 번이고 몇 번이고 플래시백처럼
느끼게 될 것이다.

영상에서는 종종 이런 신이 있다. 이야기와 전혀 관계없는 이
미지를 순간 끼워 넣어 으스스한 느낌이나 긴장감을 더하는 것
이다. 그렇게 가와바타 야스나리는 영상보다 더 분명하게, 영상
보다 더 아름답게, 영상보다 더 강렬하게 그 광경을 독자의 내면
에 밀어 넣는다. 이렇게 짧은 단어의 연결로.
이 소설을 읽는 동안 캔디의 호텔은 캔디가 아니었다. 긴페이
가 모르는 여자의 뒤를 쫓는 것처럼 나도 숨죽이며 긴페이의 뒤

를 걸었다. 정체를 알 수 없는, 종잡을 수 없는 망망한 그곳은 긴 페이와 히사코가 있는 이야기의 편린이었다.

결과적으로 말하자면 『호수』는 그 여행에 아주 잘 맞았다. 무척 우수한 여행 친구였다. 여행하면서 유적지에서, 음력설의 한산한 거리에서, 화려한 번화가에서도 몇 번이고 반복해서 읽었다. 그러면서 깨달은 게 있다. 쇼와 30년(1955년)에 간행된 이 소설은 케케묵은 느낌이 조금도 없다. 부랑자와 싼 술집이 넘치는 우에노의 지하도는 가난한 시절의 도쿄가 아니라 지금도 어딘가에 있는 거리다. 이 소설이 끝까지 일관되게 보여 주는 시대와 장소를 한정하지 않는 새로움은 앞서 예로 들었던 못의 묘사에서 비롯되지 않았나 하는 생각이 든다.

이 작가는 고등학생 시절의 내가 '엄청 재미없다'고 단정했던 작가와 같은 사람인가? 그런 생각을 하며 여행에서 돌아와 『이즈의 무희』를 다시 읽었다. 고등학생인 내가 썼듯이, 대단할 것 없는 이야기였다. 사건도 없고, 충격적인 일도 없다. 하지만 앞에서 언급했던 대화를 두고 왜 무의미하고 태평하다고 단언했던 건지 내가 생각해도 이상했다. '감정의 움직임을 툭 하고 어린애처럼 내던지듯이 보여 주는' 그 대화야말로 주인공인 대학생과 무희들 사이의 메울 수 없는 간격이고, 그 간격에서 독특한 아름다움이 생겨나는데 말이다.

하지만 고등학교에 막 진학했던 내가 '엄청 재미없다'고 했던 것도 한편으로는 이해도 된다. '감정의 움직임을 툭 하고 어린애처럼 내던지듯이' 따위 떠들어 봤자 무슨 소린지 알아들을 리가 없다. 한밤중에 오목 두기, 샤미센 연습, 짧게 나누는 대화가 '고아 근성 때문에 비뚤어진' 학생과 유랑 예인들의 거리를 조금씩 좁혀간다. 그 고요하면서 농밀한 시간의 흐름을 학교와 집이 세계의 전부였던 내가 이해할 수 있을 리가 없었다.

어른이 되지 않으면 가와바타 야스나리를 읽을 수 없다. 성숙이라는 의미가 아니다. 이 세상에는 추악한 것이나 번잡한 것, 절망과 불안과 질투와 체념 같은 것들이 소용돌이친다. 그러한 것들, 혹은 그러한 낌새를 머리가 아닌 몸이 알지 못하면 그의 소설은 읽을 수 없다. 그러한 것들을 최대한 격리한 학교라는 울타리 안에 있는 아이가 '엄청 재미없다'라고 느끼는 것도 무리는 아니다.

가와바타 야스나리라는 작가는 미(美)라는 것을 신처럼 믿으며 숭배한 사람이 아니었을까. 세상 어딘가에 절대적인 미가 있고, 우리들은 그것을 손에 넣기는커녕 건드릴 수조차 없다. 하늘을 바라보며 그 너머에 보이지 않는 신을 마음에 그리고, 나의 비소함과 죄악을 뼈저리게 느끼며 깊이 고개를 숙이는 것처럼.

신은 작은 곳에 임한다. 경건한 신앙자는 거지나 노인이나 방치된 풍경에서 신을 본다.

가와바타 야스나리에게 있어 미 또한, 세상의 수많은 곳에 그 편린을 흩뿌린다. 그것은 젊은 여자의 육체에, 다기(茶器)에, 순진무구한 마음에, 정(情)에, 기적과 같은 사람과의 관계에, 순간의 광경에 징표처럼 나타난다. 그 징표 앞에서 이 작가는 엎드려 두려워하며, 두려워한 나머지 있는 힘을 다해 자신의 추함을 찾는다. 추함을 찾아내고 나서야 겨우 얼굴을 들지만, 직시하지 못한 채 손가락 사이로 탐하듯 엿본다. 「한 팔」이라는 단편에서 여자의 팔의 아름다움을 묘사하는 그 집요함은 대단하다.

팔과 이어지는 부분이라고 해야 하나, 어깨 끝이라고 해야 하나, 그곳에 봉긋한 곡선이 있다. 아름답고 날씬한 서양 여자가 가진 곡선으로, 일본 여성에게는 드물다. 그게 이 여자에게는 있었다. 어렴풋하고 때 묻지 않은 빛의 구형(球形)처럼 청순하고 우아한 곡선이다. 여자가 순결을 잃으면 얼마 지나지 않아 그 사랑스러운 곡선도 무뎌진다. 늘어지고 만다. 아름다운 여자의 인생에서도 찰나의 아름다운 곡선이다. 그게 이 여자에게는 있었다. 어깨의 이 가련한 곡선에서 여자 몸의 가련한 모든 것이 느껴진다. 그렇게 크지 않고 손에 들어오는 가슴의 곡선에도 수줍어하며 달라붙는 듯한 단단함, 부드러움이 있었다. 여자의 어깨 곡선을 보고 있으면, 나에게는 여자가 걸을 때의 다리도 보였다.……

여기에서 더, 어깨의 곡선에 대한 묘사는 장장 한 페이지에 걸쳐 이어진다.

이 작가는 여자의 육체 부분부분을 다른 작품 속에서도 자주 묘사하고 있는데, 그것은 소설의 부분이라기보다는 갑자기 시작한 스케치처럼 느껴져 무척 흥미롭다. 그것은 관능을 불러일으키는 장치도 아니고, 이야기를 위한 필연적인 부분도 아닌 그저 눈앞에 있는 실물에 대한 정교한 스케치다. 마치 한 개의 못처럼 그것은 어디에도 어우러지지 못하고 홀쩍 나타났다가 홀쩍 사라진다. 그렇게 이야기와는 전혀 상관없는 듯 느껴지는 그 스케치가 이야기 전체의 톤과 경향을 좌우한다.

그리고 더 흥미로운 것은 간결하면서도 참신한 작가 특유의 언어가 일단 이 스케치가 시작되자마자 몰개성적이고 세련되지 않고 평범함마저 느껴진다는 것이다. 그가 여자의 어느 부분을 그려낸다고 해도, 아름답다고 강조해도 독자는 결코 음탕한 기분이 들지 않을 것이다. 그가 그려내는 아름다움과 관능은 서로 극과 극에 놓여 있는 것은 아닐까. 추함을 그려낼 때 이 작가의 필치는 더 날카롭고 관능적이다.

앞서 말한 「한 팔」의 스케치는 너무 집요한 나머지 우스꽝스럽게 느껴질 정도라 처음 읽었을 때 나는 웃음이 터져 버렸다. 하지만 이 작가가 미의 열정적인 신앙자였음을 생각하면 이해할 수밖에 없다. 신앙자에게는 틈으로 엿본 기적을 충실하게 재현해 전달해야 할 의무가 있다. 다섯 개의 빵과 두 마리의 물고기로 남자 오천 명이 배부르게 먹고도 열두 바구니의 빵 부스러기가 남았고, 일곱 개의 빵과 조금밖에 없는 작은 물고기로 사천 명의 군중이 배불리 먹고 일곱 바구니의 빵 부스러기가 남았다고, 신의 존재를 알아 버린 인간은 구체적인 숫자를 들어 정확하게 묘사해야 할 의무가 있다. 이렇게 가와바타 야스나리는 미를 그렸다.

고등학생인 내가 지루하다고 썼던 무희들의 대화는 이런 의미로 역시, 미 그 자체였다.

강한 소설

—

중고등학생 시절, 나는 다자이 오사무에 푹 빠져 있었다. 내가 늘 안고 있는, 하지만 말로 할 수 없는 응어리진 기분을 이 작가는 적확한 언어로 표현해 준다고 생각했다. 너무나 좋아했던 탓에 예전에 죽은 이 작가가 지금 여기에 있는 나를 위해 소설을 써 준 거라는 착각까지 품었다.

십 대 시절 친구들도 가족들도 문득 싫어지고, 하지만 미움받고 싶지 않은 나머지 생긋거리며 말을 섞는 내가 꼴사나운 위선자 같았다. 그런 내가 부끄러웠고, 살아간다는 건 수치를 더해가는 것이라고 생각했다. 늘 타인의 말이나 행위의 이면을 보려 했고, 상처 받는 것에 지나치게 민감했다. 그리고 죽음이라는 것이 가까이에 있었다. 그 죽음은 현실적인 죽음이 아니라 좀더 무르고 어수룩한 죽음이었다. 중학생 때부터 고등학생 때에 이르기까지 가까운 사람 넷을 잃었지만, 그 죽음과 내가 매료된 죽음은 어디까지나 별개의 것이었다.

그런 식이었으니 다자이 오사무가 갖고 있는 패배의 기운에 끌렸던 것 같다.

당시 다자이 오사무를 탐독하던 나에게 어머니는 이렇게 말씀하셨다. "나는 다자이 따위 정말 싫어. 계집애 같은 응석받이잖아. 그런 작가 책을 잘도 읽는구나."

그때 난 '아아, 우리 엄마는 감성도 감수성도 없구나' 하고 생각했다. 그 정도로 좋아하는 다자이 오사무였지만 당시 잘 이해가 안 되는 소설이 있었다. 다른 소설만큼 몰입이 잘 되지 않아딱 한 번 읽고 나서 흠, 하고 내던져 버렸다. 바로 『사양』이다.

귀족 출신이었던 어머니와 딸 가즈코가 몰락 후 이즈로 이사한다. 징병갔던 남동생 나오지는 귀국 후 술과 약에 빠져 방종한생활을 한다. 생계를 이어갈 방도가 없어 곤궁한 생활을 하는 중에 마지막 귀족이었던 어머니가 결핵으로 숨지고, 나오지도 자살하고 만다. 나오지를 통해 알게 된 우에하라를 사랑하게 된 가즈코는 그의 아이를 갖고, 우에하라가 기혼자임에도 불구하고아이를 낳기로 결심한다.

어려운 소설은 아니다. 스토리가 확실하고 앞으로 어떻게 될지 궁금해 페이지를 넘기고 싶어진다. 그런데 다 읽고 난 십 대의 나는 '잘 모르겠어'라는 결론에 도달했다. 누구에게도 감정이입이 되지 않았다. '맞아 맞아, 그렇지' 하고 무릎을 치게 되는문장도 만날 수 없었다. 그렇게 잘 모르겠다는 결론을 내린 채

『사양』을 다시 펴는 일은 없었다. 『여학생』이나 『인간실격』, 『굿 바이』, 『어릿광대의 꽃』은 몇 번이고 다시 읽었는데 말이다.

이십 대가 되어 나는 갑자기 다자이 오사무가 좋다고 말하고 싶지 않아졌다. 어쩐지 좀 부끄러운 느낌이 들었다. 어머니가 말했던 '계집애 같은 응석받이'스러운 부분이 눈에 띄기 시작했던 것 같다. 이 작가의 섬세함, 민감함, 자의식, 죽음에의 동경, 패배의 기운, 그러한 것이 성가시게 느껴졌고, 그런 '성가심'에 몸을 담그고 있던 내가 부끄러워졌다. 그 이후 좋아하는 작가는? 이라는 질문에 절대 그의 이름을 대지 않았다.

마치 봉인한 것처럼 책장에 꽂아두었던 다자이 오사무의 문고본을 오랜만에 다시 읽어 보았다. 먼저 손에 든 것은 『사양』이었다. 이십 년 전 '잘 모르겠다'고 결론내린 책. 읽기 시작하고 깜짝 놀랐다. 물론 그때도 나는 누구에게도 감정 이입을 하지 못했고, '맞아 맞아, 그렇지' 하고 무릎을 치지는 않았다. 하지만 감정 이입이나 공감 따위는 사실 사소한 감상 중 하나에 지나지 않는다는 것을 깨달았다. 소설의 매력이라는 것은 그런 부분에만 있는 것이 아니다. 등장인물 중 어떤 한 사람에게도 친근감을 느낄 수 없다 해도, 마음 깊이 공감하는 문장이 없다 해도 우리들은 그 이야기에 푹 빠져들 수 있다. 삼십 대의 나는 『사양』에 그야말로 푹 빠져들었다.

어머니와 딸의, 과거의 우아함을 남긴 아름다운 생활이 점점 영락하고 찌들어 간다. 그에 대한 상징처럼 가즈코는 추접한 주정뱅이 우에하라에게 끌리게 된다. 서서히 소설에는 생생한 인간다운 냄새가 감돌기 시작한다. 아름답게 장식한 겉모습이 점점 벗겨져가듯 삶의 정체가 가즈코 앞에서 파헤쳐진다.

삶은 어렵고 성가시며 모순적이고 잔혹하다라는 것은 이 작가의 기본적인 인식이기도 하다. 다자이 오사무의 소설 중에 삶 그 자체가 반짝거리는 무언가라고 쓰인 것은 없지 않은가(먼 저편에 반짝거리는 것을 보는 경우는 있어도). 이 소설에서도 그러하다. 집은 팔아야만 하고, 수프를 아름답게 먹던 어머님은 돌아가시고, 가즈코는 생활에 떠밀리고, 어찌할 도리도 없는 기혼자와 돌이킬 수 없는 사랑을 한다. 진흙탕 속으로 푹푹 빠져 들어간다. 그럼에도 가즈코는 그 진흙 속에서 얼굴을 든다. 어렵고 성가시고 모순적이고 잔혹한 '삶'을 받아들일 결의를 한다.

얼마나 강한 소설인가. 이 강함을 이십 년 전에는 알 수 없었다. 감동이라는 것을 공감과 공명과 동일하다고 생각했던 십 대 시절에는 알 수가 없었다.

그리고 또 하나 깨달은 게 있다. 이 작가가 사용하는 언어의 새로움이다. 지금까지 아무 위화감 없이 읽어 왔고, 아무 위화감 없이 나의 감정을 언어로 표현하고 있다고 생각해 왔다. 그가 쓴 문장과 나 사이에 어긋남이 거의 없었다. 내가 태어나기 전에 이미 죽은 작가에게 어째서 그런 일이 가능한 걸까 생각해 본 적이 없었다. 이 사람의 언어는 쓰인 시대와 읽히는 시대의 간극 따위는 뛰어넘을 정도로 새롭고, 너무나 놀랍게도 낡지 않았다. 지금 읽는다 해도 언어의 신선함에 놀라게 된다. 예를 들어 가즈코의 대사, "인간은 사랑과 혁명을 위해 태어났다" 같은 건 사십 대가 된 지금 다시 읽어도 저릿하다.

또 하나 저릿해지는 말이 있다. 그건 우에하라의 "낭패로군, 반해버렸어"라는 대사. 십 대 시절 읽었을 때는 꼴사납다는 느낌에 '윽' 하고 마는 정도였지만, 사랑도 실연도 알게 된 삼십 대 중반의 나는 (그 꼴사나움까지도 포함해) 전율할 정도로 멋지다고 생각했다. 한 방에 당해 버렸다. 우에하라를 사랑하고, 그의 아이를 낳겠다고 결심하는 가즈코의 마음을 삼십 대 중반이 되어 겨우 알게 된 것이다. 아아, 역시 인생은 이처럼 모순적이다.

또, 지금까지 품고 있던 다자이에 대한 인상──섬세함, 민감함, 자의식, 죽음에 대한 동경, 패배의 기운, 어머니의 말을 빌리자면 '계집애 같은 응석받이'──이 이번 두 번째 독서에서는 산산이 부서졌다. 나는 지금까지 다자이 오사무는 천상 예술가랄까, 자신이 생각하는 바를 어떤 계산도 하지 않고 써내려 가고, 그것이 명작이 되어 버리는 류의 작가라고 막연히 생각해 왔는데, 『사양』을 읽으면 매우 치밀한 계산하에 쓰여져 글쓴이와 소설이 거리를 두고 있음을 알 수 있다. 그렇다고 한다면 독자가 편견을 갖기 쉬운 '계집애 같은 응석받이'라는 부분도 무의식적으로 흘러들어간 작가의 성질이 아니라, 무척 노련하게 계산해 일부러 표면에 드러낸 건 아닐까. 자신이 가진 섬세함과 민감함, 유약함과 비겁함, 그러한 것을 주의 깊게 잘라내어 웃을 수 있을 정도로 거리를 두고 객관적으로 이리저리 뜯어 보고, 그렇게 한후에 작품에 던져 넣은 건 아닐까.

『사양』을 계기로 예전에 읽었던 다자이 작품을 차례차례 읽었다. 그리고 젊은 시절의 공감과는 전혀 다른 의미로 나는 다시한 번 이 작가를 좋아하게 되었다. 언어의 새로움, 스토리의 치밀함, 치밀하게 공들인 소거, 그리고 인간이 가진 역겨움, 날것의 냄새에 대한 온화한 긍정.

삶에 얽히는 번거로움, 모순, 잔혹함, 여의치 않음, 패배할 것을 알면서도 그것과 싸우거나 나약해지는 모습을 나는 이 작가의 언어에서 본다. 다시 읽지 않았다면 아마 쭉 볼 수 없었을 모습이다.

난 다자이 오사무의 향년을 이미 넘기고 말았다. 그때 느꼈던 쓸쓸함을 아직도 느끼고 있다. 『사양』은 그가 자살하기 전해의 발표작이다. 연애가 아닌, 다자이 오사무가 쓰는 사랑을 읽고 싶었다. 아이를 낳기로 결심한 가즈코의 그 다음, 즉 우리들이 매일 자잘하게 싸우고 있는 '생활'을 읽고 싶었다.

그 바람은 이룰 수 없으니 나는 이 작가의 소설을 거듭해서 읽으려 한다. 10년 후, 삼십 대 중반일 때와는 다른 감상과 인상을 『사양』에 가질지도 모른다. 그렇게 생각할 때 크게 안심하게 되는 것이 하나 있다. 그의 언어는 펼칠 때마다 늘 새롭다는 것이다. 자신의 성장과 체험을 비춰 과거에 읽었을 때와 또 다른 느낌의 신선한 언어에 나는 다시금 감탄하게 될 것이다.

지루한 틈의, 겹겹의 현실

—

'작은 점 속에 더 작은 점이 있다면, 거기에 또 더 작은 점이 있다면, 대체 가장 작은 점은 존재하는 걸까, 그건 어디에 있는 걸까'를 계속 생각하는 아이였다고, 내 친구는 말했다. 나 또한 초등학교 통학버스 안에서 '나는 왜 나일까, 왜 신은 나라는 영혼과 나의 이 육체를 결합시킨 걸까, 아니, 나의 영혼과 마나미의 육체가 결합할 가능성은 있었을까.' 그런 걸 멍하니 생각했다.

물론 다섯 살과 여섯 살, 한자도 아직 쓰지 못하는 아이가 영혼이나 존재 같은 말을 사용했을 리가 없다. 정확하게 말하자면 어릴 적 내가 생각했던 것은 영혼과 육체에 대한 게 아니었다. 내가 여기에 있다는 것이 아무래도 이해할 수 없는, 말로는 표현할 수 없는 불가사의였다. 그저 막연히 어떤 것에 의문을 품고, 내 생각이 미치는 범위에서 이것저것 생각을 뻗칠 뿐이었는데, 대부분의 아이들도 이런 식으로 어느 시기엔 무척 철학적이다.

초등학교 고학년이 되면 그런 건 전부 잊어버린다. 내성적이기도, 건방지기도, 천진난만하기도 한 평범한 어린이가 되어 더이상 어떤 것에 대한 생각에 사로잡혀 멍하니 거듭 생각하지 않게 된다. 왜 그렇게 변하는 걸까. 생각해 보면 첫째로는 바빠지기 때문이기도 하고, 말을 알아가기 때문이 아닐까 싶다.

우리들은 늘 까닭을 알 수 없는 것에 공포를 느낀다. 공포에서 벗어나기 위해 이름을 붙인다. 이름을 붙여 분류하면 안심할수 있다. 예를 들어 태풍에 이름이 없었다면 어떤 현상인지 설명할 도리가 없는 것처럼, 어떤 현상에 대해서도 분류할 수 없다면급격히 흐려지는 하늘, 나무들을 쓰러뜨릴 정도의 바람, 집 안까지 침입해 오는 물, 이 모든 것에 대해 어찌할 수 없는 공포를 느꼈을 것이고, 그 공포가 엷어지지 않을 것이다. 태풍이라는 이름이 있어 어떤 현상인지 이해하기 때문에 '아 태풍이다, 여름도끝났구나' 하고 생각할 수 있는 것이다.

어른에 비해 압도적으로 말이나 분류에 대해 무지한 아이는그런 이유로 무척 철학적인 것이라고 생각한다. 어떤 아이는 작은 점 속에 북적거리는 더 작은 점에 대해 약간의 공포를 느끼고이것에 대해 끝까지 알아내려고 한다. 위화감과 닮은 그 옅은 공포가 흐려질 때까지, 혹은 잊어버릴 때까지.

오사키 미도리의 소설에서는 이름이 붙여지지 않은 세계, 이름을 붙여 안심하려는 행동을 결코 하지 않는 사람들이 그려진다. 그녀는 작품에서 자주 연애를 소재로 다룬다. 『제7관 세계의

방황』(第七官界彷徨), 『보행』, 『지하실 안톤의 하룻밤』(地下室アント
ンの一夜), 이들 소설의 등장인물들은 마치 느슨함에 전염되어 가
듯 연애를 하지만, 읽고 있으면 누가 누구를 사랑하고 있는지,
그것은 사랑이라는 종류의 감정인지, 점점 더 알 수 없게 된다.
그들은 실제로 사랑이라는 말을 자주 쓰지만 쓰면 쓸수록 사랑
이라는 말로는 정리되지 않는 것이 그려진다.

사랑과 사랑이 아닌 것을 둘로 나눈다면 그 사이에는 엄청난
거리가 있고, 그곳에는 측량할 수 없을 정도의 기분과 감정이 차
있다. 사소한 것으로 구성된 일상을 반복하는 우리들 마음의 대
부분은 이 사이에 집약되어 있지 않은가. 하지만 우리들은 까닭
을 알 수 없는 것으로부터 벗어나려고 하는 나머지 거의 모든 것
들을 언어로 환원해 그것을 이해하는 척하며 살고 있다. 이건 사
랑이다. 이건 사랑이 아니다. 혹은 혐오, 지루함, 성공, 실패, 행
복, 불행…… 그런 방식으로 우리들은 자신들의 어떤 상태를 무
의식적으로 언어화한다.

오사키 미도리는 언어와 마음 사이에 있는 너무나 긴 거리 사
이에 남몰래, 하지만 가득 들어차 있는 것들을 그리려고 하는 게
아닐까 하는 생각이 든다.

그렇게 일단 언어로부터 멀어져 그 사이로 시선을 옮기면 현
실은 다른 양상으로 나타난다. 『지하실 안톤의 하룻밤』의 주인
공 쓰치다 규사쿠가 쓴 시처럼 하얀 까마귀도 존재하게 되는 것
이다. 그는 말한다.

"올챙이에 대한 시를 쓰려고 할 때 실물인 올챙이를 보면 시 따윈 쓸 수 없게 돼 버립니다."

언어 이전의 세계에 언어를 적용해 이해하려고 하면 그 순간 세계는 얄팍한, 매끈매끈한 벽처럼 되어 버리는 것이다.

오사키 미도리의 작품 세계가 일상에서 유리되어 있는 듯 느껴지는 이유는 그 때문이 아닐까.『제7관 세계의 방황』에 등장하는 거름 냄새가 진동하는 집,『보행』의 주인공이 사는 격자 창이 하나뿐인 옥탑방,『지하실 안톤의 하룻밤』에서 주인공이 시를 계속 쓰고 있는 화장장의 굴뚝 북쪽에 위치한 방, 또는『귀뚜라미 아가씨』가 꽈배기 빵을 먹는 도서관의 지하실 식당,『도중에』에 등장하는 파라다이스 로스트 거리, 그녀가 그려내는 세계는 모두 현실에서 아주 조금 떨어진 기묘한 세계다. 그곳에서는 이미 있는 것, 이미 있다고 여겨지는 것이 유쾌하게 부서져 의미를 벗겨내고, 그러한 것들로부터 해방되어 어설프지만 기분 좋게 부유하고 있다. 그러한 세계에서 주인공들은 사랑이라고도 할 수 없는 애매한, 어딘가 멜랑콜리한 기분을 안고 방황하고 있다. 그들의 시선과 동화해 어느새 나도 언어 이전의 것으로 구성된 광활한 세계를 아이처럼 떠다니기 시작한다.

내가 이 작가를 처음 알게 된 건 대학에 막 입학했을 때였다.

그 시기 나는 무척 당황하고 있었다. 고등학교를 막 나온 시기라는 건 아마 누구에게나 세계가 급격하게 변하는 시기일 것이다. 그때까지 어딘가 애매하고 희미한 형태로 구성되었던 세계가 갑자기 몹시 강렬한 색을 띠고 분명한 윤곽을 가지기 시작한다. 특히 나는 초등학교 때부터 거의 같은 아이들과 같은 동네에서 고등학교까지 진학했기 때문에 세계가 그런 식으로 급변하는 것은 처음 경험하는 일이었다.

세계는 무척 단단한 반석 같았다. 그렇게 나는 그 반들반들하고 무식하게 큰 바위를 앞에 두고 내 손발만으로 기어올라야 한다는 소리를 들은 것처럼 당황하고 있었다.

눈앞에 무정하게 버티고 있는 반석에는 손으로 붙잡을 요철조차 보이지 않지만, 그래도 시간은 흘러간다. 나는 필사적으로 그 반석에 적응한 척을 한다. 학교에 나가고 새로운 친구를 만들고 동아리 활동을 시작했다. 연인을 만들고 수업을 빼먹고 데이트를 하고 헤어지고 또 다른 사람을 좋아하기도 했다. 그렇게 해보니 반들반들한 바위 같은 현실에 적응하는 것은 생각보다 간단했다. 연인이 생기면 들뜨고, 실연하면 울고, 시험이 다가오면 초조해지고, 점심시간이 되면 함께 점심을 먹는 사람을 친구라고 생각한다. 그건 누구나 똑같이 하고 있는 일이고, 나도 그대로 하면 지극히 간단한 일이었지만, 지루했다. 대학생이 된 내 주변 세계가 급격하게 변한 건 사실이고 그것에 순응하는 건 어렵지 않았다. 하지만 현실이란 건 이렇게 지긋지긋한 건가 생각하지 않을 수 없었다.

집 근처에 있는 도서관에서 오사키 미도리의 이름을 발견한 건 그 즈음이었다. 처음 들어보는 이름이었다. 어째서 그런 모르는 이름에 끌렸던 건지는 잘 기억나지 않는다. 작고 고요한 도서관에서 가만히 내 이름이 불린 듯이 멈춰서 녹색의 무거운 책을 꺼내들었다. 나는 빌려온 그 한 권의 책을 들고 다니며 어디에서나 펼쳤다.

읽고 있는 동안 쭉 기묘한 감각에 사로잡혔다. 내 방에 있든, 전철 안에 있든, 대강의실 구석에 있든 그녀가 쓴 문장을 한 줄 읽는 것만으로 여기가 아닌 다른 곳으로 여행을 떠나게 된다. 여행하는 느낌이라는 건 독서라는 행위에 크든 작든 존재하지만, 여행지 장소가 그녀의 작품일 경우 그곳은 좀 더 불가사의하다. 마치 반석의 현실에 숨겨져 있던 위장된 문을 뚫고 지나가는 느낌. 그 위장된 문 너머에는 아주 조금 초점이 어긋난 현실이 존재하고 있다. 책을 읽으며 어느새 나는 전철 안이나 강의실 구석에서 갑자기 멍하니 서서 나의 영혼과 육체에 대해 말로 할 수 없는 생각을 뻗치던 아이가 된 듯한 기분이 되어, 그런 아이처럼 당황하면서 헤매고 있는 등장인물들을 바라본다.

한 작품을 다 읽고 강의실이나 내 방에 돌아오면 현실은 아주 조금 모습을 바꾸고 있다.

단단한 바위라고 생각했던 현실의 이곳저곳에 수많은 문이 숨겨져 있고, 그 문을 만지면 같은 감촉의 문은 하나도 없다. 어떤 문은 움푹 패여 있고, 어떤 문은 산들산들 부드럽다. 지금까지 내가 무엇을 하고 있었던 걸까, 무엇을 보고 있었던 걸까, 과장이 아니라 그런 것을 생각했다. 재미없는 수업에 들어가거나 점심식사를 같이 하기 위해 누군가를 친구라고 생각하거나, 실연하고 울어 보거나, 도대체 무엇을 능숙하게 흉내 내며 하루하루를 살고 있었던 걸까. 현실은 이렇게 다양한 것이라는데. 현실의 틈이라는 틈에 내가 있을 곳이 존재하는데.

크게 달라진 것은 없다. 두꺼운 그 책을 도서관에 반납하고, 학교에 가야만 하고, 점심식사를 혼자서 먹는 것도 아니고, 질리지도 않고 사람을 좋아하게 되고 들뜨고 설레기도 한다. 하지만 나는 그때 한 명의 작가를 알게 되면서 내 안의 무언가가 구원받았다고, 지금도 그렇게 생각한다.

덧붙여 말하자면 나는 오사키 미도리의 책을 빌렸던 날을 이런 식으로 또렷이 기억하고 있다. 여름날 저녁, 자전거를 타고 작은 도서관에 가 사람 기척이 전혀 없는 도서관 책장에서 그녀의 이름을 발견했다. 무거운 그 책을 자전거 바구니에 쑤셔 넣고 주황빛으로 물든 풍경 속, 집을 향해 돌아갔다. 하지만 실제로 당시 나는 자전거는 탈 줄도 몰랐고, 집 근처 도서관은 커다란 근대식 건물이었으며 언제나 사람으로 혼잡했다. 하지만 진실 따위는 아무래도 상관없다. 어쨌든 나는 인상 깊은 누군가와 만났던 것처럼 그때를 기억하고 있고, 그 약간의 왜곡된 기억이야말로 오사키 미도리적 현실이라고 생각한다. 그리고 나는 그때를 떠올릴 때마다 이름 붙여지고 결정지어진 것으로부터 벗어나 존재하는 세계를 어슬렁어슬렁 갈 곳 없이 헤매는 등장인물들과 어찌할 바 없는 시선을 교환하는 듯한 기분에 사로잡힌다.

인간의, 날것의 냄새

—

하야시 후미코가 그리는 남녀는 인간 냄새가 난다. 남자는 남자 냄새가 나고, 여자는 여자 냄새가 난다.『뜬구름』(浮雲)에 등장하는 남녀, 유키코와 도미오카는 실로 한심한 여자와 남자다. 두 사람이 질질 끌어온 그 교제도 질릴 정도로 한심한 느낌이 든다. 하지만 그 한심함이야말로 인간의, 날것의 냄새라고 생각한다.

전시(戰時) 중인 프랑스령 인도차이나에서 살던 낙원과도 같던 날들을 잊지 못하고 패전 후의 일본에서 두 사람은 이별과 재회를 거듭하고 낙원을 찾아 헤매다 이윽고 야쿠시마로 향한다.

우리들은 의지를 갖고 있지만 어쩔 수 없는 시대 속에서 떠밀리듯 살아간다. 그렇게 하려는 건 아니었는데, 누구나 시대와 시간에 떠내려간다.『뜬구름』은 우리들의 인생 어딘가 바깥에, 맞서 싸울 수 없을 정도로 강한 흐름이 있다는 걸 깨닫게 한다. '삶은 감옥이다'라고 말하는 듯한 느낌도 든다. 그 감옥이 떠내려가면 우리들에게 저항할 방법은 없다.

갇혀 있는 듯한 압박감과 떠도는 듯한 해방감. 『뜬구름』은 양립할 수 없는 것들을 동시에 맛볼 수 있는 소설이다. 마음대로 되지 않는 삶을 힘껏 그리고 있는데도 읽고 난 후에 절망이 느껴지지 않는다.

산다는 게 이런 거잖아 하고 소설 자체가 위협하는 듯한 기분이 들어 그 힘에 나도 모르게 빨려 들어가 버린다. 한심한 유키코와 도미오카의 모습이 다 읽고 나면 무척 가깝게 느껴진다. 자신의 손톱 밑 때 냄새만큼.

생활의 저력, 일기의 위대함

—

내가 생각하는 『후지 일기』의 가장 대단한 점은 이 책이 애초에 다른 사람들에게 읽히기 위해 쓰인 것이 아니라는 점이다. 다케다 유리코는 후지산 후모토 산장에서 살던 날들을 그저 기록하기 위해 일기를 계속 써왔다. 그런 의미에서 이 책은 실로 정직한, 정통적인 일기다. 무엇을 사고, 무엇을 먹고, 어디에 가고, 누구와 얘기하고, 누구에게 어떤 얘기를 들었는지. 개인적인 감상이나 감정은 거의 쓰여 있지 않다. 그럼에도 독자는 점점 끌려들어간다. 쓰이지 않은 글쓴이의 감정에 바싹 다가서게 된다.

읽히는 것을 전제하지 않았기 때문에 이 책에는 전혀 꾸미지 않은 시선이 있고, 있는 그대로의 생활이 있다. 이 작품의 매력은 그 점에 있다. 다케다 유리코라는 사람의, 알몸의 아기 같은 시선은 일기이기 때문에 더욱 생기 넘치게 빛나고, 독자는 그 시선으로 세상을 보게 된다. 계절의 변화나 생물이 살아가고 죽어가는 것, 사람이라는 존재의 비뚤어진 매력에 대해 독자는 다케다 유리코의 시선으로 느끼며 그 신선함에 놀라게 된다. 거기에 더해 다케다 유리코가 기록한 생활은 일기이기 때문에 더욱 생생한 있는 그대로의 모습이고, 나는 그런 모습에서 생활이라는 것의 저력을 본다. 하루도 빠짐없이 아침 점심 저녁에 무엇을 먹었는지가 쓰여 있다. 아침에 햄버거나 베이컨이 든 물두부나 우동버터볶음, 찐빵 등 그저 뭘 먹었는지 열거했을 뿐이지만, 읽고 있는 사이 그들의 생활의 개성이나 그 집의 냄새 같은 것이 그 단 하나의 요리 이름만으로도 떠오르게 된다. 우동버터볶음이 유독 많이 등장하는데 이건 아마 남편인 다이준이 좋아해서일 것이다. 처음엔 '뭐야, 우동버터볶음이라니'라고 생각했는데, 몇 번이고 그 글자를 읽는 사이 점점 엄청나게 맛있는 요리일 것 같다는 생각이 든다는 게 신기하다.

그런 건 한 마디도 쓰여 있지 않지만, 반복되는 산장에서의 나날을 읽어나가다 보면 다케다 유리코의 남편에 대한 애정이 여기저기에서 넘쳐난다. 때로는 온화하게, 때로는 격렬하게. 나는 이 일기를 읽으면서 연애소설을 읽고 있는 듯한 느낌마저 들었다. 사랑한다고 말하는 게 사랑이 아니고, 광적으로 상대를 생각하는 것만이 사랑은 아니다. 이 수수하고 땅에 발을 디딘, 생활이 뒷받침되어 있는 연애만큼 강한 것은 없지 않은가. 후기에 이 일기를 출판하게 된 계기가 쓰여 있다.

"다케다(남편)가 죽지 않았다면 활자로 펴내지 않고, 일기장은 벽장 구석의 박스에 들어가 있었을 거라고 생각합니다."

다케다 유리코가 썼듯이 다이준의 죽음이 없었다면 이 작품은 세상에 나오지 못했을 것이다. 그녀는 남편의 죽음 이후 이 생활을 다시 한 번 되살리기 위해 출판을 승낙했을 것이다. 일기를 원고용지에 옮기는 것으로 유리코는 다시 한 번 산장에서의 날들을 남편과 산 것이다.

개인적으로 일기라는 것은 누가 써도 그럭저럭 재밌다고 생각한다. 그곳에 사람의 생활이 있는 한 어느 정도 재밌을 수밖에 없다. 하지만 일기가 재밌는 진짜 이유는 원래 사람에게 읽히기 위해 쓰인 것이 아니기 때문이다. 읽어서는 안 되는 것을 읽기 때문에 소설이나 수필을 읽는 것과는 다른 흥분이 생긴다. 하지만 물론 『후지 일기』의 재미는 그러한 것과는 전혀 다르다. 이 책이 주는 것은 훔쳐 읽는 재미가 결코 아니다. 나는 늘 다케다 유리코라는 사람은 작가가 되기 전부터 이미 작가였다고 생각한다. 무구한 시선, 자유로운 정신, 독자적인 감성, 원래 갖고 있던 이러한 보물 같은 것들을 모두 잃지 않고 언어로 옮겨내는 기술을 이 작가는 체득하고 있다. 나는 재능이라는 말에는 언제나 회의적이지만, 이 작가에 한해서는 그 말을 쓰고 싶어진다. 위대한 재능이란 이러한 것이라고 말하고 싶어진다.

『후지 일기』를 읽을 때마다 문득 생각하는 게 있다. 과연 남편 다이준은 아내가 쓰고 있던 이 일기를 읽었을까? 일기장은 언제든 누구나 손에 닿을 수 있는 장소에 숨기지 않고 두었을 거라고 나는 상상한다. 타인의 일기를 읽다니 당치 않은 행위라며 손도 대지 않았을지도 모르고, 몰래 펼쳐 읽으며 히죽거리며 웃었을지도 모른다. 수년 전의 일기를 꺼내 다시 읽으며 자신들의 날들을 글자 속에서 확인했을지도 모른다. 진실 따위 나로서는 알 도리도 없지만, 그런 공상을 하는 것도 즐겁다.

인터넷이 보급되면서 지금은 많은 사람이 일기를 씀과 동시에 공개한다. 하지만 이들은 진정한 의미의 일기가 아니다. 사람에게 보이는 것을 전제로 한다는 점에서 일기와 아주 닮은 다른 표현이라고 생각한다. 나 자신도 모 출판사 홈페이지에 공개 일기를 쓰고 있다. 자물쇠 달린 일기장이 팔리던 시대에 일기를 쓰며 자란 사람으로서는 일기를 쓴다는 행위와 사람에게 보이는 것을 전제로 쓴다는 모순에 종종 고개를 갸웃거리면서도 이상한 중독성이 있어 멈추지 못하고 벌써 삼 년 정도 쓰고 있다. 이렇게 '남에게 보이는' 일기의 시대에 『후지 일기』의 위대함은 무척 중요한 가치라는 생각이 든다.

쇼와의 색기

—

남녀고용기회균등법이 시행된 것은 1986년. 그 후 시대는 쇼와(昭和, 1926~1989)에서 헤이세이(平成)로 바뀌고, 여자는 이전보다 무척 강해졌고, 남자는 훨씬 약해졌다. '지진 번개 화재 아저씨'(地震雷火事オヤジ-; 지진, 번개, 화재 등 재해에 필적할 정도로 아저씨가 무섭다는 뜻으로 장년 남성에 의해 지배되었던 가부장제를 빗대기 위해 쓴 표현─옮긴이)같은 말은 쇼와 시대와 함께 사라졌다. 남자와 여자는 대등해야 하지만, 우리들은 평등·대등을 너무 성급하게 추구하다 소중한 것까지 버리고 만 것이 아닌가 하고 생각할 때가 있다. 소중한 것이란 즉, '다름'이다. 차이가 아닌 다름은 있는 게 당연하다. 이성(異性)이니까.

무코다 구니코의 소설을 읽을 때마다 그 점을 통감한다. 무코다 구니코가 그리는 여자는 적나라하다. 이 적나라함이란 여자의 얄궂은 면이나 성적인 냄새는 아니다. '희고 두꺼운 팔뚝' 같은 게 아닐까 싶다. 물론 무코다 구니코가 소설이나 수필 속에서 여자의 팔뚝을 묘사했다는 건 아니다. 그저 그녀의 작품을 읽으며 떠오르는 여자의 팔뚝은 반드시 희고 출렁이며 두껍다. 살에 닿으면 아마 여름에도 차가울 게다.

어릴 적 실제로 보고 만졌던 어머니의 팔뚝도 두껍고 말랑하고 하얗고 차가웠다. 그 팔뚝을 만지면 무언가 닿지 말아야 할 것에 닿은 것처럼 두근거렸다. 민소매 옷을 입고 있어도 엄마의 팔뚝은 남에게 드러나지 않는, 숨겨진 부분이었다.

헤이세이의 여자들은 여성의 권리를 획득하고 남자만큼 강해지기 위해 노력하는 한편, 이 팔뚝의 살을 버렸다고 멋대로 생각해 본다. 실제 여성들도, 앞으로 소설에 등장하는 여자들도.

팔뚝의 부들부들한 살은 부끄러운 것이 되었다. 그래서 여자들은 다이어트나 체조를 통해 매끈하고 건강한 팔뚝을 갖게 되었고, 더 이상 팔뚝은 숨겨야만 하는 부위가 아니게 되었다.

무코다 구니코의 소설에는 어떤 여자가 잘린 손톱을 밟고선 '남자들의 손톱은 단단하다'고 말하는 부분이 있다. 이게 내가 생각하는 남자와 여자의 다름이다. 남자의 손톱은 단단하고, 여자의 팔뚝은 차갑고 말랑하다. 남녀의 동등한 권리를 위한 사소한 희생으로서 그러한 어딘가 요염한 '다름'도 점점 사라져 가고 있다는 생각이 든다.

어린 시절엔 그저 푹 빠져 보다 보니 잘 몰랐는데 내가 즐겨 보던 드라마의 작가는 무코다 구니코였고, 프로듀서는 구제 데루히코였다. 아버지는 늘 밥상을 뒤엎고, 어머니는 언제나 앞치마를 하고 있다. 아이들은 툭 하면 싸우고, 아버지는 성을 낸다. 이 드라마에 등장하는 어머니, 할머니, 딸, 가정부 모두 팔뚝이 튼튼하고 굵어 보였다. 드라마 안에서 결코 노출되지 않기 때문에 본 적이 없는데도 본 것처럼 확신이 든다.

어릴 적 기억으로는 드라마에서 아버지가 무서워 아이들과 어머니 모두 잠자코 식사를 했지만, 재방송을 보니 어머니도 할머니도 아이들도 놀라울 정도로 밝고 수다쟁이들이었다. 아버지와 어머니, 아이와 가정부도 그 역할은 확실히 다르지만 그곳에 남존여비적인 요소는 전혀 없었다. 무코다 구니코도 구제 데루히코도 남녀의 '다름'을 꿰고 있었구나 하는 생각이 든다. 그것은 차이가 아니라는 것도, 경쟁하거나 싸워야 하는 게 아니라는 것도. 그리고 그 다름이야말로 색기(色氣)를 만들어 낸다는 것도 알고 있었던 게 아닐까.

시(詩)라는 자유

—

나는 원래 시는 질색이다. 시란 건 어쩐지 점잔빼는 듯한 느낌이 들지 않나. '점잔빼면서'랄까 한층 높은 곳에서 이쪽을 내려다보는 듯하다. 그래서 이쪽이 째려보며 '뭐야, 바보 취급하는 거야?' 하고 을러대면 '아니 그럴 리가요, 바보 취급할 리가 있나요' 하고 은은한 미소를 띠며 온화하게 말을 자르는 듯한 느낌이지 않나. 누가 그러냐고? 시 말이다. 시인이 아니라 어디까지나 시가.

그런 이유로 나는 적극적으로 시를 읽지 않는다. 오사다 히로시 씨의 이름을 처음 알게 된 것도 시집이 아닌 에세이(『고양이에게 미래는 없다』)였고, 따라서 꽤 오랫동안 오사다 히로시라는 사람은 나에게 문필가 겸 무슨 연구자 정도였지 단연코 시인은 아니었다.

참고로 『고양이에게 미래는 없다』라는 책을 읽은 것은 스무 살이 조금 지났을 무렵이었는데, 이 책은 그때의 내가 떠올리던

'결혼' 그 자체였다. 물론 이 책은 결혼이나 연애에 대해 쓴 책은 아니다. 하지만 왠지 결혼의 본질은 이 책에 쓰인 것 같을 거라는 생각이 강하게 들었다. 그래서 그 후 얼마간 친구가 결혼할 때마다 나는 축의금과 함께 이 책을 선물했다. 자른다거나 나눈다 같은 말조차 결혼식에서는 입에 올리면 안 된다고 하는데 '미래는 없다'라는 제목의 책을 신혼부부에게 줘도 괜찮을까 망설이기도 했지만 "뭐, 읽어 보면 결혼에 대한 걸 알 수 있어. 생활의, 행복의, 타인과 살아가는 것의 본질을 알 수 있으니까 바보같이 말꼬리를 잡아 이러쿵저러쿵하지 말고 일단 읽어 봐" 하고 쥐어주곤 했던 것이다.

그 당시 나는 결혼이나 이후의 생활은 고사하고 연애조차 잘 몰랐지만, 지금 이 책을 다시 읽다 보면 이렇게 총명한 스무 살이었다니 하고 자화자찬하게 된다……라기보다는 오사다 히로시 씨는 무지한 스무 살짜리조차 어떤 본질을 느낄 수 있는 책을 썼다고 표현하는 게 옳을 것이다.

어쨌든 나는 평소에 시를 읽지 않지만 직업상 가끔 읽게 되는데 대강 글자를 읽는 정도다. '이 말은 예쁘네', '이상하게 말을 돌리는 단어네' 정도의 감상이거나, 구구단을 읽는 것처럼 아무 생각 없이 글자를 눈으로 좇는 경우가 많다. 그러면서 아아, 위에서 내려다보고 있구나, 바보 취급하고 있구나, 하고 어렴풋이 생각하곤 한다.

그렇지 않은가. 시는 짧다. 전후 사정을 설명하지 않는다.

구두.

신기 편한 구두.

고르지 않은 혼잡.

이라더니 갑자기 이렇게 쓰지 않나.

어디라도 가고,

어디에도 가지 않는다.

멈춰선다.

(「필요한 것의 발라드」)

이런 식이다.

구두를 신고 있는 게 누구며, 그 사람은 사랑을 하고 있는지 아닌지, 혹은 어디라도 갈 수 있는지, 갈 수 없는 건지, 넘치는 의문을 누르며 글자를 좇는다. 글자를 좇는 동안 의문이 계속 고개를 든다. 참지 못하고 "뭐?"라는 말이 튀어나오는 그 시점에 '시를 모르는 나'를 의식하게 된다. 그렇게 되면 머릿속에는 "구두. 신기 편한 구두"라고 느닷없이 시작하는 시와, '시를 아는(알아야만 하는) 나'가 혼연일체가 되어 엷은 비웃음의 미소를 머금고 있는 것이다.

하지만, '시 같은 거 정말 싫어, 거들떠보고 싶지도 않아' 정도는 아니고 굳이 따지자면, 화해를 바란다고 할까. 위에서 내려다

보는 시선을 느끼는 게 아니라 얼굴을 맞대고 싶다거나, 글자를 좇는 것 이상의 세계를 맛볼 수 있을까…하는 것들을 늘 생각하고는 있다.

오사다 히로시 씨 본인이 시를 엮어 한 권의 책으로 만들었다고 한다. 다시 도전하지 않을 이유가 없다. 시와 화해할 수 있는, 열등감을 불식시킬 수 있는 기회라는 생각에 기합을 넣어 손에 들었다.

이왕이면 차분하게 맛보고 싶다. 충분히 시간이 있을 때 전화나 택배 등에 방해받지 않고, 일이나 잡무도 완벽하게 잊어버리고 몰두하고 싶다. 그렇게 맞붙지 않으면 화해는 어림없다. 그런 탓에 좀처럼 시집을 펴게 되지 않는다. 슬프게도 집안일과 업무와 잡무에 쫓기는 나에게는 충분하고 뭐고 시간 자체가 나지 않았다.

그 결과, 오사다 히로시 씨의 시집은 작업실의 다다미 위에 한동안 방치되었다.(나의 업무 책상은 고타쓰라서 손을 뻗어 닿는 곳에 모든 것을 배치하기 때문에 원고나 읽다 만 책, 팩스 등은 모두 나를 중심으로 다다미 360도에 방치되어 있다.)

각설하고, 그때는 연말의 추운 날이었다. 심야까지 지인과 술을 마시고 거나하게 취한 상태로 귀가했다. 자기 전에 메일 체크라도 할까 하며 작업실로 직행해 고타쓰에 들어가 컴퓨터 전원을 켜고 일어서면서 가까이에 있던 종이뭉치를 끌어당기다 무심히 아래를 보았다.

순식간의 일이었다. 컴퓨터가 부팅되는 것보다, 고타쓰가 데워지는 것보다 빠르게, 종이 위의 단어는 나를 붙잡고 갑자기 내면의 가장 깊숙한 곳에 손을 뻗어 나조차 존재를 알지 못했던 무언가를 움켜쥐고, 뒤흔들고, 본 적 없는 어떤 것을 마구 섞어 눈앞에서 빠르게 되감아 의문을 퍼부었다. 그러다가 나에게 딱 달라붙어 말로 표현하기 어려운 마음을 공유하기도 했다.

그렇게 부지불식간에 정신을 차리고 보니, 어느새 취기 따위는 깨끗이 사라져 있었다. 술이 깼는데도 나는 울고 있었다. 이건 뭔가. 종이다발을 뒤집어 보니 제일 위에 있는 종이에 오사다 히로시 시집이라는 글씨가 인쇄되어 있었다. 이게 시인가. 심야의 어두운 방, 고타쓰에 들어가 나는 멍하니 생각했다. 지금까지 시가 점잔빼고 있다는 둥, 난해하다는 둥 왜 그렇게 생각했던 걸까? 이 종이 위의 언어의 단편은 틀림없이 나만을 향해 쓰인 것이었다. 이런 시간을 보내고 이런 체험을 거쳐 여기에 있는 '나', '나'를 형성하는 내면의 모든 것을 향해 직접적으로 발신한 말이다. 위에서 내려다본다니 어림도 없다. 나와 똑같은 시선, 나와 똑같은 모습, 나를 위해 준비된 무언가가 아닌가.

이러한 경험, 즉 만인을 대상으로 하는 것이 갑자기 나 개인과 직선으로 이어지는 경험은 매우 드문 일이다.

얼마 전 러시아의 에르미타주 미술관에서도 나는 이런 행복한 순간을 맛본 적이 있다.

기가 막힐 정도로 광대한 미술관 안에서 미로처럼 이어진 건물을 빙빙 돌아 우연히 인적 없는 층으로 나왔다. 고등학교 교실 정도 크기의 방이 끝도 없이 이어졌다. 세잔느, 고갱, 르누아르 등의 작품이 엄중히 보관되어 있는 느낌은 없고, 왠지 모두 대충 벽에 걸려 있었다. 은행에 걸려 있는 유치원 아이들의 그림이 훨씬 소중히 다뤄지는 것처럼 느껴질 정도였다.

한 방 한 방 차례대로 감상했다. 사람이 없다. 방구석에 파트타임 감시 역할의 늙은 여인이 앉아 있을 뿐이었다. 나의 구둣발 소리만이 울렸다.

그렇게 이 방에서 저 방으로 옮겨가다가 나는 문득 발을 멈췄다. 눈앞에는 아주 잘 알고 있는 그림이 있었다. 그림엽서나 복제 그림으로 몇 번이고 본 적이 있다. 마티스의 「춤」이었다. 다른 그림처럼 대충 턱 걸려 있었다. '아, 이거' 하고 생각한 순간, 그 그림이 불쑥 손을 뻗어 갑자기 내 안으로 들어왔다. 깜짝 놀랐다. 마티스는 좋아한 적도 없었고, 그 그림은 정말 많이 봤던 그림이었으니까.

하지만 그때, 인적 없는 미술관의 냉랭한 교실 같은 방에서 마티스라는 화가는 오늘 이곳을 방문한 나를 위해 이 그림을 그린 것임을 나는 곧바로 이해했다. 이 순간에, 울지는 않았지만 움직일 수 없었다. 단순하게 보이는 그림, 구도, 꾹꾹 누른 색, 이 모든 게 계산되어 있어 여기에 도달하기까지 얼마나 시행착오가 있었을까. 그럼에도 그는 전부 그려낸 것이다. 이날 오후, 나의 내면에 들어오기 위해서.

'아아, 이건 틀림없이 나를 위해 여기에 있는 거야'라는 행복한 착각을 전해 주었던 경험은 결코 많지 않다. 그래서 더욱 그러한 착각을 경험하는 것은 무척 귀중한 행복이라고 생각한다.

오사다 히로시 씨의 시집은 무엇에게도 방해받지 않는 고요한 시간, 생활을 벗어나 몰두해 마주하는 것보다 잡무와 일과 생활과 집안일에 쫓기다 무심히 책을 꺼내들어 페이지를 넘기는 쪽이 더 어울린다는 것을, 그 늦은 밤, 고타쓰 안에서 나는 깨달았다.

그날 이후, 나는 그의 시를 읽기 위해 넉넉하게 시간을 만들어야겠다고 생각하지 않는다. 일상의 장면에서 하나 둘, 시를 읽는다. 이를테면 해질녘 부엌에서, 시든 꽃잎이 떨어지는 베란다에서, 난방이 지나치게 잘된 적당히 붐비는 전철 안에서, 술 취해 집에 돌아와 어두운 작업실에서, 때로는 (실례) 화장실에서. 나의 일상에 따라 얼마든지 모습을 바꿔 시인의 말은 바싹 다가와 준다.

구두.
신기 편한 구두.
고르지 않은 혼잡.

좀전의 이 시도 한창 생활하는 중에 음미하면 쿵 하고 광경이 떠오를 때가 있다. 구두를 신고 있는 사람이 누구이며, 그 누군 가는 사랑을 하고 있는지 아닌지까지 알 수 있다. 하지만 그 광 경은 내일의 일상 속에서는 또 다른 것이 되어 있다.

오사다 씨의 언어는 어딘지 모르게 무국적적이고, 시간의 사 이마저도 자유롭게 오고간다. 시와 마주하면서 평범한 일상이 자유를 얻어 끝없이 넓어진다. 나라는 있는 그대로의 내가 나도 모르는 새 넓어져 어느샌가 윤곽마저 흐릿해진다.

읽는 방법 같은 건 자유다라는 무척 단순한 메시지마저도 시 인은 시로 가르쳐 준다.

풍족함이라는 것

—

『작은 아씨들』을 그다지 좋아하지 않았다 하더라도 한 번 읽어 본 사람이라면 네 자매의 이름은 알고 있을 것이다. 이름만이 아니라 그 성격도. 화려한 것을 무척 좋아하는 첫째 메그. 글쓰기를 좋아하는 왈가닥 둘째 조. 소극적이고 조용한 셋째 베스. 모두의 귀여움을 받는 어리광쟁이 넷째 에이미.

나는 이야기의 내용은 까맣게 잊고 있지만 네 자매에 대해서만큼은 제대로 기억하고 있다. 이에 더해 생생히 기억하는 것은 나는 네 자매 중 조와 닮았다고 생각했던 것이다. 이 책을 읽은 여자 아이는 대체로 자신을 조에 대입해 보지 않았을까. 책을 읽는 아이는 독서를 좋아하는 조에게 공감할 테고, 또 가장 현대적인 사고방식의 소유자이니 말이다. 여기에 친구들을 떠올리며 그 애는 메그, 그 애는 에이미…… 라며 대입해 보던 것도 기억하고 있다.

다시 읽어 보면『작은 아씨들』은 이야기의 기복이나 급격한 전개 없이, 네 자매의 사는 모습이 담담하게 그려진다. 자잘한 몇몇 사건이 일어나지만 이 이야기가 가진 매력이란 그러한 사건의 전개 과정이 아니라 바로 이 네 소녀의 개성이다.

종군목사로 전쟁지에 부임하고 있는 아버지. 신앙심이 깊은 총명한 어머니. 아버지가 친구 때문에 재산을 잃은 탓에 가족은 어쩔 수 없이 가난하게 살게 된다. 그 가난 속에서 네 자매는 이것저것 궁리하며 자신들의 삶을 풍족하게, 즐겁게 만들기 위해 노력한다.

이 자매들이 생기발랄하고 매력적인 것은 그녀들의 마음씨가 아름답기 때문이 아니라, 각자 결점을 갖고 있다는 데에 있다. 메그는 상류계급 취향에 겉치레에 신경을 쓰고, 조는 성질이 급해 걸핏하면 싸우려 든다. 베스는 너무 안으로 움츠러들고, 에이미는 제멋대로다. 자매들은 그 결점 탓에 실패도 많고, 그럴 때마다 어머니는 그녀들을 부드럽게 타이른다. 넷은 사이좋고 아름답게 살고 있는 게 아니라 언제나 소란스럽게 싸우고, 험담도 아무렇지 않게 한다. 백 년도 더 예전의 이야기이면서도 묘하게 현대적인 부분이 있다. 이 책을 읽는 아이들은 아마도 네 자매의 장점이 아니라 결점에, 화목한 사이일 때가 아니라 사이가 틀어지곤 하는 부분에서 빨려들듯 공감을 느끼게 될 것이다.

이 소녀들은 처음부터 가난했던 게 아니라 예전 자신들이 풍족하게 생활했던 기억을 그때의 연령에 따라 기억하고 있다. 즉,

첫째 메그는 당시의 삶을 확실히 기억하고 있고, 막내 에이미는 흐릿하게 기억하고 있다. 그래서 그녀들은 툭하면 지금의 생활은 가짜고 사실 자신들은 더 멋진 세계에서 살고 있어야 한다며 현실을 부정한다. 하지만 그곳에 축축한 비장감은 전혀 없다. '만약 내가 ○○이었다면' '만약 내가 ○○이 아니었다면'이라는 네 자매의 가정은 바싹 메말라 유머러스하기까지 하다.

하지만 만약 네 자매가 예전의 풍족했던 때를 그리워하기만 했다면 이 책은 이렇게 오랜 세월 읽히지 않았을 것이다. 역자인 안도 이치로 씨의 해설을 보면 이 책은 1868년에 출간되어 폭발적으로 판매되었고, 아이들뿐만 아니라 어른들도 푹 빠져 읽었다고 한다.

무엇이 어른들을 푹 빠지게 만든 걸까, 왜 이렇게 긴 세월 읽어 내려오는 이야기가 된 걸까. 여기엔 네 자매의 매력은 물론이고, 그것에 더해 그녀들의 어머니의 역할이 클 것이라는 생각이 든다.

이 네 자매의 어머니는 걸핏하면 가난한 현실을 부정하려고 하는 아이들을 부드럽게 타이르고, 과거로 도망치는 것이 아니라 현실과 맞서는 법을 가르친다. 풍족함이라는 것은 물질로 이루어지는 것이 아니라고 몇 번이고 가르친다. '인생에 가짜 따위는 없다', '우리들은 자신에게 주어진 생활을 힘껏 살 수밖에 없다', '풍족함이라는 것은 약간의 궁리로 손에 넣을 수 있다'……어머니의 가르침은 그대로 소설의 메시지이기도 하다.

인생이 마음대로 되지 않을 때, 우리들은 '짐'을 이고 있는 거라고 이 어머니는 표현한다. 그 짐을 내려놓는 날이 올지도 모르고, 혹은 우리들이 그 짐의 무게에 익숙해지는 때가 올지도 모른다. 어느 쪽이든 그 짐은 우리들에게 주어진 것이고, 짐을 등에 지고 계속 걸을 수밖에 없다. 이 책이 어른과 어린이 모두에게 시대를 넘어 오래 사랑받는 이유는 그러한 네 자매의 어머니의 긍정적인 인생관, 이야기가 전하는 진취적인 메시지가 설득력을 갖기 때문일 것이다.

　어른이 되어 다시 보았을 때 이 이야기가 가진 강한 종교색에 놀라기도 했지만, 그건 동시에 물질적 풍족함의 부정, 진정한 행복의 추구라는 강한 메시지이기도 하다. 그야말로 네 자매는 '경제적인 풍족함'과 '무소유의 풍족함' 속에서 흔들리고 있다. 그러한 부분도 무척 현시대적 테마를 품고 있다고 생각한다.

　그렇다 치더라도, 'LITTLE WOMAN'이라는 원제를『어린 풀 이야기』(若草物語)라고 번역한 최초 역자의 센스에 감탄하게 된다. 이 제목이기 때문에 더욱 일본에서는 지금도 누구나 아는 이야기가 된 것이 아닐까. 제목이란 중요하구나 하고 어른이 되고 나니 더욱 절실히 느끼게 된다.

홀든과 나

—

홀든 콜필드는 처음 만났던 열다섯 살 때부터 쭉 나에게 펑크음악 같은 존재였다. 정확하게 말하자면 『호밀밭의 파수꾼』이라는 소설이 그렇다는 거지만, 그런 구별은 의미가 없다. 나에게 소설 『호밀밭의 파수꾼』은 홀든 콜필드 그 자체이고, 그 소설책을 감싸고 있던 하쿠스이U북스의 그 파랑색과 베이지색의 책 표지도 홀든 콜필드 그 자체다.

아무튼 홀든은 펑크다. 그, 또는 소설 본연의 모습이 펑크라는 게 아니라 특정 연령층에게 펑크음악과 아주 닮은 흥분을 준다는 의미에서.

처음 만났을 때 단번에 사로잡히는 듯한 그 느낌도, 모든 걸 공유하고 싶다고 슬플 정도로 갈망하는 감각도, '아아 이 음악이 있어 다행이야'라는 깊은 안도를 느끼는 것도 모두 닮았다.

그리고, 너무나 펑크음악스러운 열여덟 살이 된 나는 홀든 따위는 까맣게 잊어버리고 만다. 물론 가끔은 떠올렸다. 중얼거릴 때도 있었다. 그 존재로 인해 힘을 얻은 적도 있다. 하지만 일부러 홀든과 만나기 위해『호밀밭의 파수꾼』을 펴는 일은 이제 더는 없었다.

예를 들어 나이 든 록 스타의 공연장에는 그의 옛 노래에 도취했던 중년들로 북적거린다. 당시에는 함께 일어나 춤추고 소리 지르며 음악을 즐겼는데 이젠 몸이 따라주지 않지만, 그래도 즐겁게 함께 노래를 흥얼거리며 중년들이 싱글벙글 웃고 있는 흐뭇한 광경을 종종 볼 때가 있다. 하지만 펑크는 그런 게 어울리지 않는다. 늙은 펑크로커 같은 건 본 적도 없다.

홀든과 '성숙'은, 펑크와 '추억의 가요'만큼이나 어울리지 않는 조합이다. 열여덟 살을 넘긴 내가 성숙했다고 말하긴 어렵지만 내 안에서 홀든은 점점 흐릿해져 갔다. 홀든은 그저 성장기에 거치는 통과의례, 기간 한정의 바이블에 불과했던 것이다.

그래서인지 이러한 세례를 전혀 받지 않고(펑크를 듣지 않고, 록을 듣지 않고, 심지어 홀든과도 만나지 않은) 자라버린 사람을 나는 어쩐지 신뢰하지 않게 된다.

꽤 예전에 남자 친구가 내 방에 놀러왔을 때였다. 나는 그에게 약간의 연애 감정을 갖고 있었지만 그건 제쳐두고, 그가 내 책장을 찬찬히 살펴보다 "이 책 빌려줘"라고 말하며『호밀밭의 파수꾼』을 집어 들었다. 나는 "왜?" 하고 물었다.

그 "왜?"에는 두 가지 의미가 있었다. 하나는 '왜 이 책을 읽지도 않고 너는 커버린 거야?' 그리고 또 하나는 '왜 이제 와서 읽으려는 거야?'였는데, 그는 두 질문 어디에도 답하지 않고 "봐봐, 이 책 책장에 두 권 있잖아. 엄청 재밌으니까 두 권이나 갖고 있는 거 아니야?"라고 말했다.

책장에 왜 『호밀밭의 파수꾼』이 두 권 있는가. 그건 내가 전에 만났던 남자친구와 책장을 공유했기 때문이다. 한 권은 전 남자친구의 소유물인데 헤어질 때 정리가 흐지부지해서 내 책장에 남아 있었던 것이다. 하지만 좋아하는 남자에게 그런 사정을 설명하기는 꺼려져 나는 '자, 읽어 봐' 하며 한 권을 빌려줬지만 그때, 그에 대한 연정이 아주 약간 바랜 것은 사실이다. 이건 어디까지나 지식이나 교양 같은 것과는 전혀 상관없는, 나와 홀든의 문제인 것이다.

그 후 나와 그는 어떤 계기로 인해 전혀 만나지 않게 되어 스무 살을 한참 넘긴 그가 이 작품을 '엄청 재미있다'고 느끼며 읽었을지, 홀든과 만날 수 있었는지는 알 수 없다. 어쨌든 내 책장에서 『호밀밭의 파수꾼』은 다시 한 권이 되었다.

두 권의 책이 한 권이 되고, 나는 점점 나이를 먹어 홀든을 떠올리는 횟수도 줄어들었다. 떠올리지 않게 된 홀든은 내 안에서 요절해버렸는지도 모른다.

그렇지 않은가. 정장을 입고 넥타이를 맨 홀든, 바에서 어른스럽게 행동하는 홀든, 젊은이들을 상대로 다 안다는 듯한 표정으로 설교하거나 혹은 공감하는 척하는 홀든, 뚱뚱해지거나 머리가 벗겨진 홀든 따위는 전혀 머리에 떠오르지 않는단 말이다. 이 세상의 바보스러운 것, 제대로 된 것처럼 보이는 것, 정말 제대로 된 것 그 모두를 꼬치꼬치 따지며 깎아내리고, 저주하고, 때를 쓰고, 침을 뱉는 건 어른 이전의 홀든에게만 허용된다. 나이 지긋한 어른이 불룩한 배를 흔들며 그런 짓을 한다면 그저 한심하고 추잡스러울 뿐이다(그리고 그런 어른이라면 이미 얼마든지 있다).

그래서, 내 안에서 홀든은 요절해야 했던 걸지도 모른다.

학생 시절, 뉴욕에 간 적이 있었다. 사실을 털어놓자면 뉴욕이라는 도시에 흥미를 가진 적이 없었고 그건 지금도 변함없다. 그런데 그때 내가 정한 여행지가 뉴욕이었다. 스스로 생각해도 이유를 알 수 없는 행동이었지만, 어쩌다 보니 가고 말았다.

실제로 뉴욕 거리를 걸어 봐도 내가 재밌어 할 만한 일은 별로 없었다. 3월이라 무척 싸늘할 거라고 생각했는데 이튿날은 초여름 같이 따뜻했고, 그 불안정한 기후 때문인지 그 동네가 어떤 곳인지 이해하기 어려웠다. 지금 떠오르는 기억도 거의 없다. 숲속 같은 곳을 걸었던 것 같고, 인적 드문 빌딩가를 걸었던 것 같다. 구제옷가게를 몇 군덴가 본 것 같고, 낙서로 가득 찬 지하철을 본 것 같다. 슬프게도 '~것 같다'는 감상뿐이다.

하지만 선명하게 기억하는 것도 몇 개 있다. 고요한 호텔 복도나 엄청나게 큰 공룡의 골격이 전시된 박물관, 어딘지 모르게 초라한 호텔 후문, 지하철 플랫폼. 그리고 거리를 걸으며 생각했던 것도 이상할 정도로 선명하게 기억하고 있다.

나는 이 도시에 친구가 살고 있으면 좋겠다고 생각했다.

당시 나는 뉴욕은 그곳에 살고 있는 친구가 있다면 무척 재미있는 도시일 거라고 생각했다. 하지만 친구는 아무도 그곳에 살지 않았다. 친구가 살기에는 더없이 좋은 도시인데 말이다.

그런 풍경과 감상의 단편이 나의 뉴욕에 대한 아련한 기억이지만, 무라카미 하루키 씨의 새로운 번역으로 출판된 『캐처 인 더 라이』를 읽고 흠칫 놀랐다.

홀든이 방황하던 거리는 바로 뉴욕이고, 홀든의 시선과 내가 기억하는 그 거리의 단편은 곳곳에서 딱 들어맞았다. 내가 지금 품고 있는 기억은 실제로 '본' 기억이 아니라 뉴욕이 어디에 있는지도 모르던 때에 '읽었던' 기억이었는지도 모른다. 그게 아니면 스무 살을 지난 나는 요절한 홀든의 발자취를 쫓아 그 도시로 향했고, 그의 시선을 찾아 걸어 다닌 건지도 모른다. 그 거리에 동화되지 못했던 내가 그때 만나고 싶었던 건 홀든이라는 친구였는지도 모른다(홀든과 만났던 때인 열다섯 살의 나는 신랄한 독설가였던 그가 헐뜯는 대상이 내가 되는 일은 절대 일어날 리 없다고 굳게 생각할 정도로 젊었고, 얼마나 많이 공감할 수 있는지가 친구가 되는 조건이라고 굳게 믿을 정도로 단순했다).

게다가 이 새 판본은 내게 어떤 깨달음을 주었다. 바로, 홀든은 요절 같은 건 하지 않았다는 것이었다.

오랜만에 만난 홀든은 나보다 스무 살 정도 연하였고, 예전에 생각했던 것보다 엄청 멋진 남자는 아니었다. 독설 솜씨는 여전했지만 전보다 뾰족한 느낌이 사라져 있었다. 꽤나 한심하고 그다지 잘나가는 것도 아니지만, 유머 감각만큼은 누구보다 훌륭했던 언밸런스한 남자였다.

그리고 결코 이 작품은 특정 연령층만이 공감할 수 있는 일과성 이야기가 아님을 이번 기회에 절실히 느꼈다. 홀든은 젊은 나이에 죽거나 하지 않고, 성장해 간다. 우리들과 똑같이 흐느껴 울고, 자지러지게 웃으며, 사기를 규탄하고, 자기 자신과 타협하기도 하지만 그래도 어른이 되어 간다. 바에서 매너 있게 행동하고, 꽃가루 알레르기에 걸리기도 하고, 뚱뚱해지고 머리가 벗겨지고, 종종 흥분하기도 하고, 먼 옛날의 자기와 같은 젊은이에게 비웃음을 사기도 하면서, 아마 우리들 대부분과 무척 닮은 과정을 거치면서 말이다.

무라카미 씨가 번역한 『캐쳐 인 더 라이』를 읽고 있는 중에 나는 문득 무언가 매우 깊은 구멍을 들여다보는 듯한 공포를 느꼈는데, 그건 아마 홀든이 계속 살아 있음을 깨달았기 때문일 것이다. 아름다운 것들로 가득 차 있지만은 않은 이 세상에서.

나와 함께 성장하고 있는 홀든은 무척 가까운 존재가 되었다. 열다섯 살 때와 비교해 나는 젊지도 단순하지도 않지만, 그렇다고 해도 역시 이 유머러스한 독설가와 틀림없이 친구가 될 수 있을 거라고 생각한다. 홀든은 그의 말을 빌리자면 '언제나 하고 싶을 때 전화를 걸기만 하면 이야기할 수 있는 나의 가장 친한 친구라면 좋을 텐데' 하고, 스무 살 연상의 나로 하여금 떠올리게 하는 사람이 되었다.

만약 다시 뉴욕으로 여행을 떠나게 된다고 해도 나는 전처럼 지루해 하겠지만, 이번엔 확실히, 명확하게 생각할 것이다.

'아아, 홀든에게 전화를 걸어 이야기할 수 있다면 좋을 텐데.'

내가 마흔이 넘어도, 오십대 중반이 되어도 아마 변하지 않을 것이다. 젊은이가 듣는 펑크음악을 듣고 미간을 찡그리며 우주인의 연주는 이해할 수 없다고 중얼거리게 되어도 말이다.

더티 올드맨의 거대한 그림자

—

이런 남자만큼은 사귀고 싶지 않다고, 찰스 부코스키의 작품을 읽을 때마다 생각한다.

나는 남성이 쓴 작품을 읽는다고 해서 그 작가 혹은 주인공을 머릿속에 입체적으로 존재하게 만들고선 연인으로 가장 적당한 사람은 누구일까 생각하면서 글을 읽지는 않는다. 하지만 부코스키만큼은 다르다. 작품 하나하나마다 글을 읽는 사이 일단 어쩔 도리 없이 한 남자가 눈앞에 떠오른다. 허구한 날 맥주를 마시고, 경마에 돈을 쏟아붓고, 지독한 냄새를 풍기고, 소란을 피우거나 멋대로 풀이 죽기도 하고, 다른 이에게 욕을 퍼붓는 것만큼은 천재적인 한 남자가 무척 입체적이고 깊이가 느껴지는 형태로 나타나는 것이다.

'으으 싫다, 이런 남자가 연인이라면 최악이야.'

그렇게 생각하는 게 얼마나 바보스러운지 알고 있지만, 그러니 이제 그만 읽을까 하다가도 역시 읽게 된다.

왜일까. 나는 그의 작품 중 단편소설을 가장 좋아하는데, 무척 짧고, 사건이랄 사건이 없고 때론 엉망진창인 그 작품을 읽고 있다 보면 기묘하게 마음이 술렁거리는 감각, 평소 그다지 바깥으로 드러내지 않는 내 안의 가장 말랑한 부분을 직접 건드리는 듯한 감촉을 느낀다. 그런 작가는 부코스키가 유일하기 때문에 역시 읽을 수밖에 없다. 부코스키가 주는 그 감각, 감촉이 기분 좋은 것인지 어떤지는 사실 나 자신도 잘 모른다. 그럼에도 분명히 알 수 있는 건 기분이 좋아지든 불쾌해지든 간에 나는 그걸 원하고 있다는 것이다.

그의 작품에서 자주 등장하는 인물, 그의 분신이라고 할 수 있는 헨리 치나스키라는 남자. 술을 좋아하고, 경마를 좋아하고, 여자를 좋아하고, 섹스를 좋아하고, 방종하고, 한심하고, 헤프고, 하여튼 그러한 것이 너무나 리얼하고 치밀하게 그려지기 때문에 독자는 거의 남자를 실재하는 인물이라고 생각하게 된다. 찰스 부코스키와 똑같은 경력을 가진 가공의 주인공을 글쓴이와 동일시한다. 그래서 나처럼 이 남자만큼은 사귀고 싶지 않다고 생각하게도 되는 것이다.

부코스키가 쓴 방대한 양의 작품에는 작가로서의 계산이나 의식 같은 건 전혀 없는 것처럼 느껴진다. 엉망진창인 남자가 엉망진창인 일상을 엉망진창으로 옮겨 적는 게 전부인 건 아닐까. 헨리 치나스키의 그러한 도를 넘은 행동은 어떤 면에서는 상쾌하고, 정직한 의미에서의 골계를 품고 있어 그 해방감을 맛보는 것만으로도 그의 작품을 읽는 의미는 있다.

하지만 무언가 다르다. 인생에서 도를 넘어 엉망진창으로 행동한다는 것은 해방감, 상쾌함, 때로는 자기긍정과 같은 것을 주기는 하지만 그 이상으로는 갈 수 없다. 부코스키 작품이 가지는 그 까칠함, 그것을 선호하든 선호하지 않든 상관없이 독자를 사로잡아 버리는 감각은 사실 전혀 다른 부분에서 생겨난다.

『시인과 여자들』이라는 작품이 있다. 헨리 치나스키는 오십대, 얼굴에 여드름 자국이 무수히 남아 있는 추남으로 술이 없으면 아무것도 할 수 없다. 이 뚱뚱하고 추한 알코올 중독 아저씨에게 이런데도 오나 싶지만 여자들이 찾아온다. 젊고 아름답고 매력적인 여자들은 너무나 간단히 치나스키 앞에서 몸을 내준다. 이것은 알코올 중독 아저씨의 소망을 그린 꿈 이야기가 아니다. 사실에 근거한 소설이다. 미국에서부터 때로는 캐나다나 독일에서 그를 찾아오는 여자들은 모두 그의 펜이 그려내는 치나스키의 모습에 끌려 그에게 온다. 치나스키는 말 그대로 오는 여자는 막지 않고 닥치는 대로 관계를 가진다. 여자가 끊이지 않는 나날을 그린 이 작품 속에서 문득 걸리는 부분이 있다.

치나스키가 관계를 가진 여자들은 사실과 비춰서 보면 거의 실제 인물이다. 열 살 연상의 여자와 술에 절은 나날을 보내고, 농담처럼 펜팔 상대와 편지로 결혼을 약속하고, 이혼한다. 내연의 여자와 딸을 가지고, 별거해서는 조각가인 여자와 사귄다. 이 여자와는 꽤 오래 사귀지만 늘 살벌한 싸움의 연속이다. 대체로 자기 이외의 남자에게 추파를 던졌다는 둥, 자기 이외의 여자와 잤다는 둥 그런 걸로 싸움——때로는 경찰이 출동하는——은 시작되고, 헤어지고, 재결합하는 반복이다. 그들의 끝없는, 곁에서 보면 구제할 길 없는 요란한 치정 싸움을 계속 읽으며 나는 매우 기묘한 기분을 맛보았다. 부코스키는 이 바보 같은 싸움을, 이 이상 표현할 수 없을 정도로 익살스럽게 그리고 있지만 그 감각, 타인에게 들키고 싶지 않은 부분에 손이 닿은 듯한 끈적한 감촉을 여기에서도 느낄 수 있었다.

모든 남자와 여자는 아니, 동성이라도 혹은 육친마저도, 결코 서로에 대해 모든 것을 알 수 없다. 알고 있다고 착각하는 행복한 순간은 물론 있지만 그건 대체로 오래가지 못한다. 많은 사람은 그 사실에 대해 이미 알고 있고, 아무렇지 않은 듯 살아간다. 하지만 그것을 끝까지 파고들면 어떻게 될까. 본질을 드러내고 서로 마주하면 어떻게 될까. "나 이외의 남자에게 추파를 던졌다", "나 이외의 여자와 잤다." 말은 그런 것밖에 전달하지 못한다. 하지만 그들이 끝도 없이 부딪히고, 상처 입히고, 욕을 퍼붓는 진짜 이유는 아마 그런 게 아닐 것이다.

드러냄의 본질이라는 말은 부코스키의 작품 모두에 공통한다고 나는 생각한다. '혼'(魂)이라고 해도 좋을지 모르겠지만, 경험과 세월만으로는 결코 변할 수 없다. 보통 사람은 자신의 핵을 이루는 부분을 숨기고 살아간다. 그렇게 하지 않으면 제정신으로 살 수 없기 때문이다. 그 부분을 오랜 시간 무방비 상태로 사람들에게 계속 드러내면 매우 위험하다. 그만큼 핵은 연약하고 상처받기 쉽고 무르다. 그래서 사람은 지식과 이데올로기와 경험 혹은 이력, 지위가 있다면 지위, 돈이 있다면 돈, 그런 것들로 튼튼하게 그 부분을 무장하고 있다. 그러한 무장을 완전히 거부한 작가가 찰스 부코스키이다.

그가 엉망진창인 척 연기한다고는 생각하지 않는다. 술 취해 누구든 상관없이 싸움을 걸고, 셀 수 없이 많은 여자들과 섹스하고, 경찰 신세를 질 정도로 난동을 부리고, 하지만 그런 엉망진창인 행위 속에 그의 혼의 일부는 한없이 차가워져 있다. 그 차가운 눈으로 세상을, 여자를, 남자를, 시를, 언어를 파악하려 했다. 그렇기에 더욱 이렇게나 많은 여자가 그에게 끌리고, 상처받고, 멀어져 간 것이다.

부코스키가 거듭하는 말이자, 가장 나의 마음을 끄는 말은 다음과 같다.

시인으로서 나는 나 이외의 누구에게도 책임을 지우지 않는다. 정치도 종교도 관계없다. 글에 여러 이데올로기를 갖다 붙이려고 하니까 어설픈 농담이 되는 것이다. 특정 지위에 속하지 않는 것, 그것이 전부다.

혹은,

내가 천재이든 그렇지 않든 그건 중요한 문제가 아니다. 그저
나는 무언가의 일부만큼은 되고 싶지 않았다.

(부코스키, 『주정뱅이 전설』)

예를 들어 비트 제너레이션이라 불리며 한 무리로 묶이는 것,
누군가와 몰려다니는 것, 시의 세계에 정치를 결부시키는 것을
물론 그는 거부했지만, 앞에 서술한 말은 동시에 핵의 무장을 벗
어던지고 나서 승부하겠다는 선언이라는 생각이 든다. 무장을
모두 벗어던지면서 많은 상처를 받더라도, 제정신을 잃게 되더
라도, 상처도 광기도 뭉뚱그려 전부 웃어넘기고 그곳에서 무언
가를 움켜잡는다. 그곳에서 언어를 샘솟게 한다.

부코스키를 읽으며 내 안의 가장 말랑한, 보통 때엔 의식하지
못하는 부분을 직접 건드리는 감각을 맛보게 된다고 앞에 썼지
만, 그 이유는 아마 이러한 부분에 있다고 생각한다.

부코스키의 그 자세가, 수많은 언어 너머로부터 나라는 한 독
자의 가장 중심부로 갑자기 손을 뻗어오는 것이다.

부코스키가 시를 낭독하는 테이프를 들어봤다. 스피커에서
흘러나오는 건 영어에 익숙지 않은 나도 알아들을 수 있을 정도
로 느릿하고 명랑한 목소리로, 혀가 잘 돌아가지 않는 쉰 목소리
를 상상하고 있던 나를 놀라게 했다. 시를 읽는 그의 목소리는

때로는 부드럽게 느껴지기까지 해 신기하게도 듣는 사람을 차분하게 하는 울림을 갖고 있었다. 익살을 부리며 약하게 냈다 강하게 내는 그 목소리를 듣고 있으면 부모님이 침대에서 책을 읽어주던 어린 시절을 떠올리게 된다.

그렇게 그 목소리를 들으며 다시 한 번 나는 그의 혼의 일면을 이해하게 된다. 부모에게 이해받지 못하고 그들을 이해할 수도 없었던 소년 시절, 여자와 인연이 없었던 사춘기, 눈앞의 세계가 두려워 등을 돌리는 것으로 세계를 받아들이려 했던, 발가벗겨진 핵을 속속들이 드러내며 자기 자신으로 존재하리라는 각오를 굳힌 한 남자의 목소리. 오셀로 게임판처럼 쭉 늘어놓은 '부정'을 어느 시점에서 모두 '긍정'으로 뒤집을 수 있는 남자의 목소리이기에 더더욱, 침대에 누운 아이를 재우는 듯 기분 좋게 들리는 것이다.

내가 받아들이는 방식 또한 헨리 치나스키와 글쓴이를 동일시하는 것처럼 내 멋대로의 의견에 지나지 않을지도 모른다. 그런 식으로 생각하게 만드는 쿨한 노회함 또한 이 작가는 갖고 있다. 역시 이런 남자만큼은 사귀고 싶지 않다고, 나는 또 다시 중얼거리지만 그가 그리는 언어를 좇으며 나는 작품의, 혹은 헨리 치나스키라는 리얼한 인물의 배후에 놓인 거대한 그림자를 본다. 남자인지 여자인지 알 수 없는 비뚤어진 형태의 그 그림자에 어쩔 수 없이 끌리고 만다. 형태 없는 영혼을 본뜬 듯한 그 거대한 그림자와 벌거벗은 자신이 만나게 되기를 바라며.

2부

책 읽는 방,
2003~2006

일상에 녹아든 만화경 세계

□ 나가시마 유, 『탄노이 에딘버러』

이 사람이 쓰는 소설은 온천 여관의 토산물 코너에 있는 통 모양 만화경 같다고 두 번째 작품인 이 단편집을 읽으며 생각했다. 슬쩍 보면 아무 특별할 것 없고 일상에 녹아들어 있을 뿐이지만, 통에 눈을 가까이 대고 보면 하나하나가 다른 정교하고 신묘한 모양이 반짝반짝 움직인다. 온천 여관 구석에서 문득 눈길을 빼앗겨 호오, 하고 나도 모르게 소리를 흘리고 마는 그런 느낌.

예를 들어 표제작을 보자. 일자리를 잃은 혼자 사는 남자가 연립주택 옆집에 사는 아주머니로부터 초등학생인 딸을 맡아줄 것을 부탁받는다. 초면이나 다름없는 두 사람은 어색하지만 점점 거리를 좁혀 가는데 이 과정에서 어떤 사건이나 소동도 일어나지 않는다. 하지만 이야기에 어느새 빨려 들어가 웃기도 하고 슬퍼지기도 한다. 천장에서 일자리를 잃은 남자의 방을 바라보고 있는 듯한 친밀함마저 느껴진다.

수록작 중 주인공이 아내와 친누나를 데리고 바르셀로나 여행을 하는 「바르셀로나의 인상」이 특히 훌륭하다. 호텔의 더블룸과 싱글룸을 예약한 세 사람은 매일 밤 교대로 싱글룸을 사용한다. 미묘한 거리감이 느껴지는 세 명의 관계가 재미있다. '나'를 중심으로 누나와 아내라는 관계가 있고, 이야기가 진행됨에 따라 그 '관계'가 점점 풀려 어디에도 연결되지 않는 개인이 드러난다. 사소한 기억과 습관과 미묘한 마음의 움직임으로 이루어진 개인이 자신과 전혀 관계없는 이국 거리에 점점이 흩어져 있다. 그렇게 이야기는 '관계'를 다시 한 번 부각하며 끝난다. 관계라는 선으로 맺어진 개인은 더욱 진한 윤곽을 그리며 그곳에 있다.

이 글쓴이가 쓰는 인물은 지극히 평범하게 행동하는 탓에 좀처럼 눈치 채기 어렵지만 모두 다 꽤 특이한 사람들이다. 게다가 사회 일반의 시선으로 볼 때 구제불능인 남자, 여자가 많다. 하지만 다 읽고 나면 그들에게 격려를 받은 듯한 기분이 드는 것이 신기하다. 이 느낌, 나가시마 유가 만들어 내는 독특한 만화경 세계에서만 맛볼 수 있다.

증식하는 '내'가 일그러질 때

■ 기리노 나쓰오, 『그로테스크』

어떤 큰 사건이 현실에서 일어날 때마다 소설이라는 것은 내 생각보다 훨씬 더 무력하다는 생각이 든다. 현실은 언제나 소설을 능가하고, 소설을 쓰는 자의 상상을 가볍게 뛰어넘는다.

이 작품의 저자는 소설이라는 수단으로 현실에 싸움을 걸었던 것은 아닐까 하고 이 책을 읽으며 생각했다.

이 작품의 기저에 있는 것은 실제 살인 사건이다. 일류 기업의 회사원이면서 매춘부이기도 했던 여성이 살해당했던, 아직도 기억에 생생한 사건이다. 하지만 그것은 기저이고 제재일 뿐이다. 그곳에 몇 겹씩 중층적으로 살을 붙여 색다른 박력의 독자적인 소설로 존재하고 있다.

완벽한 미모의 유리코를 축으로 몇 명의 여자들이 그려진다. 아름다움이든 영리함이든 무언가가 완벽하다는 것은 주위에 있는 사람들을 미묘하게 일그러뜨려 간다.

언니는 유리코와 거리를 두고 싶었지만 결국 동생과 같은 고등학교에 다니게 되고, 어딘가 색다른 느낌의 그 명문 고등학교에서 등장인물들은 만나게 된다. 유리코의 언니, 그 학급 친구, 유리코와 관련된 사람은 모두 그 완벽함에 튕겨나가듯 자신 안의 무언가에 과도하게 집착한다. 소설은 처음부터 마지막까지 철저하게 그들의 '일그러짐'을 집요하게 그리고 있다.

타인을 이기고 싶다, 다른 사람보다 뛰어나고 싶다, 그런 점을 많은 이에게 인정받고 싶다, 그렇지 않으면 존재하는 의미가 없다. 그들이 미칠 듯이 그렇게 생각하는 원인이 된 가혹한 학교생활은 (등장인물 중 한 명이 이야기하듯이) 이 나라의 교육 혹은 사회와 상통하는 부분이 있다. 개인을 키우고, 개인을 존중한다는 명목으로 정작 중요하게 키워진 것은 '나'라는 '아집'이었던 것은 아닌가. 그렇게 증식한 나는 이렇게도 무르고, 일그러지기 쉽다.

실제 사건을 다루면서 그것보다 더 강렬하고 인상적으로 독자의 마음에 깊숙이 파고드는 소설을 처음으로 읽었다. 현실 앞에서 소설은 그렇게 무력하지만도 않은 것 같다.

향기가 풍부한, 아름다운 소설

■ 가와카미 히로미, 『빛나 보이는 것, 그것은』

향기가 풍부한 소설이다. 고요하게 진행되는 이야기가 도달하는 곳에서 읽는 이의 후각을 자극한다.

할머니와 자유기고가가 생업인 엄마. 주인공인 남자 고등학생 에도 미도리의 가족 구성은 이와 같다. 미도리의 생물학적 아버지인 오오토리 씨는 홀쩍 에도 가(家)에 나타났다 사라진다. 일반 상식적인 '가족'과 에도 가는 근본적으로 다르다. 제멋대로인 사람들의 오합지졸 공동체 같은 모양새다.

이 에도 가에 향기가 난다. 타인의 집에 놀러 갔을 때 현관 앞에서 먼저 맡게 되는 그 가정의 독특한 향기. 엄마의 연인이 에도 가를 방문하는 장면이 있다. 일요일, 미도리와 엄마의 연인은 할머니와 함께 엄마의 요리를 기다리며 비 내리는 정원을 바라본다. 여기에서 나는 덜컥할 정도로 농후한 남의 집의 향기를 맡았다. 이 냄새를 맡으며 깨닫게 된다. 이 뿔뿔이 흩어져 있는 듯한, 제멋대로 살아가는 사람의 집합체가 진짜 가족이었음을.

소설 후반에서 미도리는 휴가를 이용해 반 친구인 하나다 군과 나가사키의 오지카 섬에 간다. 이 남쪽 섬도 농후한 향기가 넘친다. 난폭할 정도로 우거진 초록, 축축한 흙과 억수로 쏟아지는 비. 가정의 향기와는 정반대인 향기 속에서 미도리와 하나다 군은 삶의 본질에 가까운 듯한, 아니 멀리 떨어져 있는 듯한 그런 말들을 드문드문 나눈다.

이 섬에서 미도리는 어떤 결심을 한다. 자유로운 분위기 속에서 자란 미도리의 결의는 더 한층 그 다음 단계의 자유를 향해 똑바로 뻗은 건강한 손과 같다.

글 속에서 떠다니는 여러 향기가 개성적인 등장인물 모두에게 리얼한 입체감을 부여해 다 읽고 나면 어쩐지 등장인물 모두가 나와 가까운 존재라는 느낌이 든다. 때로는 귀찮지만, 아무래도 미워지지 않는 사람들. 그들과 만나게 된다는 건 꽤 행복한 일이다.

향기가 풍부한, 아름다운 소설이다.

행동과 의지의 틈새

□ 후지노 지야, 『그녀의 방』

안면이 있는 사람을 붐비는 사람들 사이에서 목격했다고 하자. 말을 걸면 좋았을 텐데, 이유도 없이 눈을 피하고 도망치듯 자리를 뜨고 만 경험은 아무리 시원시원한 사람이라도 한 번쯤 있지 않을까 싶다. 자리를 뜬 후에 자기혐오나 수치심, 죄책감이라고도 할 수 있는 기분을 희미하게 느낄 때가 있다. 하지만 이 기분을 우리들은 언어화하지 않는다. 행동과 의지의 틈새에 만들어진 결코 유쾌하지만은 않은 공백. 우리들은 그것을 무시한다. 의지와 행동만을 기워 이어나가며 하루하루를 보내고, 그게 전부라고 생각하려 든다.

후지노 지야는 그 공백을 주워들어 부드러운 말투와는 상반되는 냉혹함을 담아 언어로 표현한다. 이 단편집에서 매끄럽게 그려지는 일상의 한 토막이 다 읽고 난 후 정체불명의 까칠함으로 모습을 바꾸는 것은 그 때문이다.

각 단편에는 무척 친근한 사람들이 등장한다. 스토커의 집을 보러 가는 사람들. 추천 받은 변비약을 거절하지 못하고 사는 여자 아이. 친구와 만날 약속을 필사적으로 만드는 여자. 그녀들은 나도 예전에 한 적이 있는 행동을 한다. 그것은 의지 없는 행동이기도 하고, 의지와 상반되는 행동이기도 하다. 어느 쪽이든 의지와 행동 사이에 성가신 공백이 있다. 사람과 엮이지 않는다면 이 공백은 생기지 않을지도 모른다. 하지만 사람과 엮이지 않고 하루하루를 보내는 것은 불가능하다. 그리고 우리들이 엮이지 않을 수 없는 '사람'은 때로는 이해를 뛰어넘어 의미를 찾을 수 없는 존재다. 선의도 악의도, 사람에 따라 다르게 정의한다.

소설 속의 친근한 사람들에게 '아아, 그 마음 알아'가 아니라 '아아, 뜨끔하다'는 의미로 공감하게 된다. 쓰여 있는 것은 '그녀들의 이야기'가 아니라 '나의 일상'으로 어느새 바뀌어 있다. 그것은 이 주인공은 나이기도 하다는 안이한 착각이 아니라 각 소설이 우리들이 안고 있는 언어 이전의 기분을 속속들이 끌어내 올리기 때문이 아닐까.

읽고 난 후에도 좀처럼 머리에서 떠나지 않는 불가사의한 힘을 가진 단편집이다.

세계는 거대한 미로다

■ 폴 오스터, 『빨간 공책』

폴 오스터의 소설을 손에 들 때마다 펴는 것을 주저하게 된다. 으스스하고 묘한 예감이 들어서다. 대체로 이 예감은 맞아떨어진다. 문장과 스토리 모두 단순한데도 평범하지 않은 복잡하게 뒤틀린 세계가 전개되어 거대 미로에 빠져 들어가는 듯 어쩐지 초조한 기분이 든다. 저자가 직접 고른 에세이집 『빨간 공책』, 대체 어떤 복잡하고 기괴한 '진짜 이야기'가 가득 차 있을까 하고 마치 무서운 것을 보고 싶어지는 심정으로 읽기 시작했는데, 페이지를 펴자마자 매료되어 탐독했다.

본서에 수록된 에세이 또한 무척 상쾌하고 명쾌하며 적당히 기분 좋을 정도로 비틀려 있다. 소설에서 보이는 비틀림이 미묘한 그림자를 만드는 것에 비해 에세이의 그것은 불가사의한 빛을 만들어 낸다. 먼저 작가가 되기까지의 생활이 이미 놀랄 만큼 기묘하다. 비수기 초라한 호텔에서 아르바이트를 하고, 선원으로 일하면서 항해를 하기도 하고, 대부호 부처에게 고용되어 영화 각본을 쓰기도 했다. 부인의 집필을 돕던 이국에서의 나날, 카드형 야구게임 판매…… 하나하나가 이미 소설이나 영화가 아닐까 싶을 정도의 이야기로 가득 차 있다. 그의 주변에서는 사람과의 만남이나 인연에 대해서도 신기한 일들이 일어난다. 그 사건들은 때로 너무나 절묘하게 연결되어 운명이라는 말을 붙이고 싶어진다. '왜 쓰는가'라는 물음에 대한 대답만이 놀랄 정도로 간단한 것도 흥미롭다.

이 작가에게 있어 세상은 그야말로 거대 미로일 것이다. 그의 소설을 읽을 때마다 나는 어쩐지 초조한 기분을 느끼지만, 그 초조함을 그는 현실 세계에서 즐기고 있다. 미로는 거대하면 거대할수록, 복잡하게 뒤얽힐수록 재밌다. 왜냐면 그의 미로에는 '쓰다'라는 지극히 단순한 표식이 있기 때문이다.

미로의 도착지, 골 지점에 있는 것은 절대적인 희망이다. 어쩐지 그의 '진짜 이야기'를 읽은 후, 그런 강한 믿음이 생겼다.

죽음과 삶은 연동하고 있다

■ 요코야마 히데오, 『종신 검시관』

불가사의한 죽음이 있다. 자살로 위장한 타살, 타살처럼 보이는 자살. 수명을 다하지 못하고 찾아오는 돌연한 마지막.

신문기자나 검시관, 형사나 여경, 서로 다른 시선으로 그리는 여덟 편의 단편소설이 묶여 있다. 이 여덟 편에서 부각되는 인물이 종신 검시관이라 불리는 수사1과 검시관 구라이시 요시오라는 한 남자다. 그는 특유의 날카로운 통찰력으로 불가해한 사체의 수수께끼를 차례차례 파헤친다. 그것이 자살로 위장한 타살인지, 타살처럼 보이는 자살인지. 아니면 단순한 사고인지.

하지만 구라이시가 파헤치는 것은 불가사의한 죽음의 수수께끼뿐만이 아니다. 죽음과 삶은 연동하고 있다. 죽음의 수수께끼를 파헤치는 것은 삶의 어느 국면에 가닿는 일이기도 하다. 읽기 시작하니 멈출 수 없게 되었다. 의표를 찌르는 듯한 사건 풀이의 매력에도 그 이유가 있지만, 그것뿐만이 아니라 사자(死者)

의 죽음을, 살아 있던 한 사람을 어떻게든 알고 싶어지기 때문이다. 살아 있는 사람이 가진 이야기는 그 깊이가 깊으면 깊을수록 독자를 끌어당긴다.

하나하나의 소설이 사람의 생의 무게를 훌륭히 그려내고 있어 아프거나 수명을 다해서 사망한 것이 아닌 죽음의 수수께끼는 삶의 수수께끼이기도 하다는 것을 뼈저리게 깨닫게 한다. 「전별」이라는 단편이 그 중에서도 가장 강하게 마음에 남았다. 정년을 앞둔 형사부장에게 매년 오는 발신인을 알 수 없는 엽서. 그 수수께끼를 풀면서 구라이시는 형사부장과 신원을 알 수 없던 사자의 인생을 분명하게 긍정한다. 그 강력한 긍정의 힘에 눈물이 났다.

읽어나가면서 점점 말이 없고 무뚝뚝한, 냉철하고 인간미를 그다지 느끼기 어려운 구라이시라는 검시관이 깡마른 몸속에 겉모습과는 어울리지 않는 인간애를 숨긴 사람 냄새 나는 남자로 보이게 된다. 그가 다루는 것이 죽음이 아니라 삶이라는 것을 깨닫게 되기 때문이다. 구라이시는 여덟 편의 소설에서 그림자처럼 나타났다 사라질 뿐이지만, 원통한 죽음을 역전시켜 보잘 것 없는 삶에 깊은 의미를 부여하는 고고한 종신 검시관의 매력에 독자는 반드시 사로잡히고 말 것이다.

한 여성의 혁명
□『가모이 요코 컬렉션1~3』

속옷을 사러 갈 때에 조금이나마 화려해지는 듯한 기분이 되지 않는 여성은 없지 않을까. 프릴이냐 레이스냐, 검정색이냐 핑크냐, 면이냐 오건디(매우 얇은 피륙으로 가볍고 투명해 보이는 빳빳한 촉감으로 마무리된 면이나 폴리에스테르의 직물―옮긴이)냐, 속옷 판매점에는 선택의 자유가 넘쳐흐른다. 선택의 자유를 누린다는 것은 기쁨 이외의 무엇도 아니다. 그런데 이 기쁨을 가져다준 것이 한 여성의 혁명이었음을 무지한 나는 지금까지 알지 못했다.

　가모이 요코. 근무하던 신문사를 그만두고 홀로 여성 속옷을 만들어 세상에 뛰어들었던 여성이다. 제복 같은 심심한 속옷밖에 없었던 시대에 그녀는 살랑살랑 속살이 비치고 다양한 색을 사용한 속옷을 계속해서 고안해냈다. 사람들은 웃어넘기며 무시하고 무모하다고 단정지었지만, 그녀는 전위적인 쇼를 개최했고 회사를 세워 궤도에 올리며 여성 속옷에 관한 사고방식을 바꿔놓았다. 지금까지 나온 저서를 모은 이 세 권에 그 모든 것이 쓰여 있다.

세상의 기성 개념이나 상식에는 늘 대항하고, 떠돌이 개나 고양이와 대화를 나누고, 일이 안정되면 그것을 쓰러뜨리고, 정착할 만하면 방랑에 나서며 앞으로 앞으로 계속 나아간 한 여성의 문장은 지금 이 시대에 쓰였다 하더라도 감탄할 정도로 새롭다. 그 참신함은 정말 놀랄 만하다.

그녀를 한마디로 표현하자면 '저항'이다. 세상, 상식, 안주, 권력, 또 자신에게까지 줄곧 저항했다. 그녀가 만들어낸 것 모두가 저항으로부터 생긴 알력이다. 알력은 지금의 우리들에게 자유와 선택을 위임해 주었다. 물론 속옷 얘기만은 아니다. 그녀의 말이 수십 년이 지난 지금도 새로운 것은 저항의 대상이 과거의 것이 아니라 우리들이 지금도 무의식적으로 받아들이고 있는 것들이기 때문이다.

가모이 요코. 속옷을 고르는 기쁨에 뒤지지 않는, 만나게 되어 다행이라고 진심으로 생각하게 되는 작가다.

바람직한 연애가 파괴하는 것

■ 미우라 시온, 『내가 이야기하기 시작한 그는』

'연애는 절대적으로 바람직하다'라는 것이 작금의 대전제이다. 여성지를 봐도, TV드라마를 봐도 연애 애기뿐이라 결혼도 하지 않은 여자가(아니, 결혼한 여자마저) 연애하지 않는다는 것은 죄악이나 다름없다는 생각이 들 정도다. 하지만 오싹할 만한 중국의 고사로 시작되는 이 소설은 그러한 대전제를 깔끔하게 베어 버린다.

다섯 명의 화자는 모두 남성이다. 연령도 사정도 그들이 이야기하는 시간축도 다르다. 하지만 공통점이 있다. 그들은 모두 한 남자에 의해 인생의 톱니바퀴가 미묘하게 흐트러지게 된다.

한 남자란 동양사를 전공하는 대학 교수 무라카와 도오루. 가정이 있으면서 연애를 추구하며 살아간다. 무라카와 자체는 소설에서 모습을 드러내지 않는다. 그를 이야기하는 다섯 명은 모두 무라카와와 관계를 가진 여자들과 가까이 있는 남성들이다.

어딘가 체념한 듯한 문장은 무라카와라는 남자가, 그의 연애가 엉망진창으로 부숴버린 것을 담담하게 부각시킨다. 여기에서 연애는 맨손으로는 도저히 맞설 수 없는 거대한 불도저처럼 그려진다. 불도저가 통과한 뒤에는 무참한 맨땅이 남을 뿐이다.

중년이 되어도 연애를 그만두지 않는 무라카와를 유치하다거나 여자에 미쳤다고 비난할 수는 있지만, 소설에 드러나지 않는 무라카와의 연애가 세간의 대전제처럼 아름답고 바람직할 것이라는 생각이 든다는 게 이 소설의 무서운 점이다.

사람에게 상처를 줄 의도도 없고, 무라카와는 그저 바람직한 것을 얻기 위해 연애를 하고 있을 '뿐'이며, 그 결과에 성의를 가지고 책임을 지려고도 한다. 책임이 얼마만큼의 의미를 갖는지는 논외로 하고.

저자는 질투와 집념, 분노와 절망 — 연애에서 흘러나오는 결코 아름답지만은 않은 것 — 을 이렇게 남김없이 쓰고, 거기에 더해 먼 터널의 출구처럼 한 점의 빛을 그린다. 연애보다도 더 깊이 사람과 관계하는 방법이 있다고 쓴다. 그 말은 마음에 묵직한 여운을 남긴다.

익숙한 곳에 있는 사랑

□ 나쓰이시 스즈코, 『애정일지』

전철을 탔는데 옆자리에 앉은 작은 아이가 아버지와 가위바위보를 하고 있었다. 이게 끝날 기미가 안 보인다. 아이는 고작 가위바위보에 흥분해서 침까지 흘리며 웃고 있다. 아버지 입장에서는 재미고 뭐고 하나도 없을 텐데 계속 놀아준다. 그 모습을 보면서 나는 '아이는 어른이 되어도 전철 안의 이 시간을 잊지 않겠구나' 하고 생각했다. 그 광경이 너무나 아름답다고 생각했던 이유는 이 소설을 막 읽고 난 후였기 때문이다.

　세 편의 소설이 묶여 있다. 일하는 '나'와 영화감독인 남편, 세 살 난 딸과 다섯 살 아들, 같은 가족이 등장하는 두 편과 모르는 아저씨를 따라가는 여자 아이가 등장하는 한 편. 테마는 바로 에로다. 여기서 에로는 일상생활 속의 한 요소에 지나지 않는다. 애정을 양분으로 한 자극적이지 않고 싱거운 그 무엇. 어린이집에 간 아이를 맞이하거나 저녁식사를 준비하는 것과 같은, 혹은 그 이하의 찰나적이고 사소한 것.

같은 가족이 등장하는 두 편에는 어린 아이가 있는 부부가 섹스를 할까 말까, 한다면 어디에서 할까 등을 웃음이 날 정도로 심각하게 서로 이야기한다. 결혼 전에는 높은 비율을 차지하던 일들이 점점 작아지고 일상에 가만히 파묻힌다. 어지러운 해피엔드의 뒤편에는 좀스러운 생활이 끝없이 이어진다. 하지만 저자는 그것을 비관하지 않는다. 부부 관계나 성의 본연의 모습, 아이와의 시간, 한 순간의 행복 모두 모습을 바꿔 이어진다. 저자는 그것을 모두 받아들여 긍정하고 있다. 고요하고 강한 긍정이다.

에로를 다루든 좀스러운 일상의 자질구레한 일들을 다루든 이 저자가 쓴 글에는 언제나 의연한 품격이 있다. 저자가 그려내는 사랑은 어딘가 머나먼, 손에 닿지 않는 곳에 있는 것이 아니라 식기장 안과 같은 익숙한 곳에 있다. 저자는 부풀리거나 미화하지 않고 그것을 빈틈없이 실물 그대로 그린다. 작품의 의연한 품격은 아마 그러한 점에서 나오는 것일 게다.

여백에서 스며 나오는 감정

□ 가타야마 가즈히로 편저, 『편지의 힘』

편지를 받는 건 기쁘다. 덩치 큰 사람이 의외로 자그마한 글씨를 쓴다거나, 아름다운 사람이 남자 아이처럼 글씨를 쓰거나, 입이 거친 남자가 흐르는 듯 부드럽게 쓴 글씨를 볼 때, 그 사람의 보이지 않는 일면에 닿은 듯한 느낌이 들어 그것도 기쁘다.

이 책은 소설가 마쓰모토 세이초나 등산가 우에무라 나오미 같은 유명인이 쓴 편지뿐만 아니라 보통 사람이 가족이나 친구에게 쓴 편지도 소개하고 있다. 쓰인 글씨를 그대로 보고 싶다는 생각이 들 정도로 모두 생생하게 개성이 넘친다. 아무리 짧은 글, 간략한 메모라도 그 때 그 사람이 품고 있던 기분을 힘껏 전달하고 있다.

골수이식 도너와 이식 받는 환자의 편지도 실려 있다. 도너와 환자의 면회는 현시점에서는 금지되어 있다. 골수이식추진재단을 경유해 수술 후 1년 이내에 두 번까지 편지를 주고받는 것은 가능하다. 게재되어 있는 도녀와 환자의 편지는 그래서 수신인의 이름도 발신인의 이름도 없다. 편지를 쓰는 이 모두 받는 사람의 얼굴을 상정하지 못한 채 쓰고 있다. 과장해서 표현하지 않는, 무난한 화제라고 말해야 할 것 같은 고요한 편지다. 하지만 그 여백에서 얼마나 많은 감정이 스며 나오는지. 아아, 편지라는 건 쓰인 말만을 전하는 것이 아님을 깨닫게 된다. 사람은 왜 편지를 쓰고 누군가에게 보내는 걸까, 그에 대한 진정한 의미를 알게 된 것 같다.

집단취직으로 상경한 반 친구에게 여럿이 합쳐 쓴 편지, 아들을 전쟁에서 잃은 어머니가 맥아더에게 보낸 탄원서, 경주마 하이세이코에게 보낸 팬레터⋯⋯. 편저자는 편지라는 형태로 시대와 그 시대를 산 사람들의 마음을 실로 선명하게 도려내어 보여 준다. "어떤 글씨라도 좋으니까 손으로 써 줘", 본서에 수록된 미나미 하루오(일본의 국민적 엔카 가수—옮긴이)의 말이다. "손으로 쓴 게 기분이나 몸 상태를 알 수 있으니까." 과연 그렇군, 메일로는 알 수 없다. 잘 못 쓰고 서툴더라도 편지가 아니면 힘은 발휘되지 않는다.

극히 평범한 곳에 있는 살의

■ 히가시노 게이고, 『방황하는 칼날』

신문을 펴면 패륜적인 살인사건이 매일같이 눈에 들어온다. 우리들은 그 정체를 알 수 없는 악의에 곤혹스러워 하고 분노하고 슬퍼하고 공포를 느끼며 이해해 보려 하지만, 이내 잊어버린다. 더 잔혹한 사건이 계속해서 우리들의 마음을 붙들어 둔다.

이 책도 그러한 패륜적인 살인사건을 다루고 있다. 주인공 나가미네는 아내를 잃고 열다섯 살인 딸과 살고 있다. 그 딸이 불꽃놀이 축제에 간 후 돌아오지 않는다. 딸이 폭행을 당해 살해되었다는 것을 알게 된 나가미네는 끝없이 솟구치는 분노를 억누르지 못하고 독자적으로 범인을 찾기 시작한다. 이 범인이라는 녀석들이 아무 쓸모없는 어리석은 놈들이다. 자기 이외의 인간이 자신과 다름없이 살아간다는 것조차 상상하지 못하는 정신이 찌부러진 미성년의 청년들.

재판소는 범인을 심판하는 곳이 아니라 구해주는 곳밖에는 안 된다는 결론을 낸 나가미네는 자신의 손으로 범인을 심판하기로 결심한다.

극히 평범하게 살아오던 보통 회사원 나가미네가 범인 중 한 명을 심하게 폭행해 죽일 때, 그가 표변했다거나 도를 넘었다는 생각은 조금도 들지 않는다. 그의 분노와 그의 행위는 '지극히 평범함'과 '보통'의 대척점에 있는 것이 아니라 그것들에 함유되어 있음을 독자들은 알게 된다. 지극히 평범함의 끝에 있는 살의(殺意). 철저히 나가미네에게 감정 이입하는 중에 이 책은 나직히 묻는다. '그렇다면 살인은 긍정할 수 있는가', '어쩔 도리 없는 쓸모없는 사람이라면 죽여 마땅한가.' 법률은 인간의 나약함을 이해하고 있지 않다. 나가미네의 말은 울림을 바꿔 의미를 바꾸면서 천천히 독자의 마음에 침투해 간다.

단번에 읽어 내려가다 마지막, 한 방의 탄환으로 저자는 독자에게 사라지지 않는 물음을 던진다.

"무엇이 옳은지 내 머리로 생각하고 싶다."

범인을 쫓는 나가미네를 돕게 된 여성 와카코의 말을, 어지러운 흉악사건을 계속 보고 있는 우리들 또한 아마 똑같이 중얼거릴 것이다.

옅게 흐르는 불온한 공기

□ 패트리샤 하이스미스, 『회전하는 세계의 정지점』

이 긴장감은 무엇인가, 읽기 시작하자마자 생각한다. 모든 단편이 첫 문장부터 색다른 긴장감이 넘친다. 무언가 터무니없는 일이 일어날 것 같은 예감. 무언가가 이미 시작되어버렸다는 확신. 그 긴장감 탓에 읽어나가는 데에 약간의 용기가 필요하다.

사실 커다란 사건이 일어나는 것은 아니다. 사건은 그저 시간의 흐름을 따르듯 그렇게 될 일이 그렇게 되어간다. 굳이 설명하자면 심심한 작품들뿐이다. 하지만 첫 문장의 긴장감은 힘을 풀어주지 않는다. 얼굴 앞에 펼친 손가락 사이로 훔쳐보듯 슬렁거리는 두근거림을 느끼며 읽어 나갈 수밖에 없다. 「문이 열려 있어 언제나 당신을 환영해 주는 장소」라는 단편이 특히 마음에 남았다. 뉴욕에서 일하는 여성 밀드레스에게 클리블랜드에 사는 언니가 찾아와 하룻밤 묵게 된다. 줄거리는──스스로 쓰고도 놀랐지만──저게 다다. 일을 마친 밀드레스가 버스에 타 흔들리고 있는 도입부부터 언니를 배웅하는 마지막까지. 하지만 나는 숨을 죽이고 집중해서 읽었다. 옅게 흐르는 불온한 공기, 한 순간 후에 어떤 일이 일어날지 알 수 없는 긴박이 행간에서 서서히 스며 나와 독자를 붙든다.

우화처럼 읽을 수 있는 소설도 있어 그곳에서 무언가 교훈이나 정합성, 인과율을 발견해 보려고 하지만, 아무리 찾으려 해도 그러한 것은 보이지 않는다. 이들 단편은 독자에게 무엇도 강제하지 않는다. 그저 맛보게 한다. 광경을, 그 안에서 움직이는 사람들의 미세한 마음의 움직임을.

소설을 읽는 즐거움이란 바로 이런 것이라고 생각한다. 그저 맛보는 것.

부끄럽지만 이 작가를 모르고 있었다. 하지만 몰랐던 건 행복한 일이다. 이 초기 단편집부터 시작해 다른 작품과 천천히 만날 수 있다. 그렇다, 모든 저작을 독파하고 싶다고 생각할 정도로 나는 이미 이 작가의 포로가 되어 버렸다.

단절과 연결의 틈 사이에서

■ 나가시마 유, 『울지 않는 여자는 없다』

'어디가'랄 것도 없고, '어떤 식으로'라고 말하기도 어렵다. 하지만 나는 이 책에 수록된 소설에 무척 매료되었다.

'어디가 어떤 식으로 어떻다'라고 말하기 어려운 이유는 수록된 두 편 모두 소설 세계가 무척 단조롭기 때문이다. 표제작 「울지 않는 여자는 없다」는 물류회사에 다니기 시작한 무쓰미의 일상을 담담하게 그렸고, 수록작 「센스 없음」은 '세이키마Ⅱ'라는 밴드를 좋아하던 야스코의 일상을 역시 담담하게 그린다. 무쓰미에게는 동거하는 애인이 있고, 야스코에게는 남편이 있다. 두 관계 모두 파탄한다. 하지만 관계의 파탄이라는 것은 이 두 소설 속에서 핵심도 절정도 아닌, 그저 상황으로 그려질 뿐이다. 일터로 향하는 셔틀이 일하는 사람들로 붐비듯, 눈이 내려 보도가 셔벗 상태가 되는 것처럼.

「울지 않는 여자는 없다」의 무쓰미가 일하는 회사는 공장가에 있어서 전철에서 내린 모든 사람들이 같은 방향으로 걷는다. 친구 사이가 아니니 대화도 없이 홀로, 하지만 줄지어 걷는다. 비가 오던 어느 날, 자그마한 발견을 한 무쓰미는 이런 생각을 한다.

'우리들은 연결되어 있으면서 단절되어 있다.'

이 책의 두 소설은 파탄하는 관계를 그저 어떤 상황으로 그리면서 그 사건을 거듭해 나에게 생각하게 한다. 우리들은 연결되어 있으면서 단절되어 있지만, 단절하면서 연결되어 있기도 하다. 무쓰미가 일하는 물류회사의 간식 시간이나 정리해고나 옥상에서 보는 전망, 남편에게 이혼을 강요당하는 야스코의 아무래도 상관없는 기억이나 눈에 들어온 신문기사, 들려오던 아리아, 일상을 채색하면서 점점 사라져가는 그러한 사소한 일 하나하나가 독자에게 있어서도 지금 잃어버리고 싶지 않은 무척 중요한 일처럼 생각되는 것은 바로 그래서이다.

두 작품 모두 관계의 종언을 그리며 또 한 바퀴 커다란 윤곽을 읽게 한다. 수수한 소설이지만 강렬한 펀치를 맞은 듯 욱신거리며 내면에 남는다.

천천히 졸음을 부르는 듯한 이야기

□ 구리타 유키, 『오테르 몰』

불가사의한 소설이다. 이 불가사의함, 무언가와 닮았다고 생각하다 바로 짐작이 간다. 잠들기 전에 어른이 머리맡에서 읽어주던 이야기이다. 꾸벅꾸벅 졸면서 듣던 어딘가 먼 나라의, 혹은 어딘가 먼 시간의 이야기. 색조를 강하게 했다 약하게 했다가, 향기를 퍼뜨렸다가 지웠다가, 등장인물을 가깝게 하거나 풍경처럼 멀어지게 하면서 천천히 잠에 빠져들게 하는 듯한.

주인공 기리가 직업을 찾던 끝에 어느 색다른 호텔에 채용되면서 소설은 시작된다. 오테르 드 몰 도르몽 비앵. 악몽을 쫓고 질 좋은 수면을 제공하는 지하 호텔이다. 주인공이 도심의 빌딩과 빌딩 사이를 빠져나와 오테르 몰에 도착했을 때, 그녀에게 손을 잡혀 이끌려가듯 독자도 그 색다른 호텔에 발을 들이고 만다. 호텔에 모든 것을 쏟아붓는 소토야마 씨, 어딘가 딴청 부리는 듯한 두 사람의 주고받는 대화, 귀가 이상해질 정도로 땅속 깊이 파인 무음(無音)의 세계.

산들산들 기분 좋은 문장으로 그리지만 산들산들 기분 좋은 것만 그려지고 있는 것은 아니다. 호텔 밖 기리의 생활은 꽤 혹독하다. 그녀의 쌍둥이 여동생 사이는 마음의 병을 앓고 있다. 그녀가 고등학생일 때 좋아했던 남자는 지금 사이의 남편이 되어 있다. 사이는 입원을 했고, 할아버지는 사이 곁에서 수발을 들고 있어 기리는 예전에 좋아했던 남자와, 그와 사이의 아이, 이렇게 셋이서 생활하고 있다. 균형이 무너지지 않도록 저울로 수 그램의 소금을 정확히 재는 듯한 신중함으로 거리를 두면서.

하지만 이 소설에 아픔은 그려지지 않는다. 작자는 혹독한 기리의 생활에서 역시 저울로 소금을 재듯 신중하게 아픔을 도려내고 있다. 힘든 일도, 괴로운 일도, 아픔을 도려낸 후 태연하게 그린다. 리얼리티가 있냐고 한다면, 없다. 하지만 '리얼리티가 무엇일까'라는 글쓴이의 깊은 목소리가 들려온다. 빌딩과 빌딩 사이의 좁은 틈 앞에 서서 이 너머에 호텔 같은 게 있을 리가 없다고 말해버린다면, 우리들은 지하 호텔의 문 같은 건 발견할 수 없을 것이다. 글쓴이는 스바루문학상 수상작 『하미자베스』, 전작 『재봉사 테루미』에서도 어른을 위한 동화라고 할 수 있는 그런 문 속의 세계를 그렸다.

어린 시절, 잔다는 것에 대해 어렴풋한 공포가 있었다. 의식이 끊어지고, 그 사이에 스르르 하루가 지나가는 변화라는 것이 왠지 모르게 무서웠다. 머리맡에서 책을 읽는 어른의 목소리는 그래서 그 공포를 누그러뜨리는 것이어야 했다. 나는 아주 긴 이야기를 선호했다. "뒷부분은 내일 이어서" 하고 끝나는 이야기가 좋았다. 오늘처럼 내일이 돌아온다고 믿을 수 있었기 때문이다. 이 소설은 온화한 목소리로 읽어주는 긴 이야기와 무척 닮았다. 뒷부분은 내일 이어서, 어둠과 빛은 반드시 순서대로 찾아와 그 반복을 두려워할 것도 겁먹을 것도 없다는 절대적인 안도감을 이 소설도 온화한 목소리로 이야기해 준다.

여행의 시간은 꿈의 시간

□ 나카지마 교코, 『이토의 사랑』

한 남자중학교 향토부 고문을 담당하는 신통찮은 교사 구보 고헤이는 친정 다락방에서 어떤 인물이 쓴 수기를 발견한다. 증조부의 여행 가방에서 발견된 그 책은 메이지 시대에 통역 가이드로 활약한 이토 가메키치의 수기였다.

이토 가메키치의 실제 모델이 있다. 19세기 영국에서 메이지의 일본을 방문한 여성 탐험가 이자벨라·L·버드의 통역으로 그녀와 함께 여행했던 소년이다. 글쓴이는 그녀의 저서 『일본오지기행』에서 영감을 얻어 이 소설을 썼다고 후기에 적고 있다.

소설 『이토의 사랑』에서 고헤이가 발견한 수기는 뚝 끊겨 뒷부분이 없다. 다음을 어떻게든 읽고 싶은 고헤이는 가는 실을 끌어당기듯 이토의 가족 및 친척을 찾아다닌다. 그러다 그의 증손자에 해당하는 극화의 원작을 쓰는 약간 독특한 여성 다나카 시게루를 찾아내 '향토부 조사'라는 명목으로 협력을 청한다.

갑자기 처음 보는 중학교 교사의 요청으로 시게루가 '증조부의 수기 찾기'에 점점 빠져 들어가는 것처럼, 나도 영국인 여성과 여행하는 이토에게 매료되어 어느새 수기의 뒷부분을 찾아내기를 간절히 바라고 있었다. 고지식한 고헤이와 개성적인 시게루, 전혀 대화가 통하지 않던 두 사람은 함께 이토의 손짓으로 같은 방향을 응시하며 점점 거리를 좁혀간다. 각자의 인생의 키워드를 바라보면서.

  정말 아름다운 소설이다. 긴 시간 영국인을 사랑했던 소년은 현재를 사는 고헤이와 시게루뿐만 아니라 독자에게도 무언가를 알고 싶다고 바라는 미열과 같은 기분을 떠올리게 한다. 무언가를 알고 싶다, 지식도 애정도, 여행하는 것도 사람과 만나는 것도, 모든 것은 어린아이처럼 순수한 그 기분에서부터 시작한다.

  이토 소년은 여성 탐험가에게 도호쿠를 안내하지만, 이 소설의 글쓴이는 더 넓은 시간축과 공간으로 우리들을 이끈다. "여행의 시간은 꿈의 시간"이라는 말은 여성탐험가가 한 것이지만, 바로 그런 기분을 느끼며 책을 덮었다.

아버지는 도대체 어떤 사람이었을까

■ 모리 에토,『언젠가 파라솔 아래에서』

이미 돌아가신 아버지를 나는 마치 타인처럼 생각할 때가 있다. '대체 어떤 사람이었던 걸까' 하고 모르는 사람처럼 생각해 보는 것이다. 그러다 약간 놀라게 된다. 같은 지붕 아래에서 살았던 가족인데 정말 모르고 살았던 건 아닐까 하는 생각이 든다는 것에.

아버지는 도대체 어떤 사람이었을까. 이 소설에 등장하는 세 남매——주인공 노노, 형 가스가, 여동생 하나——는 나보다 훨씬 절실하게 그 의문을 품는다. 그들의 아버지는 아이들에게 지나칠 정도로 엄격했다. 가스가와 노노는 그에 반발하듯 집을 나왔다. 그 아버지가 사고로 죽은 직후, 노노는 엄격한 아버지와는 어울리지 않는 사실을 알게 되고 만다. 회사에서 만난 여자와의 정사다.

아버지는 도대체 어떤 사람이었을까. 엄격함의 뒷면에 있던,

아버지 스스로 말했던 혐오스러운 과거, 어두운 피라는 건 무엇일까. 세 남매는 상경한 이래로 아버지가 줄곧 증오하며 멀리하던, 결코 다시 찾지 않던 고향 사도(佐度)로 향한다. 물론 세 사람에게 있어서는 처음 가는 곳이고, 친척들도 처음 만나는 것이다.

깊은 주제와는 반대로 소설은 무척 유머러스한 어조로 전개된다. 때로 소리 내어 웃으며 읽어나가다 문득 왠지 햇빛을 한껏 쬐고 있는 듯한 기분이 든다. 이 책은 그러한, 빛이 충만한 소설이다. 그건 아마 이 소설이 그리고 있는 것이 돌아가신 아버지의 비밀이 아니라 마침 아버지였던 한 남자와 마침 자식이었던 그들의 새로운 해후이기 때문이리라.

가족이라도 타자는 속을 알 수 없는 부분을 가진 누군가이다. 연약함과 강인함, 자립과 의존, 현명함과 어리석음, 상반되는 것을 품고 있는 누군가. 하지만 그것은 결코 비관할 일이 아니라고 이 소설은 고한다. 왜냐면 그렇기 때문에 우리들은 몇 번이고 만날 수 있으니까. 그렇게 만나 상대방 안에 있는 불가사의한 모순을 서로 인정할 수 있으니까.

무척 상냥하고, 든든한 소설이다.

영원보다 더 단단한 것

□ 후지노 지야, 『베지터블하이츠 이야기』

2층짜리 연립주택과 그에 인접한 오야의 집이 이 소설의 무대다. 오야 일가와 연립주택의 주민들, 교차되는 화자에 의해 이야기는 진행된다.

원룸 연립주택은 일과성으로 머무르는 장소다. 일생을 마칠 만한 종류의 공간이 아니다. 이 소설에서도 연립주택 주민은 대학생이나 검소한 회사원, 직업을 잃은 남편과 그의 아내 정도다. 그들은 모두 무언가를 꿈꾸고 있다. '약간 호감을 느끼는 동료와 조깅을 하고 싶다' 정도의 사소한 것이거나, '시나리오 작가가 되고 싶다' 같은 장래희망이거나. 주민들은 모두 무언가가 되고 싶다고 희망하지만 현시점에서는 아무것도 아닌 사람들이다.

이에 비해 오야 일가의 면면은 딸과 아들이 가정 붕괴를 걱정하고는 있지만 꽤 느긋하게, 아무 일 없이 평범하게 살아가고 있다. 개개인이 어떻게 생각하든 간에 비교적 사이좋고 유쾌한 가족이다. 가족 누구도 무언가가 되고 싶다 같은 야망이 없다. 대단할 것 없는 일상을 보내고 있다.

연립주택 주민들과 오야 일가의 대비가 재밌다. 그것은 변화와 불변이며, 순간과 영원과 같은 것이기도 하다. 하지만 그러면서도 그 상대되는 것을 읽고 있다 보면 그 대비를 통째로 삼킨 일상을 인식하게 된다. 이 소설 속에서 일상은 영원보다 더 단단한 무언가다.

오야가 키우는 싯포나라는 개가 있다. 오야의 딸도 아들도 이 개를 쓰다듬으며 집을 나서고 이 개를 쓰다듬으며 집에 돌아온다. 개는 언제나 그곳에 있으면서 쓰다듬을 때마다 기분 좋다는 듯이 꼬리를 흔든다. 이 소설에서 그려지는 일상은 어쩐지 싯포나와 닮았다. 궁지에 빠진 우리들을 구해줄 수도 없고, 무언가가 될 수 있는 기회를 주지도 않지만 그곳에 계속 존재한다.

글쓴이는 일상을 자질구레한 것까지 쌓아올리며 독자에게 순간과 영원을 내포하는 거대한 것을 살짝 엿보게 해준다. 언뜻 가볍게 읽을 수 있는 책인 것 같지만 무척 곱씹어 볼 만한 내용이 담긴 소설이었다.

전쟁으로 황폐화된 마을에서 살아간
여성의 인생사

■ 우베 팀, 『카레소시지』

독일 북부에 카레소시지라는 음식이 있다고 한다. 노점에서 먹
을 수 있는 서민의 맛. 이 소시지는 사람들 사이에서 어쩌다보니
만들어진 것이 아니라 어떤 한 여성이 발견한 것이라고 생각하
는 '나'가 예전에 함부르크에서 노점을 냈던 노파 레나를 찾아
가면서 이야기는 시작된다. '나'는 양로원에 사는 레나를 끈질기
게 찾아가 카레소시지의 탄생 비화를 캐나간다.

　카레소시지 발견의 배후에는 방대한 시간과 우연의 연속이
있었다. 제2차 세계대전 종전 직전, 레나는 묘한 계기로 알게 된
젊은 해군 탈주병을 숨겨주게 된다.

　얼마 안 있어 전쟁이 끝났는데도, 집에서 한발자국도 나가지
못하는 그에게 레나는 그 사실을 말하지 못했다. 이십 대의, 고
향에 아내와 자식도 있는 그가 방에서 나가지 않길 바랐기 때문
이다. 레나가 아들 정도로 나이 차이가 나는 그에게 품은 마음은

연애 감정보다도 훨씬 조야하고 거친, 강한 감정이었다. 여기서
부터 소설은 속도를 더해 갑자기 재밌어진다. 저자는 지극히 평
범한 사십 대 여성의 일상을 그리며 전쟁 통인 함부르크의 윤곽
을 그려낸다. 늙은 레나는 '나'에게 말한다. 그때가 '인생에서 가
장 즐거웠다'고. 그 후 카레소시지를 '발견'하기까지의 경위는
통쾌할 정도로 드라마틱하다. 탈주병도, 남편도 잃은 레나가 생
활을 다시 일으키는 경위는 그대로 패전국의 부흥의 역사다.

카레소시지라는 음식 이야기이면서 한 여성의 인생사이기도
하고, 그와 동시에 전쟁을 그린 소설이기도 하다. 정확한 기록만
이 전쟁의 기억을 전하는 수단은 아니다. 그것을 얼마나 잘게 씹
어 소화해 자기 나름대로 이해하는가. '즐거운 시기였다'고 노파
가 회상하는 모습을 통해 저자는 전쟁으로 인한 변화를 자기 나
름의 방법으로 소화했던 그 시대를 도려냈다. 어쩔 수 없이 시대
를 살아가야 하는 사람의 슬픔과 굳센 의지를 그려낸다. 이야기
의 재미는 물론이거니와, 전쟁이라는 패배의 기억을 어떻게 조
리할 것인가에 대한 자유로움 또한 맛볼 수 있었다.

모두 연애에 발버둥치고 있다

□ 히라타 도시코, 『2인승』

이십 대 시절엔 삼십 대가 되면 연애 고민 따윈 없을 거라고 생각했는데, 삼십 대에 돌입하자마자 이전에 뒤지지 않는 연애 고민에 습격당했다. 현재 (연재 당시 2005년) 삼십 대인 나는 사십 대가 되면 더 이상 연애 따위로 고민하지 않을 거라고 여전히 생각하고 있지만, 세 편의 소설로 이루어진 이 책을 읽으며 그런 건있을 수가 없음을 깨닫고 웃고 싶어졌다.

「란코 씨의 바위」에 등장하는 란코는 마흔여섯 살이다. 나마저 "그런 남자에게 접근하면 좋을 게 없다"고 말하고 싶어질 정도의 무책임한 남자를 사랑하게 되고, 그 결과 나마저 '이 사람이 훨씬 나아'라는 생각이 드는 남편과 헤어져 홀로 맨션에서살고 있다. 표제작이기도 한 「2인승」에 등장하는 란코의 동생후지코는 마흔을 목전에 두었으며 열세 살인 딸이 있다. 남편은불륜 상대에게 가버리고, 딸은 조부모 곁으로 가버려 가족의 기척이 남은 집에 역시 혼자뿐이다. 「에디슨의 등대」는 불륜 상대에게 가버린 그 남편, 서른여덟 살인 미치히코가 화자다. 불륜 상대와 그녀의 늙은 아버지와 생활하기 시작한 미치히코는 둥실둥실 떠내려가는 물풀 같은 남자로, 불륜 상대의 과거를 질투한 나머지 불쑥 그 집도 나와 버린다.

다들 제대로 발버둥치고 있다. 연애에 비틀거리고 있다. 하지만 이 책에서 그리는 그들의 연애는 미화되지 않았고 그렇다고 해서 질척거리지도 않는, 일상에 바짝 다가가 있는 무언가이다. 부엌에서 나는 냄새나 봉투에 담긴 단팥빵 같은, 불단에 놓은 꽃이나 끈질기게 시각을 알려주는 고장난 시계와 같은 계열의, 사람이 사는 곳에 있는 것. 결코 그림이 될 수 없고 아름답지도 않지만, 그들이 발버둥치는 모습은 프라이팬이나 다리미가 있어야 할 곳에 늘 있는 그런 안도감을 전해 준다.

전작 『피아노 샌드』와 같이 히라타 작품에는 가벼운 쓸쓸함과 독특한 유머가 있다.

언덕길에서는 다리에 힘을 준다. 내리막길에서는 바람을 가른다. 짐받이에 앉았을 때는 앞 사람에게 매달린다. 때때로 균형을 잃고 넘어진다. 사람과 함께 산다는 것은 서투르게 자전거를 타고 계속 달리는 것과 같을지도 모른다.

그들을 '가족'으로 만들어 주는 것

■ 미츠바 쇼고, 『아빠는 가출중』

집의 모든 것을 내던지고 아버지가 실종된다. 그 후의 날들을 다섯 명의 화자가 이야기한다.

열네 살 차남은 아빠가 실종된 후 어쩔 수 없이 신문 배달 아르바이트를 시작한다. 열일곱 살인 장녀 역시 고등학교를 다니며 환락가에서 아르바이트를 시작한다. 2장은 클럽활동, 연애나 친구, 그리고 갑자기 아버지가 없어져 버린 붕괴의 한복판에 있는 가족에 대해 요즘 아이들다운 가벼운 어투로 쓰여 있다. 이 가벼움에 속아서는 안 된다. 현대 가족을 시원하게 비꼬는 흔한 이야기인가 하고 속을 뻔했다. 그렇지 않다.

제3장에서 집을 나갔던 스물일곱 살의 장남이 돌아온다. 그는 남은 가족을 위해 쉬지 않고 일한다. 저도 모르게 아버지를 대신하기 시작한다. 어머니가 화자인 제4장에서 소설은 더욱 깊은 곳까지 독자를 데려간다. 전반에서는 알 수 없었던 가족 구성

의 내력이 그녀에 의해 밝혀진다. 혈연만으로 묶인 그저그런 가족이 아니라 무언가 더 중요한 것을 공유하는 공동체였음을 점점 깨닫게 된다. 그리고 제5장. 실종된 아버지의 아버지, 할아버지의 회상을 섞어 '가족이란 무엇일까'라는 한정적인 물음이 아닌 '사람과 사람의 관계란 무엇일까'라는 더욱 깊고 넓은 물음을 독자는 건네받게 된다.

1,2장의 가벼운 말투는 마지막까지 읽으면 실로 깊은 의미를 마음에 남긴다. 이 가족에게는 역할이 있다. 그들을 가족으로 만드는 것은 피도, 공유해야 할 과거도 아닌 바로 이 '역할'이다. 아이는 아무것도 모르는 아이의 역할을 완수하면 된다. 아버지라는 역할을 할 사람이 사라지면 누군가가 그 역할을 맡으면 된다. 그것은 비꼬는 것도 아니고 자포자기하는 것도 아닌 무척 굳건하고 건전한 일이다. 붕괴도 재생도 쓰여 있지 않은 이 소설이 쓰고 있는 것은 인간이 가진 그 굳건함이자 건전함이다.

나는 제4장을 특히 좋아해서 지금도 다시 읽곤 한다. 실종된 아버지는 세상이 어떤 향기를 풍기든 나에게도 그것을 제대로 보여 준다.[이 작품의 원제는 厭世フレーバ-(염세의 향기)―옮긴이]

사랑조차 될 수 없었던 그의 애정

■ 히가시노 게이고, 『용의자 X의 헌신』

언제나처럼 이 저자의 소설은 페이지를 넘기는 손을 멈추지 못하게 한다. 이 책은 연애, 우정이라는 보편적인 테마를 매우 섬세하게 다루고 있다.

천재적인 두뇌를 지녔으면서도 고등학교 수학 교사에 안주해 살아가는 이시가미는 연립주택 옆집에 사는 여성 야스코에게 일방적인 연심을 품고 있다. 어느 날, 야스코와 딸 미사토가 집에 찾아온 전남편을 죽이고 만다. 그것을 알게 된 이시가미는 그녀들의 죄를 완벽하게 은폐하기 위해 분주하게 움직인다. 독자는 이시가미의 진짜 의도를 야스코와 마찬가지로 알지 못한다. 이시가미가 여러 겹으로 궁리한 트릭을 파헤치는 것은 학생 시절 그의 유일한 친구였던 물리학 교수 갈릴레오 선생 유카와. 마치 수식 증명을 겨루는 것처럼 갈릴레오 선생은 이시가미의 진의를 읽어내려고 한다.

야스코는 독자에게 그다지 매력적인 여성으로 보이지 않는다. 도시락집에서 일하고 과거의 불행이 어쩐지 얼굴에 물들어버린 듯한, 중학생 딸을 둔 어머니다. 하지만 그래서 더욱 그녀를 생각하는 이시가미의 마음이 기분 나쁠 정도로 날이 선듯 느껴진다. 그녀는 이시가미의 진의를 전혀 모르고 그저 매달리는 듯한 심정으로 그가 내리는 의미 불명의 지시를 따른다.

한편으로 이시가미와 갈릴레오 선생의 조용한 대결이 펼쳐진다. "스스로 생각해서 답을 내는 것과 남에게 들은 답이 맞는지 어떤지를 확인하는 것 중 어느 것이 간단한가." 그리고 갈릴레오 선생은 이시가미가 내놓은 해답과는 다른 해답을 끌어내고, 자신의 답에 고뇌한다.

이시가미의 의도를 모두 알게 된 순간, 이 소설에 그려진 연애의 형태에도, 우정의 본연의 모습에도 정신이 번쩍 들 만큼 충격을 받게 된다. 거의 연애와는 상관없이 살아온 남자. 결코 누구에게도 더럽혀지지 않은 그의 새하얀 부분에, 사랑조차 될 수 없었던 그의 애정에 굴복하고 만다. 그리고 학창 시절 재능을 겨루던 두 사람의 수수하지만 반짝거리던 시간과 그 재능이 다다르고 만 미래에 그저 고개를 숙이게 된다. 묵직한 무게가 느껴지는 소설이었다.

터진 부분을 읽게 만드는 이야기

□ 리처드 브라우티건, 『불운한 여자』

나는 이미 숨진 작가를 너무나 좋아하는 경우 출간된 저작을 되도록 읽지 않으려고 할 때가 종종 있다. 읽고 싶지만 참는 거다. 전부 읽어 버리면 더 이상 나올 수 없는 신작을 손꼽아 기다리게 되니까. 이러한 이유로 나는 대여섯 권 정도 읽은 후 브라우티건의 저작을 멀리했다. 남은 책들은 평생 동안 천천히 읽기로 결심한 것이다.

그런데 무려 브라우티건의 신작이 서점에 진열되어 있는 것이 아닌가. 1984년에 권총 자살을 한 작가의 유작이 20여 년의 세월을 넘어 번역된 것이다.

하와이, 캐나다, 알래스카를 여행했던 시기와 몬타나로 돌아온 후의 일어난 일들이 일기 형식으로 엮여 있다. 그렇다 해도 쓴 사람이 브라우티건이니 그저 흔한 일기가 아니다. 화자인 '나'가 자아내는 말들은 과거와 현재, 눈에 보이는 것과 보이지 않는 것, '여기'와 '여기 이외' 사이의 장벽을 너무나 쉽게 지워 버리며 이쪽저쪽으로 오고간다. 읽기 시작하면 당장은 이야기가 사방으로 튀는 무질서함에 당황하지만, 도중 퍼뜩 깨닫게 된다. 애초에 브라우티건에게 질서정연한 저작이 있었던가. 그렇다, 이 작가는 질서를 읽히려는 것이 아니라 터진 부분을 읽게 만드는 사람이었다.

이 유머. 이 섬세함. 이 아이러니. 이 서글픔. 이 장난기. 이 냉담함과 이 애정. 이 작가만이 쓸 수 있는 말들을 탐독했다.

브라우티건은 언제나 작은 것을 본다. 이를테면 어느 날의 일기에 화자인 '나'는 공포영화 포스터를 보다가 울고 만 할머니에 대해 쓴다. 그 후 카페에서 옆에 앉은 남자가 아침 도넛을 먹은 후에 빵을 사는 모습을 쓴다. 특별할 것 없는 일상의 작은 순간을 멋지게 도려내 잊을 수 없는 영상으로 독자의 눈에 남긴다. 여기에는 자그마한 것을 향한 사랑이 있다. 쓸모없는 사소함에 대한 긍정이 있다. 그렇게 살아가는 우리 인간에 대한 상냥한 체념이 있다.

목을 매달아 자살하는 '불운한 여자'에 대해 쓰려고 하면서도 화자는 좀처럼 쓰지 않는다. 읽는 것은 곧 아는 것이다,라는 도식에 익숙해진 나는 그녀에 대해 밝혀지지 않은 것이 무엇인지 조바심을 느끼지만, 다 읽고 나서 생각해 보니 이야기되지 못한 또 하나의 이야기를 읽은 기억이 남는다. 하찮고 자질구레한 것들과 의미를 알 수 없는 타인의 행동으로 둘러싸인 일상을 읽으며, 어떤 이유로 목을 매달아 결국 남몰래 숨진 어느 여성의 누구도 언급하지 않을 이야기를 읽었음을.

약 이십 년 전에 숨진 작가의 이십 년도 더 전에 쓰인 소설이다. 놀라운 것은 이십 년 따위를 한순간에 날려버릴 정도로 이 작가의 언어는 지금 더욱 새롭고, 따끈따끈하고, 포근하다는 점이다.

이 나라에 살고 있다는 것

■ 이사카 고타로, 『마왕』

신기한 소설이다. 마음속으로 생각하는 것을 타인에게 말하게 할 수 있는 특수한 능력을 가진 형이 화자인 표제작 「마왕」, 동생의 여자친구가 화자인 「호흡」, 두 소설 모두 일관되게 헌법 제9조[2차 세계대전 후 승전국에 의해 만들어진 것으로 일본의 전력(戰力) 보유 금지와 국가 교전권 불인정을 주요 내용으로 하고 있다.—옮긴이]의 개정과 파시즘에 대한 논의가 반복되지만 저자는 후기에 '그것들은 주제가 아니다'라고 밝히고 있다.

확실히 이 소설은 시종일관 그러한 것들에 대한 문제 제기만 하고 있는 것은 아니다. 무언가 훨씬 커다란 것을 향해 열려 있으며, 헌법 개정이 옳은지 그른지에 대해 쓴 단순한 소설도 아니다. 경고도, 사회 비판도 아니다. 저자는 헌법 개정이나 국민 투표와 정면으로 마주하면서 지금 이 나라에서 살아간다는 것, 그것이 어떤 것인지를 성실하게 도려내고 있다. 어디까지나 소설이라는 형식으로.

「마왕」을 읽을 때는 생각하지 않는 것에 대한 공포를, 「호흡」에서는 거꾸로 생각하는 것에 대한 공포를 느낀다. 하지만 어느 쪽도 똑같음을 깨닫게 된다. 컴퓨터나 휴대전화의 보급으로 현격하게 정보량이 늘어난 지금, 전송되는 정보를 그대로 받아들이고, 출처도 모르는 그것들을 주고받는 행위를 '생각한다'는 행위와 같다고 여기는 것에 대한 공포. 그것은 얼마 전까지만 해도 눈에 띄지 않았던 공포였다.

시대는 조금씩 변화하고 있다. 이를테면 60년대, 70년대 사람들은 그 변화에 접근할 수 있었다. 변화를 직접 느끼고 그와 관련되어 있다고 믿을 수 있었다. 하지만 지금 우리들은 변화에 접근할 수 없다. 변화는 어딘가에서 남몰래 진행되어 우리들은 깨닫지 못한 채 그에 순응해간다. 이 소설에 등장하는 형, 동생 모두 그것에 온몸으로 저항하고 있다. 지금이라는 시대, 여기라는 장소는 누구도 아닌 우리들 자신의 것이 아닌가. 모르는 사이 순응하도록 그냥 둘 것 같냐고.

정체를 알 수 없는 공포를 맛보게 하지만, 소설은 탁 트인 맑은 하늘을 틈새로 살짝 보여준다. 우리들이 직접 만질 수 있는 진짜 풍경으로서.

쇼와사를 산 여성을 그린 '큰 소설'

□ 히메노 가오루코, 『하루카 에이티』

하여튼 너무 재밌어서 정신없이 읽었다. 1920년 시가현에서 태어난 모치마루 하루카의 반생을 다룬 소설이다. 심상소학교[尋常小學校; 일제(日帝) 때 잠깐 두었던 초등학교—옮긴이]에 다녔고, 고등여학교를 거쳐 사범학교에 다닌 후 소학교 교사가 된다. 스무 살때 선을 보고 결혼하지만 군인인 남편 다이스케가 외지에 주둔하게 되어 신혼 초부터 시부모와 살다가, 태평양전쟁이 격화되었을 때 남편의 새로운 주둔지 아쓰미 반도에서 살게 되고, 종전을 맞아 돌아온 고향에서 아이를 낳는다. 오사카에서 살며 남편이 사업을 시작하자 앞날을 염려한 하루카는 유치원에서 일하기 시작한다.

무엇이 그토록 재미있는 걸까. 전쟁, 패전, 고도 성장기와 변화로 넘치던 시대를 살던 일반 사람들의 삶이 바로 재미의 원천이다. 그 시대, 얼마나 힘들었는지에 대한 이야기를 들어 본 적은 있어도 얼마나 즐거웠는지에 대한 이야기를 들어 본 적은 없다. 즐거움 따위의 감상 자체가 터부시되었다. 하지만 어떤 시대라 하더라도 사람은 하루를 살면서 무언가 소소한 즐거움을 찾아낼 터이다. 격화하는 전쟁 속, 아직은 잘 모르는 남편과 생판 낯선 땅에서 살며 고독과 불안에 짓이겨질 것 같지만 하루카는 갱지 한 장에 쓰인 「여자의 일생」 프로그램을 몇 번이고 읽는다.

즐길 줄 안다는 것은 하루카라는 여성이 지닌 최대의 미덕이자 매력이다. 이 씩씩한 여성은 여학교 시절, 가진 게 없음을 한탄하기보다 이미 갖고 있는 것에 대해 기뻐하는 것을 선택하는 것, '그 편이 즐겁다'는 걸 깨닫는다. 그녀를 줄곧 지탱해 주는 것은 이 마음가짐이다. 하루카의 인생을 불행하다고 한다면 얼마든지 그렇게 단정할 수 있다. 종전을 맞아 겨우 생활이 안정될 즈음 남편의 사업이 잘 풀리지 않게 된다. 거듭되는 전업과 늘 어른거리는 여자의 그림자. 가슴 두근거리는 사랑을 하지만 상대방은 뻔뻔스레 하루카에게 돈을 요구한다. 그러나 언제나 하루카는 하늘을 바라본다. 즐길 거리를 찾는다. 하루카라는 인물이 자아내는 기품, 고상함은 그러한 자세에서 나온다. 사람은 이처럼 고상하게 살 수 있다고, 하루카라는 인물을 보며 배우게 된 듯한 기분이 든다.

작가 특유의 치밀한 인물 관계도도 매력 중 하나다. 하루카의 가족, 다이스케의 부모, 이웃사람들, 그리고 평생의 친구가 된 여학교 시절의 동창들. 하루카가 하루카답게 시대를 꿋꿋하게 살아가는 모습을 그린 것과 같이 작가는 그들 한 명 한 명의 삶의 방식 또한 정성스럽게 서술한다. 책을 다 읽을 무렵에는 근처에 사는 누군가인 것처럼 한 명 한 명이 떠오를 정도다.

어떤 식으로든 다양하게 읽을 수 있는 소설이다. 쇼와 역사로서 읽을 수도 있고, 한 여성의 삶의 방식으로서도 읽을 수 있으며, 이 나라의 가치관, 남녀 차이에 대한 의식의 변화로서도 읽을 수 있다. 또 가족소설로도 연애소설로도 읽을 수 있다. 그런 단순한 분류가 바보스럽게 느껴질 정도로 큰 소설이다.

다 읽고 나면 뭔가 아쉽고 부족한 기분이 든다. 60대, 70대의 하루카도 읽고 싶다. 물론 이건 불만이 아니라 하루카라는 여성에게 매료된 독자로서의 찬사다.

예술의 신은 존재하는가

□ 이이다 조지·아즈사 가와토, 『도작』

회화든 소설이든 자신이 가진 역량 이상의 작품이 완성되었을 때 '신이 내렸다' 같은 표현을 쓰는 경우가 있다.

나 같은 범인에겐 그런 일이 일어날 리가 없다고 회의적이 되고 말지만, 이 소설을 읽고 나니 잠깐이나마 사람에게 힘을 빌려주는 예술의 신의 존재를 어쩐지 믿고 싶어진다.

시골 마을에 사는 평범한 여고생 아야코는 어느 날 무언가에 강하게 이끌리듯 한 장의 그림을 완성한다.

본 사람의 마음을 움직일 수밖에 없는 그 그림은 이윽고 일본 전역에 널리 알려진다. 하지만 완전히 똑같은 모티프, 똑같은 구도의 모자이크가 이미 존재했다는 사실이 밝혀지면서 아야코는 도작자로 단정된다.

고등학교를 졸업한 아야코는 도망치듯 고향을 떠나 도쿄에서 일을 시작한다. 평범하게 묻혀 사는 것을 다행으로 여기고 있던 그녀에게 이번엔 음악의 신이 내린다. 들은 사람의 마음에 스며들어 계속 들을 수밖에 없는 그 곡 또한 이미 발표되었던 적이 있다는 사실이 밝혀진다.

어딘가 현실과 동떨어진 이야기이긴 하지만 유치하다며 한심스러워하기는커녕 단숨에 읽었다. 이 소설은 우수한 예술이 가진 힘을 비범함과도 평범함과도 무관하게, 살아가는 사람 모두의 공유물로서 그려낸다. 중심에 놓인 그 주제의 강력함이 그대로 독자를 마지막까지 단번에 끌어당긴다.

예술뿐만 아니라 어떤 분야에서나 천재라고 불리는 사람들이 있다. 소설은 뜻밖에 하늘이 내린 재능을 받은 아야코와 그녀의 변덕스러운 힘에 농락당하는 사람들의 대비를 훌륭하게 그리고 있다.

이 소설은 천재의 고독과 동시에 질투도 승패도 상관없는, 아마 그들이 아니면 알 수 없는 세계를 엿보게 해준다는 점에서 상쾌한 매력을 느낄 수 있다.

페이지를 넘기는 즐거움을 맛보게 해주면서도 '아아 재밌었다'만으로 끝나지 않는, 예술의 존재 의미에 대한 깊은 물음을 마음에 남기는 소설이다.

언어는 하나밖에 없었다

□ 아고타 크리스토프, 『문맹: 아고타 크리스토프 자서전』

『존재의 세 가지 거짓말』은 충격이었다. 평이한 언어로 그려진 무뚝뚝한 문장이 쿵 하고 마음속 깊은 곳까지 관통해 그대로 남는다. 아직도 그 관통의 흔적이 내 안에 남아 있다. 이 책은 그 『존재의 세 가지 거짓말』의 저자가 쓴 자전적 이야기이다.

마치 무성영화처럼 철저한 고요함으로 이야기한다. 유소년기부터 사춘기를 거쳐 이어지는 광경의 틈을 파고들어 살며시 다가오듯 시대 배경이 보였다 사라진다. 1930년대 후반부터 50년대까지의 동란의 시대를 저자는 구체적인 사건이 아니라 '언어'의 존재를 통해 그려낸다.

고향 마을에서 가족과 살던 시절, "언어는 하나밖에 없었다"고 저자는 쓰고 있다. 아홉 살에 주민 4분의 1이 적의 언어인 독일어를 사용하는 마을로 이사했다. 그로부터 1년 후 나라는 러시아에 점령되어 사람들은 러시아어 사용을 강요당한다. 그리고 스물한 살, 오스트리아로 망명한 그녀는 또 다시 독일어 사용의 필요성에 압박받고, 그 후 스위스의 프랑스어권으로 가게 되어 전혀 이해할 수 없는 언어 속으로 던져진다.

성장해 가면서 우리들은 언어를 습득하고, 어휘 또한 풍부해지지만 저자의 경우는 정반대다. 어른이 되면 될수록 그녀는 언어를 잃어간다.

망명한 동료들은 사회적 지위, 문화적 배경, 가족과 언어로부터 분리되어, 금고형이 기다리고 있음을 알면서도 헝가리로 돌아가거나 죽음을 선택한다. 사람을 살게 하는 건 물질이 아님을 뼈저리게 느끼게 된다. 또 언어의 중요성에 대해서도.

저자에게 있어 '쓴다'는 행위는 삶과 같은 의미였다. 돌아갈 수도 없고, 죽을 수도 없고, 그곳에서의 하루하루를 꿋꿋하게 살아가는 것. 어릴 적 나에게 충격을 안겨준 소설이 그러한 과정을 거쳐 탄생했음을 알게 되니 놀라움과 동시에 더욱 깊이 소설을 이해할 수 있게 되었다. 마음속까지 관통하는 그 강인함은 언어와 함께 빼앗긴 가족과 추억을 되돌려 받기 위한 의지이며, 자신을 지키는 수단이기도 했다는 것을.

저자에게 있어 쓴다는 것은 끝나지 않는 싸움이다. 역시 깊은 속마음까지 관통하는 책이다.

열한 명의 '선택받지 못한' 여자들

■ 요시다 슈이치, 『여자는 두 번 떠난다』

이 책에 수록된 열한 편의 단편소설의 화자는 모두 젊은 남자다. 그들은 모두 원룸 연립주택 같다. 아직 젊고 결혼이나 취직, 마지막 정착지와 같은 인생의 결정사항이 바로 앞에 놓인 '임시' 상태. 하지만 이 단편집은 그들의 모습이 아니라 그들이 만난 여자들의 모습을 그리고 있다. 깊은 관계를 갖는 것도, 복잡한 연애로 발전하는 것도 아닌 '임시'에 그치는 남자들이 어느 시기 스쳐 지나듯 관계를 맺은 여자들.

모두 열한 명의 여자가 등장하는데 일반적으로 매력적인 여성은 한 명도 없다는 게 재밌다. 저자가 남성이라는 걸 생각하면 무척 복잡한 기분이 든다. 스쳐지나간 정도의 여자들을 신성화하는 소설에는 질렸다. 하지만 조금의 신성화도 없이 이렇게까지 매력 없게 쓴 걸 보면 여성으로서는 어쩐지 멈칫하게 된다.

「평일에 쉬는 여자」라는 단편에는 화장품 판매원인 여자가 나온다. '나'는 친구 집에서 그녀와 만나 교제하게 된다. 시원시원한 성격의 그녀는 밥도 주고 여비도 준다. 하지만 '나'는 예전에 사귀던 연인을 잊지 못한다. 결국 다시 만나자는 옛 애인의 제안에 '나'는 그녀를 차버린다.

이 여성은 소설 안에서 이름을 갖고 있지 않고, '그녀'라고만 쓰여 있을 뿐이란 걸 깨달을 때, 어쩐지 그 의미를 이해할 수 있을 것 같았다. 이 책에 등장하는 열한 명의 여자는 '선택받지 못한 여자'들이다. 물론 남자가 선택하는 쪽이고 여자가 선택받는 쪽이라는 능동 수동을 말하는 것은 아니다. 그녀들 또한 선택받는 것을 바라지도 않고, 자신이 원하는 것이 무엇인지도 아직 알지 못하며, 그래서 겉모습을 꾸미거나 치장하지도 않는다. 옷도 장신구도 달지 않은 무방비한 모습을 스스로 의식하지도 못한 채로 엿보인다. 깜짝 놀라게 되는 것은 그래서다.

화자인 남자들이 '임시' 상태인 것처럼 여자들 또한 '임시'에 머물러 있다.

단 하나, 다른 수록작품들과 구분되는 단편이 있다. 다른 단편들은 모두 순간 스쳐지나간 후 남자도 여자도 임시로 머무는 곳을 나와 각자의 장소로 향할 것이라는 생각이 들지만,「열한 번째 여자」만은 남자와 여자 모두 '임시' 상태에 갇혀 버린다. 좁은 연립주택에서 동거하는 남자가 이별을 고하러 온 여자를 죽이고 만다. 왜 그랬는지 묻는 자에게 남자는 "모르겠습니다"라는 답을 반복한다. 그가 힘없이 되풀이하는 "모르겠습니다"는 관계의 불가해함으로 우리들을 이끌어간다. "좋아, 사랑해"라는 감정만이 남자와 여자가 함께 하는 이유는 아님을 깨닫게 한다. 강한 애증이 관계의 농도를 결정하는 것은 아니라는 것도.

미숙과 성숙의 중간, 혹은 무관계와 관계의 중간 지점을 훌륭하게 그려낸 단편집이다. 다 읽고 난 후 열한 명의 뒷모습을 배웅하는 듯한 착각에 휩싸인다. 덧없기도 하고 듬직하기도 한 그 뒷모습은 매력적이지는 않지만 눈에 강렬하게 새겨진다.

세상과 접촉하는 건 불가능한가

□ 고카미 쇼지, 『헬멧을 쓴 너를 만나고 싶어』

책을 읽으며 몇 번이고 표지에 둘러진 띠지를 확인했다. "이것은 소설이다"라고 띠지에 쓰여 있다.

옛날 노래를 모은 CD집 광고에서 글쓴이는 학생운동이 왕성했던 시대의 영상을 보다가 헬멧을 쓰고 미소 짓는 여성에게 마음이 끌려 그녀를 찾기 시작한다. 익명의 협박을 받으면서도 인편을 더듬어 그녀를 찾는 사이 그녀의 현재 소식이 점점 밝혀진다. 그 대강의 줄거리와는 별도로 학생운동이 끝난 후에 대학생이 된 글쓴이의 고등학생 시절, 대학 시절의 회상이 있다. 글쓴이는 학교 전체를 덮치고 있던 무기력과 관리, 그리고 자신이 경험하기 전에 종언을 맞은 학생운동에 대해 정면에서 응시하듯 쓰고 있다.

60년대부터 70년대에 걸쳐 일어났던 학생운동의 정체가 무엇이었는지, 이치적으로나 이론적으로 나 역시 제대로 알지 못한다. 하지만 그 시대, 국가가 정치가 세계가 어느 학생들에게 있어서는 '접촉할 수 있는' 무언가였던 게 아닐까 하는 생각이 든다. 오늘날 일본 젊은이들의 국가나 정치나 세계정세에 대한 무관심은 세계적으로 보아도 드문 현상이다. 이 무관심은 그것들이 결코 '접촉할 수 없는' 것이라는 체념으로부터 생겨났다고 생각할 수밖에 없다. 나도 설혹 착각이라 할지라도 그것들과 접촉할 수 있다고 믿을 수 있는 시대를 알고 싶다고 간절히 원했던 적이 있다. 여분의 정보는 필요 없다. 가장 순수한 부분을 알고 싶다. 이 책의 글쓴이와 똑같이.

글쓴이가 찾아 헤매던 것은 헬멧을 쓴 그녀가 아니라 지금 이 시대에 내가 있음을 체감할 수 있는 리얼함이었다는 생각이 든다. 읽어나가는 동안 이것이 픽션이든 그렇지 않든 아무래도 상관없어진다. 중요한 것은 그런 것이 아님을 깨닫게 된다. 글쓴이는 그녀에게 시선을 거두고 다른 방법으로 시대와 접촉하려고 한다. 그것은 리얼에 대한 갈망이다. 시대와의 접점을 향한 강렬한 희구이다. 그 정도로 지금 시대는 우리들로부터 멀리 떨어져 있다. 정말 맞닿을 수는 없는 걸까, 세계와 무관하게 있을 수밖에 없는 걸까. 이 소설은 그렇게 외치고 있다.

미래라는 희망을 지키는 소녀의 이야기

□ 신시아 카도하타,『풀꽃이라 불린 소녀』

무대는 제2차 세계대전이 시작되기 직전의 캘리포니아. 주인공 소녀 스미코는 사고로 부모님을 잃고 남동생 타쿠타쿠와 화훼 농가를 운영하는 친척에게 거두어진다. 이윽고 일본이 진주만을 공격하고, 스미코를 비롯한 가족들은 '일본계'로 분류되어 강제로 수용소에서 생활하게 된다. 제재는 결코 밝지 않지만 이 소설에는 시종일관 시원하게 트인 푸른 하늘 같은 상쾌함이 있다.

전쟁 중인 미국에 있는 일본계 외국인에 대해 그리고 있다는 점도 이 소설의 흥미로운 점이다. 조국을 모르는 소녀의 눈을 통해 본의 아니게 복잡한 상황에 처한 일본계 외국인들의 모습이 보인다. 그들은 수용소 마당에 식물을 심어 꽃을 피운다. 스미코는 이곳에서 처음으로 친구들을 얻는다. 얻은 것과 잃은 것을 늘 조목조목 쓰며 마치 촛불에 손을 쬐듯 스미코는 미래라는 희망을 지켜나간다.

이 저자의 전작 『키라키라』 역시 질병과 빈곤이라는 제재를 다루는데도 맑은 느낌이 있다. 그것은 주어진 운명 속에서 사람이 어떻게 미래를 획득하는가를 저자가 그리려고 하기 때문이다. 어떤 상황에서도 사람은 자신의 미래를 얻을 수 있다. 그렇게 함으로써 사람은 가혹한 운명에서 해방된다.

여든 살의 연애를 초월한 삶

□ 로렌초 리카르치,『그대가 나에게 준 별이 빛나는 밤』

띠지에는 '러브스토리'라고 쓰여 있다. 하지만 이것을 그저 러브
스토리라고 묶어버려도 되는 걸까? 읽으면서 나는 몇 번이고 그
런 의문을 품었다. 읽어나갈수록 이 소설은 연애를 초월하는 주
제를 다루고 있다는 생각이 들었다.

아내를 잃고 뇌혈전을 앓다 요양원에 들어가게 된 여든 살의
물리학자 톤마조는 그곳에서 일어나는 모든 일을 참지 못하고
악다구니를 떨어대 '미스터 똥싸개'라는 별명이 붙는다. 시설에
서 산 지 4년째, 그는 기적을 체험한다. 같은 시설에 들어온 칠
십 대 여성 엘레나와의 만남이었다. 북풍과 태양 이야기처럼 엘
레나는 사랑으로 톤마조를 감싼 두터운 코트를 벗긴다. 체념, 절
망, 혐오, 공포— 부정적 감정이 가득 찬 코트를.

요양원을 운영했던 경험이 있던 저자는 늙음이라는 것의 정
체를 유머와 아이러니를 교차시키며 날카롭게 그려낸다. 사고

는 똑똑히 하고 있는데 몸이 생각처럼 따라주지 않는 고뇌, 모르는 젊은이에게 애 취급을 당하는 굴욕, 그리고 소중한 기억이 점점 흐릿해지는 공포.

톤마조는 과거에 유명했던 물리학자였다. 세기의 발견을 위해 세월을 보냈고, 완성을 눈앞에 두고 있을 무렵 자신의 연구에서 커다란 결함을 발견해 천문학자로 노선을 변경한다. 은하의 운동에 대해 연구를 거듭하던 그가 어느 날 병마의 습격을 받는다. 기저귀를 차고, 음식을 흘리는 스스로를 혐오하고, 결국 자살까지 시도한다.

문체는 경쾌하지만, 문득 '왜 사람은 살아가는 걸까' 생각하게 된다. 죽음이 아닌 생의 의미를. 그 의미가 무엇인지 알 수 없게 되었을 때, 톤마조처럼 독자인 나도 엘레나와 만나는 것이다. 인생 그 자체를, 나와 마찬가지로 타인의 인생 또한 모두 받아들이는 총명한 여성을.

나는 이 두 사람 사이를 오고간 것이 연애라고는 도무지 생각할 수 없다. 늙지 않고는 손에 넣을 수 없는 것을 톤마조는 확실히 얻었다. 여기에 그려진 것은 연애도 죽음도 아닌, 삶을 완수하는 것이었다고, 나는 그렇게 생각할 수밖에 없다.

시대를 영양분으로 살아온 여자의 일대기

□ 모로타 레이코, 『게이코』

다이쇼 3년(1914년), 도쿄 닛포리 골목에서 놀고 있는 어린 게이코를 우리들 독자는 샤미센 소리 속에서 만난다. 게이코에게는 생모와 아버지, 언니, 양부모가 있다. 언뜻 복잡한 관계처럼 보이지만 게이코는 그들에게 듬뿍 사랑을 받으며 천진난만하게 자란다. 부모의 이혼, 생모와의 이별, 아버지의 큰 부상, 언니의 죽음을 경험하지만 그 사건들에 발목 잡히지 않고 이겨내며 게이코는 성장해 간다.

성장한 게이코를 기다리고 있는 것 또한 파란으로 가득 찬 날들이었다. 게이샤 견습에 나가고, 결혼과 이혼을 하고, 첫사랑 상대의 권유로 만주에 가서 행복한 나날을 보내지만 첫사랑 상대가 투옥되면서 헤어지게 되고, 베이징에서 장사를 시작하고, 제2차 세계대전에 휘말려가고. 게이코의 모습을 조마조마하게 쫓아가다 보면 사람의 목숨이나 인생에 대해 티끌만큼도 생각하지 않고 멋대로 희롱하는 시대의 거센 바람이 보인다.

　사람은 시대에 따라 살 수밖에 없지만 저자는 게이코를 시대에 희롱당한 여성으로 그리지 않는다. 시대에 저항할 수는 없지만 그 시대를 영양분으로 삼아 살아간 여자의 모습을 그리고 있다. 자신에게 닥친 재난도 불행도 게이코는 살아가는 근력으로 바꾼다. 천진난만하고 사람 좋은 낙천가, 게이코는 천성적으로 갖고 태어난 미덕을 시대에게 빼앗기지 않고 오히려 더욱 윤기를 더해간다.

　도입부의 감사의 말을 보면 본서는 실화를 바탕으로 쓰인 것처럼 보이는데, 그 시대를 살아간 수많은 여자들은 게이코가 그랬던 것처럼 왜 자신은 이런 시대에 태어났을까 한탄하지 않았을 것이다. 오늘 하루를 사는 게 고작이었던, 다른 어떤 시대가 있을 거라는 상상도 하지 못한 채 그저 눈앞에 나타난 형체 없는 강적을 악착스럽게 몰아세우며 살아갈 수밖에 없었던 것이다.

　소설 후반에서 우리들은 누구에게도 의지하지 않고 살아가는 어른 게이코와 만난다. 인연의 불가사의함을 생각하고, 불어닥치던 시대의 바람을 생각하며 게이코와 게이코의 그림자에 무수히 존재하는 여자들 — 우리들이 갖지 못한 강인함을 가진 먼 옛날의 여자들의 모습을 생각한다.

환상적인 여행 속에 떠오르는 아름다움

□ 쓰카사 오사무, 『브론즈의 지중해』

신비한 소설이다.

어느 날 '나'는 예전에 죽은 누나에게 걸려온 전화를 받는다. 누나는 화장대 서랍에 숨겨놓은 노트를 가지고 파리에 가줬으면 한다고 말한다. 그래서 '나'는 파리로 향하고, 여기서부터 무대는 현재와 과거, 예전에 누나가 머물던 1939년의 파리가 교차한다.

화자의 누나 가요는 그 해 화가인 연인을 좇아 파리로 가지만, 그는 자신이 남의 그림을 모사밖에 할 수 없음에 절망해 자살하고 만다. 남겨진 가요는 미술학교에 다니는 유대인 여성과 서로 사랑하게 되지만 곧 닥쳐온 전쟁으로 인해 파리를 떠나 마르세유로 도망친다.

1944년, 마르세유를 점령한 독일군은 모든 시민에게 퇴거 명령을 내린다. 가요는 일본영사관 사람들과 스페인으로 도망치지만 프랑스 측에 붙잡혀 포로가 된다. 전쟁이 끝난 후 일본에 돌아오지만 원인불명인 채 실명하고, 자동차 사고로 사망한다.

파리에서 이미 죽은 누나와 만난 '나'는 옛날 그녀가 떠돌던 파리, 마르세유, 페르피냥을 여행한다. 제2차 세계대전 당시의 프랑스를 치밀하게 재현하지만 비참한 체험이 아니라 그보다 더 강렬한 빛을 부각시킨다. 파리에서 살아간 예술가들의 숨결과 그 후에도 계속 살아 있는 예술의 힘, 그것들이 선명하고 강렬한 빛이 되어 작품 속에 점멸하고 있다.

저자는 후지타 쓰구하루(藤田嗣治)와 보부아르가 본 파리, 벤야민이 본 마르세유를 인용하면서 엿보여주고, 세잔느가 살았던 엑상프로방스, 달리가 사랑한 페르피냥 역, 마티스가 생활했던 니스를 선명하게 재현한다. 전쟁이, 아니 시대가 무엇을 빼앗았으며 무엇을 빼앗지 못했는지가 환상적인 여행 속에서 나타난다. 사람의 전쟁보다 훨씬 강인한 미(美)가 강렬한 색채를 뿜어낸다.

실명한 가요는 예전에 남동생에게 "눈이 보이지 않으면서부터 사물이 잘 보이게 됐다"라고 말한 적이 있다. 죽은 누나와 과거를 편력하는 '나'와 함께, 마치 가요의 손에 이끌려 눈을 감은 채로 느끼는 듯한 소설이다.

정론은 아니지만 통쾌한 진실

□ 사노 요코, 『기억나지 않아』

통쾌하다는 말은 이 책을 위해 존재한다. 아니, 이 저자를 위해 존재한다. 당연히 해야 할 말을 정직한 언어로 정면에서 거침없이 써 버리는 대단한 저자다. '당연'하다고 말했지만 정론은 아니다. 정론은 아니라는 점이 재미있다.

예를 들어 저자는 쓰레기를 밖에 내놓으라고 말하지 않으면 버리러 나가지 않는 남자를 비난한다. 그런 남자로 키운 어머니를 비난한다. 미인을 신봉하는 남자를 비난하고, 자기가 선택하기를 포기해 놓고 불평하는 여자를 비난한다. 위에서 내려다보며 비난하는 것이 아니라 옆에서 바라보며 비난한다. 언제 어느 때나, 남녀노소 삼라만상에 이르기까지, 저자는 옆에서 즉, 같은 지평에 서서 말하고 있다. 무기도 방어구도 갖추지 않고, 체면이나 위신 따위는 던져버리고 벌거숭이 맨얼굴로 정정당당하게.

너무나 통쾌한 나머지 나도 정말 그렇게 생각했던 것처럼 느껴질 정도지만 그것은 거짓이다. 저자의 말에 눈을 뜨게 돼 자신도 예전부터 같은 생각을 했던 것처럼 느껴지는 것일 뿐이다. 나 이외의 것을 낮춰보지도 우러러보지도 않고, 상관없다고 자르지도 않고, 같은 지평에 서서 의견을 말하는 것은 무척 어렵다. 생각한 바를 가식 없이 말해서 통쾌한 것이 아니라 무엇에도 흐려지지 않는 저자의 시선이, 무기도 방어구도 갖추지 않고 전쟁에 나서는 그 자세가 통쾌한 것이다.

정론은 쓰여 있지 않지만 진실은 쓰여 있다. 올곧은 시선은 최단거리에서 진실을 꿰뚫듯 비춘다. 10년도 더 전에 쓰였던 에세이라고 하지만 시대와 함께 후퇴하는 부분이 전혀 없고, 오히려 현재의 모습이 쓰여 있다는 느낌이 든다.

사람이 사람답게 산다는 것이란 무엇일까. '마냥 아름답지만은 않은 이 세상을 살아가는 힘과 희망을 가진다'는 것은 무엇일까. 저자의 '지나치게 경쾌한' 말의 틈에서 그에 대한 답이 비쳐 보인다. 아마 앞으로 20년 후에 다시 읽어도 똑같이 생각하지 않을까. 진리란 그런 것이다.

사람은 모두, 톱니바퀴인가

■ 이케이도 준, 『하늘을 나는 타이어』

아파트 내진 강도 눈속임과 엘리베이터 사고, 따돌림에 대한 사실 은폐 등의 뉴스를 보거나 들을 때마다 나는 왜 다 큰 어른들이 서로 책임을 전가하는 행태를 몇 개월이고 계속하는지 늘 신기하다고 생각했다. 하지만 이 소설을 읽으며 '아아, 이런 것이구나' 하고 깊이 이해할 수 있었다.

대형 트레일러의 타이어가 갑자기 빠져 아이를 데리고 보도를 걷던 주부를 덮친다. 남자 아이는 경상에 그쳤지만, 주부는 사망. 대형 트레일러를 소유한 운송회사를 업무상 과실치사 혐의로 조사한다. 속도위반과 과적을 한 사실은 없었지만, 정비 불량인지 아닌지가 확인되지 않는다. 트레일러 제조원인 호프 자동차는 아무 과실도 없는 걸까. 이를 규명하기 위해 백방으로 뛰던 운송회사 사장 아카마쓰는 이윽고 호프 자동차가 결함을 숨겼음을 확신하게 된다.

여기에 더해 소설은 호프 자동차 측의 시선에서도 그려진다. '관료 이상으로 관료화'된 사내의 체질 때문에 사내 권력관계에만 민감한 사원들, 철저하게 무사안일주의에 빠져 있는 간부. 그런 분위기와 체질에 휩쓸리면서도 '차를 만들고 싶다'는 꿈을 좇는 사와다. 이에 더해 사태를 냉정하게 바라보는 계열회사 도쿄호프은행의 이자키와 각자 처한 상황이 다른 다수의 등장인물들을 치밀하게 그려낸 빈틈없는 리얼리티가 세부를 채우고 있다.

이런 식으로 사람들은 너무나 쉽게 사건의 본질을 착각하게 되는 것인가. 한 사람의 목숨보다 회사 이름이나 직위나 체면이 중요하다고, 이런 식으로 다잡아 마음먹게 되는 것인가. 소설 저편으로 작금의 뉴스가 겹쳐진다. 2002년에 실제로 일어난 사망 사고와 그 후의 전개를 떠올린 사람도 많을 것이다. 아카마쓰와 함께 화를 낼 수 있는 스스로에게 안도하게 된다.

아카마쓰는 "결국 모든 인간은 톱니바퀴다."라고 중얼거린다. 기업과 사회에서 톱니바퀴에 불과한 우리들이 어떻게 자기 자신을 획득하는가, 그 과정이 쓰여 있다. 실로 흡인력 있는 엔터테인먼트 소설이고, 동시에 인간성을 의심할 만한 사건이 빈번히 일어나는 현재를 향한 통렬한 비판이기도 하다.

진심을 담아 말하는 대화집과
이름없는 위인열전

□ 모리야마 다이도, 『낮의 학교 밤의 학교』

□ 무카이 도시, 『와세다 헌책방 거리』

『낮의 학교 밤의 학교』는 사진학교 학생들의 질문에 사진가 모리야마 다이도 씨가 답하는 형식의 대화집이다. 질문자는 모두 젊은이들이다.

무엇보다 놀랐던 것은 젊은이들이 어떤 질문이라도 가볍게 던질 수 있는 '분위기'였다. 물론 그 장소에 있었던 건 아니니 그곳의 분위기는 사실 긴장되어 있었을지도 모르지만, 적어도 읽기에는 대선배의 풍모에 위축되지 않고 모두 제각각 하고픈 말을 모리야마 씨에게 부딪히고 있었다. 그 중에는 "이상형을 알고 싶다"거나, "인간을 싫어하나", "나는 지금 너무 사는 게 힘든데, 모리야마 씨는 스물아홉 살 때 어땠나" 같은 질문도 있었다.

이들 질문 모두에 모리야마 씨는 무서울 정도로 진지하게 대답한다. 설교하지도 않고, 자신과 학생들 사이에 선을 긋지도 않는다. 좋은 얘기만 하려고도 하지 않고, 있는 그대로의 마음을 이야기한다.

나는 사진에 대해 무지한 터라 카메라 이름을 들어도 그 형태를 떠올리지 못하지만 그렇더라도 끌어당겨지듯 페이지가 넘어간다. 사진에 몰두하며 살아가는 사람의 진심을 담은 말이니 재밌을 수밖에 없다. 사진에 대한 모리야마 씨의 마음은 어딘가 비장하지만, 이와 동시에 너무나 맑다. 때로 나는 '사진'이라는 단어를 '소설'로 바꿔 읽어 보았다. 또는 '인생'으로. 자신이 마주하고 있는 것 모두를 바꿔 읽어도 전혀 부자연스럽지 않을 정도로 진실을 찌르는 말들이다. 그러한 의미에서 책을 읽으면서 모리야마 다이도 씨의 강의를 듣는 듯한 행복한 시간을 맛볼 수 있었다. 중간중간 들어간 모리야마 씨를 그린 스케치도 멋졌다.

『와세다 헌책방 거리』는 와세다에 있는 '고서 현대'의 2대째 주인인 무카이 도시 씨가 쓴 다큐멘터리. 어떤 과정으로 와세다에 헌책방이 모여들었는지, 가게 하나하나가 어떤 식으로 개업해서 지금에 이르렀는지가 풍부한 자료와 치밀한 취재를 바탕으로 그려진다. 그것은 그대로 전후의 책과 사람의 교류의 역사이다. 흥미로운 것은 와세다 거리에서 헌책방을 시작한 사람들 중에는 1930년대 중반부터 1940년대에 태어난 지방 출신들이 많다는 점이다. 전후 무언가의 연에 이끌려 헌책방 일에 발을 들여놓은 그들은 하나둘 와세다에서 가게를 낸다. 그래서인지 읽고 있다 보면 대가족의 이야기처럼 느껴지기도 한다.

책이 이어주는 사람의 모습을 담백하게 쓴 문장에 품위가 느껴진다. 상품이 아닌 생물로서의 책이 보이고, 책을 사이에 둔 사람 간의 유대가 보인다. 면면이 이어지는 시대 속에서.

헌책방이 이어지는 와세다 거리는 예전 나의 통학로였는데, 당시에는 그저 책을 바라보며 아무 생각 없이 걸어다녔다. 이름 없는 위인열전 같은 이 책을 읽고 난 후, 비로소 그런 곳에서 책을 고르던 시절 내가 얼마나 호사를 누린 건지 되새기게 되었다.

우정보다 훨씬 아름다운 것

□ 오시마 마스미, 『무지개빛 여우비』

예를 들어 삼 년 전의 일을 생각해 내려고 하면 먼저 사건이 떠오른다. 누구누구가 결혼했고, 이혼했고, 아이를 낳았고, 전직했고 등등. 그렇지만 실제 하루하루는 사건의 틈 사이 누군가와의 별 거 아닌 대화나 농담, 말로 할 필요도 없는 기억이나 담담하게 사라져 가는 상상 같은 것들로 이루어져 있다. 『무지개빛 여우비』는 사건 사이의 그러한 틈, 결코 사진으로 남지 않는 순간을 성실하게 그려 낸 소설이다.

주인공 이치코는 어릴 적 친구인 나쓰에게 초등학생인 딸 미즈키를 며칠 봐줬으면 한다는 전화를 받는다. 나쓰의 남편이자 미즈키의 아버지인 겐고가 갑자기 사라졌기 때문이다. 소설은 겐고의 행방을 좇으며 진행되는 것처럼 보이지만 실질적으로는 이치코와 나쓰, 그리고 떠돌이 같은 애인이 너무 좋아 어쩔 줄 모르는 마리 짱, 사랑에 헤픈 게이 미야케 짱, 그들이 약간 멀리

하는 쓰지 후사에 등, 오래된 친구들의 술렁이는 관계가 그려져 있다.

그들의 관계가 드러나는 것과 함께 시간의 흐름이 분명하게 나타난다. 이치코와 나쓰와 마리가 보냈던 고등학교 시절, 연애와 일에 대해 이야기 나누던 밤, 나쓰의 결혼과 출산을 축복하던 순간, 어린 미즈키와 함께 놀던 아직 젊음이 남아 있던 시간이 마치 나 자신도 그곳에 있었던 것처럼 짙은 그리움과 아련한 생생함을 가지고 나타난다.

『물의 고치』, 『초콜리에타』 등 지금까지의 작품에서 저자는 늘 마음 편히 머물 수 있는 은신처 같은 장소를 그려 왔다. 때로는 환상적으로, 때로는 어젯밤 꿈처럼. 이 소설에서도 마음 편히 쉴 수 있는 장소를 그리고 있는 것은 변함없지만 그것은 은신처가 아닌 관계 속에 있다.

우정이라는 말을 전혀 사용하지 않지만 그것보다 훨씬 강하고 아름다운 것을 그려 낸다. 손댈 수 없는 시간이라는 것을 무심한 듯 완벽하게 우리들의 아군으로 만들어 내고 있다.

수상쩍은 일상과 바싹 마른 고독

□ 이노우에 아레노, 『볼품없는 아침의 말』

□ 나카지마 교코, 『긴 짱의 실종』

이노우에 아레노라는 작가는 불온한 공기를 그려 내는 데 매우 능숙하다고 늘 생각해 왔지만, 신작『볼품없는 아침의 말[馬]』에서도 특유의 분위기를 선명하게 드러내고 있다. 이 책은 일곱 편으로 이루어진 연작 단편집으로, 각 단편의 등장인물들은 모두 미묘하게 관련되어 있다.

중학생과의 연애, 남편의 외도, 결혼 상대의 실종 등 각각의 인물들이 경험하는, 혹은 예전에 경험했던 사연들은 파란만장하지만, 소설은 그 '파란'을 신중하게 배제하며 철저하게 일상을 그린다. 그리고 그 일상이 너무나 수상하다. 사건은 이미 일어나 버렸는데 이제부터 일어날 듯한 불온한 기운이 넘친다. 그로 인해 나는 생각한다. 우리들에게 가장 커다란 힘을 행사하는 것은 알기 쉬운 파란이 아니라는 것을. 파란을 품은 채 묵직하고 수수하게 그곳에 계속 존재하는 일상 그 자체가 때로 우리들에게 지독한 상처를 주고, 생각지 못한 곳에서 구원의 손을 뻗기도 하는 것이다.

그렇다고 해도 이 소설에 등장하는 사람들의 관계는 아주 제대로 얽혀 있어 '사람과 사람이 엮여 있다는 것은 얼마나 복잡하고 번잡한가' 하는 생각을 떨칠 수 없다. 하지만 읽어나가면서 왠지, 정말 어떤 마법이라도 부려놓은 건지 그 복잡하고 번잡한 관계가 너무나 아름답게 느껴진다. 무언가, 손에 넣는 것을 열망하지 않고는 견딜 수 없는 귀중한 것처럼 느껴지는 것이다. 소설은 결코 안이한 결말도 구원도 치유도 제공해주지 않는데 말이다. 아마 이것이 이 작가의 힘 중 하나일 것이다.

복수의 여자와 교제하고 있던 '긴 짱'이 어느 날 갑자기 사라져 버리는『긴 짱의 실종』역시 얽힌 인간관계를 그린 단편 연작집이다. 미술교사인 전 부인, 외자계 회사의 비서, 잡지편집자. '긴 짱'이라는 애칭으로 불리던 남자의 실종(과, 이와 관련된 약간의 사건)으로 인해 세대가 다른 세 명의 여자가 경찰에 소환 당해 얼굴을 마주하게 된다. 소설은 긴 짱을 잃은 세 명의 여자들, 그리고 긴 짱 자신도 화자로 등장한다.

나카지마 교코 씨의 문장은 무척 시원시원하다. 밝은 이야기가 아닌데도 작품을 관통하는 해학이 있다. 긴 짱이라는 남자는 여자 마음의 틈바구니에 쏙 들어오는 것처럼 보이지만, 다 들어오지 않고 슥 멀어져가는 그야말로 속수무책의 남자다. 하지만 아무래도 싫어할 수가 없다…라기보다는, 오히려 좋아져 버리는 그런 남자다. 그런 방식으로밖에 사람과 관계를 맺지 못하는 남자와 그 남자를 통과해 가는 여자들을 보고 있으면 그들이 품고 있는 고독, 결코 음울한 고독이 아닌, 그곳에 있는 것이 당연한 바싹 마른 고독이 보인다. 그리고 그것이 독자인 나의 내면에도 존재함을 깨닫는다. 그렇기에 나도 긴 짱을 좋아할 수밖에 없는 거겠지.

3부

책 읽는 방,
2007~2009

강하고 열려 있는 소설과
명석함을 뛰어넘은 문장

□ 오시마 마스미, 『파란 리본』
□ 오타케 신로, 『네온과 화구가방』

오시마 마스미의 소설은 예전부터 좋아해서 쭉 읽어 왔지만 이 작가, 요즘 들어 조용히 변화한 것 같다는 생각이 든다. 이전 소설 『날개의 소리』나 『슬픔의 장소』 등에서는 등장인물과 공간이 어딘가 번진 수채화처럼 옅은 느낌이었는데, 요즘 작품에서는 갑자기 그들의 윤곽이 마치 유화처럼 강한 색채가 되었다. 그리고 독자를 향해, 혹은 현실 세계를 향해 크게 열렸다. 나는 내멋대로 그런 인상을 품고 있다.

　그녀의 2006년작 『파란 리본』이 바로 그런 소설이다. 강하고, 열려 있다.

　고교생 요리코는 부모님의 별거로 어머니와 둘이 살고 있다. 어머니가 업무를 이유로 4개월간 상하이에 출장을 가고 싶다고 말을 꺼낸다. 아버지가 있는 후쿠오카와 조부모님이 계시는 홋카이도, 둘 중 한 곳으로 갈 수밖에 없는 요리코에게 친구 고즈

에가 도움의 손길을 보낸다. 자기 집에서 머무르면 된다고. 이리하여 요리코는 4개월 간 고즈에의 집에서 신세를 지게 되는데, 이 집이 요리코의 집과는 정반대. 식객을 맞아들이는 데 이미 익숙한 조부모, 아버지와 어머니, 고즈에의 오빠와 여동생, 개가 와글와글 살고 있다. 일 때문에 늘 바쁜 어머니와 둘이서 너무나 조용한 집에서 살던 요리코에게는 놀라움의 연속이다.

가족이란 뭘까. 장래는, 친구는 뭘까. 요리코 안에서 애매모호했던 것이 점점 답의 형태를 갖추기 시작한다.

어딘가 의뭉스러운 듯한 문장은 심각한 일도 결코 심각하게 그리지 않는다. 가족이란, 장래란, 친구란 무엇인가라는, 살아가는 이상 앞으로도 계속 이어질 질문에 대한 현시점의 그녀의 답은 있는 그대로에 거짓이 없어 그 소박함이 아름답다.

도쿄도현대미술관에서 열린 '전경전(全景展)'에 압도되어 오타케 신로의 『네온과 화구가방』을 읽었다. 전람회에서는 노골적인 창작 욕구를 그대로 본 듯한 느낌이 들었다면, 글을 통해서는 그 의욕이 어디에서 오는지, 이 사람의 힘이 어느 정도인지를 슬쩍 엿볼 수 있다.

오타케 신로의 문장은 직접적이고 시각적이며, 명석하다는 단어보다 더 명석하다. 그리고 독특하다. 이런 문장은 문필가들은 쓸 수 없다고 두 손 들고 말게 된다. 지금까지 작가와 관련이 깊었던 장소인 홋카이도의 베쓰카이(別海), 런던, 우와지마(宇和島)와 저자 사이에는 미묘한 거리감이 있어, 모든 작품 혹은 작품으로 만들어지기까지의 과정은 그 미묘한 부분에서 생겨난 것이 아닐까 싶다. 베쓰카이, 런던, 우와지마가 아니었다 하더라도 그는 무언가를 그리고 무언가를 만들었으리라. 하지만 역시 그곳이 베쓰카이였고 런던이었고 우와지마였기에 비로소 그의 방대한 작품이 존재하는 것임을 깨닫게 된다.

자신에게 재미있는 것을 주저 없이 고르고, 고른 후엔 그것에 대해 철저하게 밝혀내는 그 힘이 고갈되지 않는다는 점이 대단하다.

이 책에는 창작의 본래 모습이 쓰여 있다. 어제는 그곳에 없었던 것을 오늘 존재하게 하고 싶다는 저자의 말에 마음 깊이 감탄했다.

산다는 것은 이처럼 모순적이다

□ 가모시다 유타카, 『술이 깨면 집에 가자』

왜 술을 마시는 걸까, 마시고 있다는 걸 잊고 싶기 때문이라는 『어린 왕자』에 등장하는 문답을 몇 번이고 떠올렸다. 화자인 '나'는 술을 끊지 못해 가족에게 폭언을 내뱉고 결국 이혼당하고 말지만, 그런 일들이 떠오르면 또 술을 마신다. 피를 토하며 쓰러지고, 의식을 잃고, 앞으로도 이렇게 계속 마시면 죽는다고 의사가 단언해도 마신다.

'나'가 알코올 중독 때문에 병동에 강제로 입원하게 될 때 나도 모르게 안심을 했다. 하지만 이 병동에 있는 사람들은 다들 보통내기가 아니다. 그들이 특수한 환경 속에서 묘하게 아이 같은 욕구를 폭발하는 모습은 한심하기도 하고 우습기도 하다. 환자식을 먹는 '나'는 모두가 먹는 카레를 먹을 수 없다는 사실에 진심으로 분노하며, 식사 담당을 둘러싸고 다 큰 어른들이 "콱 죽여 버릴 거야" 하고 소리를 지르며 싸우기도 한다. 경쾌한 어조로 쓰여 있어 음산한 느낌이 들지 않고 인간 본연의 골계를 끌어낸다.

가서는 안 되는 장소는 피하며 산다. 맞는 말이지만 인생은 정론만으로는 통하지 않는 일도 있다. 산다는 것은 이처럼 모순적이다. 그럼에도 이 소설이 절망에 물들지 않는 까닭은 '돌아가고 싶다'고 그렇게 절실히 바라는 장소를, 모순덩어리인 '나'가 포기하지 않기 때문일 것이다.

사람이 죽어도 살아남는 '집'의 힘

□ 가토 유키코, 『집의 로맨스』

이 소설 제1부의 화자는 메이지 시대에 태어난 미야, 제2부의 화자는 그의 손녀 요시노이다. 그렇지만 본서의 주인공은 누구인지 생각해 보면 집,이라는 게 제일 와닿는다. 데릴사위인 남편, 생모 기쿠와 함께 아이와 더부살이 보모를 데리고 미야가 이사한 곳은 도쿄 교외에 있는 일본식과 서양식이 절충된 광대한 저택. 시인 기타하라 하쿠슈(北原白秋)가 살았다는 그 집은 오백 평에 이르는 정원에 사계절마다 벚꽃과 매화가 피고 감과 비파가 열린다.

일곱 명의 아이를 낳은 미야는 임종을 맞으며 그 저택에서 지내던 날들을 회상한다. 아직 어릴 때 목숨을 잃은 아이가 있었고, 전쟁에서 살아 돌아온 자식이 있었고, 살아남은 아이들은 성장해 남편이나 아내를 얻었지만 뿌리를 내린 양 그 저택에서 계속 살아간다. 관리 능력이 뛰어났던 기쿠와는 달리 책을 읽는 것만이 삶의 보람이었던 미야는 정원이 황폐해져도, 저택에 사는 가족이 티격태격해도 자신과는 상관없다는 태도로 일관한다. 늙어가는 미야의 모습은 마치 저택에 씌운 집의 정령 같다.

임종을 지키기 위해 달려온 손녀 요시노에게 미야는 자신의 뜻을 이뤄줄 것을 부탁한다. 요시노는 할머니의 책상 서랍에서 나온 가죽 표지 노트에 '집'의 기억을 쓰기 시작한다.

할머니가 완강하게 지키려 했던 집을 '집의 외벽을 뻗어 올라가는 담쟁이덩굴 같은 압력'이라고 느끼고 있던 요시노는 할머니가 돌아가신 후 방대한 상속세가 부과된 집의 쇠퇴를 냉정한 시선으로 바라본다. 저택은 시대에 삼켜진 듯 모습을 감추지만 먼 옛날 저택이 가지고 있던 주술적 힘은 여기저기로 분산되는 가족을 언제까지나 붙들어매 떨어지지 않을 것처럼 보인다.

다이쇼에서 쇼와, 헤이세이로 흐르는 시대의 변화와 '집'이 가진 의미의 변환이 일가족의 역사와 함께 떠오른다. 불도저의 소음과 함께, 현재가 과거가 되는 그 속도와 함께 옛날의 집은 해체되고, 사람들은 그 의미를 잃어버린다. 하지만 저자는 해체된 그 후의 사람의 모습에서 '집'의 의미를 끌어낸다. 사람이 죽어도 여전히 살아남는 '집'의 힘을 그려낸다. 그것은 주인공인 '집'의 아름다운 집념이다.

티 없는 선의 앞에 놓인 것

■ 소노 아야코, 『빈곤의 광경』

텔레비전 화면에 이국 아이들의 앙상한 모습이 비친다. 단돈 100엔으로 몇 명의 아이들의 목숨을 구할 수 있다는 내레이션이 흐른다. 모금처가 제시된다. 마음이 움직이면 사람은 어느 정도의 돈을 기부한다. 이런 행위는 틀림없는 선의다. 하지만 우리들은 그 다음을 생각하지 않는다. 얼마간의 금액을 기부한 단계에서 우리들은 몇 명의 아이들의 목숨을 구했다고 생각한다. 선의는 선의 그 자체로 누군가에게 전해질 거라고, 티 없는 선의로 착각한다.

『빈곤의 광경』은 선의로 인해 멈춰 버린 우리들의 상상력, 그 다음을 쓰고 있다.

기독교도인 저자가 빈곤에 허덕이는 지역을 실제로 방문해 바닥없는 늪처럼 끝이 없는 풍경을 그려낸다. 동정이나 겉치레를 깨끗하게 던져버리고 빈곤의 정체를 파헤쳐간다. 이와 동시에 연봉의 차이로 격차를 이야기하는 풍요로운 우리들의 마비된 상상력 또한 조용히 지적한다. 빈곤의 풍경이란 바로 무언가에 닿아서 무뎌진 일본의 풍경이기도 하다고, 나에게는 그렇게 느껴졌다.

'그렇다면 어떻게 해야 하는가'에 대한 해답은 여기에 없다. 저자가 맛본 절망을 독자도 맛보게 된다. 하지만 절망에서 시작해야만 하는 일도 있다. 적어도 저자가 자신의 손으로 얻은 희망은 그 절망에서부터 자라난다.

시간과 공간을 오고가는 기억과
쇼와라는 광경

□ 야스오카 쇼타로, 『칼라일의 집』
□ 가와모토 사부로, 『명작사진과 걷는, 쇼와의 도쿄』

『칼라일의 집』은 정말 불가사의한 편안함이 느껴진다. 읽다보면 기분이 좋아지는 문장은 흔치 않다. 투명하고 맑아 잡스러운 맛이나 찌르는 듯한 냄새가 나지 않는다. 목마를 때 마시는 물처럼 술술 몸에 들어온다.

이 책에는 두 편이 수록되어 있다. 고바야시 히데오와 그를 식객으로 들인 시가 나오야의 에피소드를 축으로 저자 자신의 기억도 섞여 있는 「위험한 기억」. 그리고 나쓰메 소세키의 족적을 더듬듯 런던 칼라일 박물관을 방문하는 「칼라일의 집」이다.

결벽성 있는 동거 상대 하세가와 야스코로부터 훌쩍 도망쳐 그대로 나라에 있는 시가의 저택으로 가 1년이나 그곳에 머무는 고바야시 히데오와 그의 식사 준비까지 해주는 시가 나오야, 그리고 돌아오지 않는 애인에게 이별 조건으로 탬버린을 요구하는 하세가와 야스코. 「위험한 기억」이 그리는 그들의 에피소드는 궁지에 몰려도 어딘가 느긋하고 재미있다. 하지만 이야기는 갑자기 옆길로 새, 고바야시 히데오와 러시아를 여행했던 기억을 얘기하고, 저자가 전시 중에 만주에서 육군 2등병으로 손오(孫鳴)의 부대에 배속되어 있던 때의 기억으로 옮겨 간다.

저자의 기억과 함께 독자는 어렴풋이 기분 좋게 취한 듯한 느낌으로 시간과 공간을 자유자재로 오가게 된다. 인용되는 고바야시 히데오의 「네바 강」, 「만주의 인상」 등이 기억의 광경과 섞여 문자 너머에 장대한 경치가 펼쳐진다.

소세키가 런던 유학 중 네 번 방문했다는 칼라일 가를 저자가 보러 가는 「칼라일의 집」도 위와 같은 이유로 무척 편안하면서도 재미있다. 여기에서도 이야기는 시간도 공간도 상관없다는 듯 분산되면서 천천히 하나의 커다란 흐름을 만들어간다. 그렇다 해도 얼마나 아름다운 책인지.

『명작사진과 걷는, 쇼와의 도쿄』를 펴면 과거가 구체적인 형태를 동반하며 눈앞에 떠오른다. 도쿄 마을의 기억이 전쟁을 계기로 어떻게 분단되었는지를 제대로 알 수 있다. 야스오카 쇼타로가 쓴 러시아처럼 '철저하게 파괴와 수복이 반복된' 것이 아니라, 패전 후 다시 태어나는 것을 자신의 과업으로 삼은 마을의 발버둥이 보이는 듯하다.

그렇다고 해도 사진가에 의해 도려내진 도쿄의 표정 차이가 재미있다. 어두움, 밝음, 아름다움, 외로움, 불안함, 눈부심. 마을의 표정은 시대의 표정이기도 하고, 더 나아가서는 그 시대를 산 사람들의 생의 얼굴이기도 하리라.

모든 사진이 흑백사진이라 오히려 더욱 많은 말을 하고 있는 것처럼 보인다. 사진에 곁들여진 짧은 저자의 말은 날카로운 단편소설처럼 인상 깊다.(「로버트 카파의 도쿄」의 문장을 읽고는 울어 버렸다.) 마을과 사람과의 관계를 계속 봐온 저자이기 때문에 쓸 수 있는 글일 것이다.

수많은 사진 중에 드넓은 하늘은 특히 마음에 남는다. 책을 덮은 후 흑백의 하늘이 마음속에서 휙 하고 파랗게 물든다. 시원하게 트인 하늘은 쇼와라는 풍경을 상징하는 것 중 하나일지도 모른다.

아무 일도 일어나지 않는다는 불온함

□ 이노우에 아레노, 『학원의 퍼시먼』

'퍼시먼'이라는 건 색을 나타내는 말인 것 같다. 퍼시먼 레드는 오렌지빛이 나는 빨강색. 퍼시먼 트리는 감나무. 그렇다 하더라도 아무튼 애매한 이미지밖에는 연결되지 않는다. 단순한 빨강색이라면 사람은 안심하고 머리에 떠올리지만 그 색에 퍼시먼이 붙으면 자신이 떠올린 색이 맞는지 좀 불안해진다. 흡사 이런 애매한 불안감이 소설 전체를 덮고 있다.

무대는 도내에 있는 사립학교. '사랑과 자유'를 교훈으로 하는 유치원부터 대학까지 이어지는 일관교(一貫校: 같은 재단의 상급 학교에 별도의 시험 없이 진학하는 제도를 채택하고 있는 학교―옮긴이)이다. 학원 창립자인 원장은 복부에 종양이 생겨 입원 중이다. 학원 측은 이 카리스마적 존재의 병세를 매스컴과 학생들에게 모두 숨기고 있다.

또, 고등부에는 은밀히 전해져 내려오는 소문이 있다. 선택된

학생에게만 '붉은 편지'가 배달되는데, 그것은 학원 안에 있는 비밀 장소에 갈 수 있는 패스와 같은 것으로, 그 편지를 받으면 학원 생활이 장밋빛이 된다는 것이다. 어떤 기준으로 선택되는지, 비밀 장소란 어디인지 자세한 건 아무도 모른다. 모르는 것을 애타게 기다리고 있다.

알기 쉬운 사건은 전혀 일어나지 않는다. 하지만 여기에 그려진 것은 평온함이 아니라 아무 일도 일어나지 않는다는 것의 불온함이다. 압도적인 권태가 부풀어오르는 비구름처럼 학원을 덮고 있다. 그 비구름을 뿌리치듯 고등부에 편입한 남학생은 붉은 러브레터를 쓰고, 어느 여학생은 미술교사와 관계를 가진다. 경제적인 풍족함이나 눈에 띄는 미모, 혹은 예술적인 재능. 등장인물들은 모두 그러한 의미로는 축복받았지만, 그들을 두터운 지루함으로 밀어넣는 것은 결핍이 아니라 그런 약간의 과잉인 것 같다.

안이한 희망, 간편한 구원, 일시적인 해결을 미련 없이 거부한 소설이다. 낮게 드리운 비구름이 갑자기 맑게 개는 일은 없다. 그럼에도 마지막, 구름의 틈 사이로 희미하게 반사하는 석양빛을 본 듯한 기분이 든다. 그렇게 다 읽었을 때 독자는 자신만의 퍼시먼 레드를 떠올리게 된다.

'생각하고 싶다' '알고 싶다'라는 것의 깊이

□ 우치자와 준코, 『세계도축기행』

□ 하시구치 조지, 『Couple』, 『Father』

동물은 어떠한 공정을 거쳐 음식이 되는가. 저자는 옛날 몽골에서 여성들이 양의 내장을 씻는 장면을 목격한 이래 줄곧 그에 대해 흥미를 갖고 있었다. 저자는 '알고 싶다'라는 단순한 마음으로 시작해 독자적으로 취재를 진행한다. 한국, 인도네시아, 이집트, 체코, 몽골, 인도, 미국, 오키나와 그리고 도쿄. 저자는 스케치북을 가지고 흥미가 향하는 대로 세계의 도축장을 걷는다.

그렇다고 해도 간단한 이야기라고는 할 수 없다. '어떤 식으로 고기가 되는가'라는 단순한 질문은 다양한 질문으로 파생해 간다.

왜 일본에서는 도축이라는 행위에 '더럽다', '꺼림칙하다'는 이미지가 씌어 있는가. 왜 '먹는' 행위와 '도살하는' 행위가 직결되지 않는가? 타국에서도 그러한 차별은 존재했거나 지금도 계속되고 있는가? 의문은 여러 갈래로 뻗어나가고, 살아가는 것이란 과연 무엇일까라는 근본적인 의문을 제기한다.

저자 특유의 섬세하고 치밀하며 어딘가 익살스러운 일러스트가 세계 각국의 소나 돼지, 닭이나 양의 처리 방법을 주의 깊게 도해하고 있다. 저자는 그림처럼 섬세하고 치밀하며 다소 익살스럽게 품고 있던 의문에 대해 무서운 기세로 부딪혀 간다. 모든 의문이 명쾌한 답을 얻지는 못하고 품고 있던 의문이 그대로 남기도 한다. 저자는 그러한 것까지도 성실하게 쓴다. 무언가에 대해 말한다는 행위의 천박함, 그 행위의 무서움에 대해 생각하게 한다.

1987년부터 1992년에 걸쳐 제작·발표되었던 하시구치 조지 씨의 사진집 『17세』, 『Father』, 『Couple』이 신장판으로 출판되었다. 이 사진가 또한 '생각하고 싶다', '알고 싶다'고 마음먹은 것에 대해 온몸으로 부딪혀 왔던 사람이다. 이들 사진집은 닻과 같은 책이다. 어지러울 정도로 빠르게 변해 가는 시대에 사진가는 툭 하고 닻을 내린다. 사진 한 장으로 우리들은 일본이라는 장소의 변화와 불변을, 사람들의 변화와 불변을 느낄 수 있다. 다시금 이 사진집들을 보면 출판 당시와는 다른 의미를 느낄 수 있다.

『Couple』에는 이야기가 있다. 피사체에는 결혼하지 않은 연인, 국적이 다른 커플, 동성 커플도 있다. 연인 사이 특유의 몽글함과 긴장감이 있다. 이후 그들은 헤어졌을지도 모르고, 가족이 되었을지도 모른다. 하지만 그 당시는 그저 그곳에 서 있다. 하나의 존재로서 자신이 생활하는 장소를 배경으로. 존재의 풍부함과 함께 획일화되었다고 생각하기 쉬운 풍경의 그 다양함에 놀라게 된다. 존재 혹은 풍경이 스쳐 지나가는 과거가 아니라 우리들이 품고 있는 무언가임을 절실하게 느끼게 된다.

이 사진가가 생각하고 싶다, 알고 싶다고 바라는 것은 끝이 없을 정도로 거대하다는 것을 깊이 느낀다.

책과 사람이 뜨겁게 연결되던 행복한 시대

□ 하세가와 이쿠오, 『예문(藝文)왕래』

원고를 한창 주고받던 중 무척 불성실하게 대응하던 상대에게 화를 내려다 결국 참았던 경험이 있다. 왜 화를 내지 않았던가. 메일을 주고받았던 게 전부라 상대의 얼굴을 몰랐기 때문이다. 얼굴도 목소리도 모르는 상대에게 진심으로 화를 내는 건 어려운 일이다.

이 책을 읽고 있다 보니 '아아, 시대는 변해 버렸구나' 하고 가슴 깊이 느끼게 된다. 시대뿐만이 아니라 서적이 품은 에너지도 변해 버리지는 않았는지.

오자와쇼텐이라는 출판사를 운영했던 저자가 자신과 교제가 있던 작가나 편집자, 그들의 저작물과 관련된 기억을 과분할 정도로 넘치게 담아낸 책이다. 말 그대로의 교유도 있다면, 서적을 통한 교유도 있다. 저자와 함께 골몰하며 책을 만들었던 편집자들도 다루고 있다. 재현할 수 없는 아름다운 시간이 이 책에는 흐르고 있다.

'즐겁게, 하지만 제대로 놀았다' 오누마 단[小沼丹(1918~1996); 소설가, 영문학자], '그렇게 잘 풀리지는 않을걸!'이라며 화투놀이에 흥분하던 나카노 고지[中野孝次(1925~2004); 작가, 독일문학자, 평론가], 저자인 하세가와 씨가 가출한 곳까지 찾아오게 만들고, 오후나 역에서 말없이 컵술을 계속해서 비웠던 다무라 류이치[田村隆一(1923~1998); 시인, 수필가, 번역가], 편집자의 아버지의 죽음을 애도하며 쓴 긴 편지를 팩스로 보냈던 미즈카미 쓰토무[水上勉(1919~2004); 소설가], 매주 비어홀에 나타나 편집자들에게 요리와 술을 사줬던 요시다 겐이치[吉田健一(1912~1977); 영문학 번역가, 평론가, 소설가]······. 행간에서 체온이, 에너지가 끓어오른다. 책에 대한 에너지, 책을 매개로 연결되었던 사람들의 에너지이다.

그렇다고 해도 단순한 교유 기록은 아니다. 책에 쓰인 말대로 저자에게 있어 '글은 사람 나름'이고 '책 또한 사람', 작가, 편집자, 제본에 관련된 모든 사람들이 굳게 연결되어 있다. 작가와 편집자의 연결 방식이 바뀌었으니 소설 자체가 바뀌는 것은 당연함을 깨닫게 된다. 어느 쪽이 좋다, 나쁘다고 생각하고 싶지 않다. 하지만 어느 쪽이 행복한지는 물을 필요도 없다.

책을 소비물로 영락시키지 말지어다. 현 시대를 향해 조용히, 하지만 자랑스럽게 단언하는 듯한 책이다. 상자에 든 공들인 제본에도 저자의 책을 향한 마음이 흘러넘친다.

마음대로 되지 않는 인생을 그린
두 타이 작가

□ 랏타웃 라프차룬삽, 『관광』
□ 마낫 짠용, 『아내 잡아먹는 남자』

자주 혼자 이국을 여행하다 보면 맛있는 식당을 알아보는 감이 생긴다. 맛있는 음식 센서가 저절로 작동하게 된다.

서점에서 『관광』을 봤을 때의 느낌이 맛있는 음식 센서와 무척 닮았었다. '아, 이건 정말 좋은 책일 거야.' 그런 직감에 이끌렸고, 처음 수록된 단편소설을 읽은 후 "맞췄다!"며 기분이 좋아졌다. 실험적인 소설도 아니고 기발한 것도 없다. 참신까지는 아니지만 신선하다.

모든 단편이 훌륭하지만 나는 특히 「프리실라」를 좋아한다. 타이의 가난한 지역에 사는 주인공 '나'와 뚱뚱한 친구 돈이 캄보디아에서 온 난민 소녀 프리실라를 알게 되고, 잠깐이나마 함께 시간을 보내게 된다. 이 짧은 소설 속에 빛이 흘러넘친다. 상황은 거의 절망적인데도——'나'의 아버지는 공장에서 최저임금을 받으며 일하고, 일가는 폐허나 다름없는 단지에 살며 난민 슬럼에서 사는 치과의사인 프리실라의 아버지는 정부군에 연행된 상태다──빛은 난반사하듯 흩어져 그 빛의 입자의 아름다움에 눈을 크게 뜰 수 없다.

빛이라고 하면 표제작 「관광」의 마지막 장면도 퍽 인상적이다. 시력을 잃어가는 어머니를 관광여행에 모시고 간 아들이 밤중 램프를 들고 걷는 어머니를 보는 장면인데, 이 소설은 난반사하는 듯한 밝음이 아닌 남몰래 빛나는 등불과 같다.

그밖의 모든 단편의 주인공들이 모순적이고 출구가 보이지 않는 듯한 상황에 놓여 있다. 그럼에도 눈부시게 빛나는 순간이 있다. 삶이 본래 갖는 빛을 모든 단편에서 실로 자연스럽게, 하지만 적확하게 그리고 있다.

『관광』의 작가는 시카고에서 태어난 태국인이다. 태국인 작가라고 하면 『아내 잡아먹는 남자』의 마낫 짠용이 생각난다. 일본에서는 이 책이 1991년에 출판되었는데, 마낫 짠용은 1907년에 태어나(시인이자 번역가인 나카하라 주야와 같은 해!) 1965년에 사망했다.

나는 이 책이 발매되던 때 지인의 추천으로 이 단편집을 읽었다. 아내를 잡아먹는(아내로 맞은 여자가 먼저 죽어 버린다)다는 소문이 있는 남자와 남편을 잡아먹는다는 소문이 있는 여자를 그린 표제작과, 제멋대로 사는 삶과 거액을 저울에 달고 제멋대로 사는 삶을 선택하는 젊은 부부를 그린 「바닷게」, 아내와 딸을 잃은 남자가 생각지 못한 행운으로부터 도망쳐 버리는 「그리고, 모두가 사라졌다」 등등, 농도 짙은 자연의 향기 속에서, 인생의 모순·불가해함을 경쾌한 아이러니와 구김살 없는 장난기를 갖고 풀어낸다. 모든 소설에 뜻대로 풀리지 않는 인생이 그려진다. 그럴 운명이었던 게 아니라 인위적인 상황에 의해서다. 그렇게 뜻대로 풀리지 않는 나날 속으로 어떻게 빛을 뿜어내는가. 두 태국인 작가는 각기 다른 시대 속에서 인생을 부감하듯 응시하고 있다. 반세기 이상 나이 차이가 나는 두 작가의 소설을 읽으며 태국이라는 나라의 변화, 혹은 불변 또한 체감할 수 있다.

사진과 문장이 호응하는 생의 단편

□ 호시노 히로미, 『미아의 자유』

□ 사나이 마사후미 사진, 요시다 슈이치 글, 『우리즘』

'신뢰'라는 말은 이상하지만 다른 말은 떠오르지 않는다. 사진가이기도 한 호시노 히로미 씨의 저작에 대한 나의 심정이다. 이 사람의 진지한 시선, 이를 언어로 옮길 때의 성실함을 나는 확실히 신뢰하고 있다.

『미아의 자유』는 펼친 면 2페이지에 짧은 글과 사진으로 구성된 책이다. 도쿄에서의 나날, 인도와 중국에서 보낸 나날의 단편이 흩어져 있다. 인기척 없는 단지, 누군가와의 약속으로 다이어리를 채우는 여자아이, 밭 속의 야채 좌판. 혹은 바다를 시작으로 눈에 보이는 여자아이들, 마을에 붙인 포스터를 먹는 산양, 짙은 안개가 낀 마을, 원래 방공호였던 지하도. 도쿄의 마을도 인도의 마을도, 모아놓은 사진과 문장에 의해 느슨하게 연결되어 그 속을 카메라를 들고 서성이는 저자의 모습이 떠오른다. 사람의 진실된 모습이란 건 무엇일까, 사람의 사람다운 행위란 무엇일까, 나에게는 저자가 그러한 것을 찾아 서성이는 것 같아 보인다. '찾아냈다'고 생각하면 셔터를 누른다. 실제 그곳에는 사람의 생의 단편이 여러 가지 형태로 모사되어 있다

생의 촉감, 사람과 사람이 접촉할 때의 온도는 책 곳곳에서 느낄 수 있지만, 예를 들어 「꽃집 주인」에서는 그것을 발견한 순간이 실로 선명하게 그려져 있다. 저자는 끈적거리는 감상을 모두 배제하고 담백하게 아름다운 것을 그리고 있다.

『우리즌』은 사진을 사나이 마사후미 씨가 찍었고, 문장을 요시다 슈이치 씨가 썼다[우리즌(うりずん); 음력 2월에서 3월까지의 초여름 시기를 말하는 오키나와 방언—옮긴이]. 사진과 단편소설에서 테니스나 골프, 서핑 같은 스포츠가 등장하지만 스포츠 사진집, 스포츠 소설은 아니다. 스포츠도 포함된, 더 큰 인간의 행위와 같은 것을 볼 수 있다.

나는 요시다 슈이치라는 작가가 평범함을 그려내는 것에 빼어나다고 생각한다. 이 책에 묶인 단편에서도 튀지 않는, 일상에 매몰되어 있는 사람들이 등장한다. 주인공들은 모두 젊지 않지만 그렇다고 늙지도 않았다. 어디에 속해야 좋을지 모르는 어중간함 속에 있다. 스포츠에 한계 연령이라는 게 있는 것처럼, 그 '지나버린 느낌'이 각 소설에 실로 잘 나타나 있다. 자신이 설마 일상에 매몰되어 있을 리 없다고 믿어 왔던 젊은 시절을 지나, 누구나 뛰면 숨이 차고 뱃살이 눈에 들어오는 나이가 된다. 그것은 그다지 우려할 만한 일도 아니라고 소설은 고한다. 젊음도 늙

음에도 섞이지 않는, 어중간한 시기만이 갖는 풍성함이 한 편 한 편에 넘치고 있다.

사진과 소설은 호응하고 있다. 사진을 보고, 소설을 읽고, 다시 사진을 보면 '아' 하고 깨닫는 순간이 있다. 언젠가 어딘가에서 본 풍경, 무척 잘 알고 있는 무언가를 만난 것 같은, 그런 기분이 든다. 사진과 소설이 꽤 행복한 형태로 결합된 책이라고 생각한다.

농밀한 시간을 내포한 재생의 이야기

■ 기리노 나쓰오, 『메타볼라』

■ 존 어빙, 『일 년 동안의 과부』

이름도 짐도 없는 젊은 남자가 오키나와의 산길을 한없이 걷고 있다. 그렇게 『메타볼라』는 시작된다. 시작하자마자 소설 세계가 가진 농밀한 공기에 사로잡힌다. 숨이 콱 막히는 듯한 칠흑 같은 어둠, 들어본 적 없어 더 기분 나쁘게 느껴지는 새나 벌레 우는 소리. 읽고 있는 동안 다른 일이 손에 잡히지 않았다. 도입부에 흐르고 있는 농밀함은 마지막까지 한 방울도 놓치지 않아 나도 열에 들뜬 듯 읽었다.

산길을 걷고 있는 젊은 남자는 자신에 관한 기억을 모두 잃어버렸다. 기억을 잃었음을 깨닫고 충격에 빠진 남자는 인적 없는 어두운 정글에서 규율이 엄격한 '독립 기숙사'로부터 도망친 아직 10대인 청년을 만난다. 미야코지마 출신인 촐랑거리는 이 남자의 느긋함, 자신 이외의 것에 대해 전혀 흥미가 없는 유들유들함에 마음이 풀어져 그를 따르게 된다. 여기서부터 두 사람의 기묘한 여행이 시작된다.

절망이란 무엇인가를 억제된, 그 때문에 까닭 모를 공포가 느껴질 정도로 힘있는 문장으로 엮어낸다. 그리고 절망의 어둠 속에서 어떻게 사람은 탈출할 수 있는가, 소설은 그것까지 치밀하게 그리고 있다. 나는 이 소설이 '긴지'와 새로운 이름을 얻은 한 남자가 아니라, 오늘날의 사회 모습을 그리고 있다고 생각할 수밖에 없었다. 절망적인 폐쇄감, 나이프와 같은 예민함, 둔감함과 같은 의미의 무관심, 그럼에도 앞으로 나아가지 않을 수 없는 사람과 사회의 본능 같은 것. 소설은 한 남자의 모습을 초월해 그곳까지 넓게 확장해간다. 그리고 소설이 아슬아슬한 재생을 그려내는 데 깊은 안도를 느끼게 된다.

같은 시기에 『일 년 동안의 과부』를 읽었다. 교통사고로 두 아들을 잃은 콜 부부와 그들의 딸 루스를 둘러싼 이 긴 소설에서도 재생이 그려진다. 아들의 죽음으로 인한 충격에서 헤어나지 못한 어머니는 남편과 딸을 버리고 집을 나오고, 성장한 딸은 어머니에 대한 반발심을 가진 채 베스트셀러 작가가 된다. 아버지가 어머니에게 적당히 맡겼던 불륜 상대의 소년은 그녀와의 정사로 인해 일생이 바뀌게 된다. 모든 등장인물들의 이야기가 각자 리얼리티를 가지며 사방팔방으로 튀고, 사소한 사건으로 인해 엮이며 시간에 떠밀려 간다.

40년이라는 방대한 시간, 각자의 이야기를 떠멘 등장인물을 그리며 딱 맞아떨어지게 운명의 앞뒤를 맞추는 것은 이 작가의 특기이기도 하지만, 이 소설에서도 그 능력은 홀딱 반할 정도로 훌륭하다. 모든 게 붕괴된 가족을 마지막 장의 마지막 한마디로 재생시키는 재주에는 눈물보다는 한숨이 나오고 말았다.

충실한 내용의 소설을 연달아 읽어버린 탓에 아직 주뼛주뼛 이들 책 표지를 쓰다듬고 있다. 그 정도로 농밀한 시간을 보내게 해준 소설들이었다.

열에 들뜨며 읽은 '관계소설'

□ 후지노 지야, 『중등부초능력전쟁』

■ 에쿠니 가오리, 『잡동사니』

■ 미우라 시온, 『그대는 폴라리스』

좋아하는 작가의 신간이 연이어 나와 횡재한 듯한 기분으로 사 모은 건 좋은데, 언제 여유롭게 읽을 수 있을까 하고 걱정하던 차에 운 좋게도 열이 나는 바람에 한 번에 읽는 요행을 누릴 수 있었다. 열도 나볼 만하다.

후지노 지야 씨의 『중등부 초능력전쟁』의 주인공, 이소지마 하루카는 초등학교부터 고등학교까지 일관교육을 하는 여학교에 다니고 있는 중학생. 고시미즈 씨라는 예전부터 초능력이 있다는 소문이 돌던 여자아이는 일방적으로 하루카에게 친한 척을 한다.

이 고시미즈 씨가 무척 리얼리티 넘치는 번거로운 여자로 묘사되는데, 하루카도 뿌리치지 못하는 걸 보면 알 수 있듯 어딘가 미워할 수 없는 매력이 있다. 하루카와 고시미즈 씨는 별 거 아닌 일로 싸우고, 은근슬쩍 화해하고, 꽤 야단스럽게 싸우고, 대대적으로 화해하는 걸 반복하며 고등부로 진학한다. 그리고 고시미즈 씨가 쓴 소설로 두 사람 사이는 결정적으로 결렬된다.

'초능력'이라는 말이 제목에 있지만, 하루카와 고시미즈 씨가 특수능력을 사용해 화려한 전투를 하지는 않는다. 하지만 중학생부터 고등학생이라는 시기의 기분이나 상황은 확실히 특수하긴 하다고 생각하면서 읽었다. 예를 들어 나는 가장 소중하다고 생각했던 당시 친구들과 지금 연락하지 않는다. 이제 와서 만나봤자 할 말이 없어 곤란할 거라고 생각한다. 과연 무엇이 우리들을 묶었던 걸까? 고시미즈 씨에 대한 하루카의 마음의 출렁임, 남자친구인 도모키 군에게 느끼는 영원감, 그러한 감정 모두를 포함해 어느 한 순간의 기적인 동시에 한 순간의 속임수인 듯도 한 그런 느낌이 들었다. 내가 그 시기를 통과하며 겪었던 사건들 또한.

에쿠니 가오리 씨의 『잡동사니』는 두 여성이 화자이다. 한 사람은 마흔다섯 살인 슈코. 결혼 전의 정열을 잃지 않기 위해 남편과 언뜻 보기엔 기묘한 약속을 했다. 또 한 명은 열다섯 살인 미우미. 어머니와 둘이서 사는 그녀에게는 어른인 친구밖에 없다. 리조트에서 만난 두 사람의 나날이, 그리고 그녀들의 나날이 교차되어 간다.

다 읽고 나서 책의 도입부에서 슈코가 넋을 잃고 보던 소녀가 이제 어디에도 없다는 것을 문득 깨닫고 아연해졌다. 흘러가는 시간과 정체된 시간을, 그 아름다움과 잔혹함과 부드러운 공포를 이 작가만이 할 수 있는 방식으로 그리고 있다.

　미우라 시온 씨의 『그대는 폴라리스』는 이상한 연애만 그린 단편집이다. 사실 대부분의 관계라는 건 이상하고, 연애라는 건 그 두 사람만이 만들 수 있는 세계가 없으면 성립하지 않는다. 그런 의미에서 이 소설은 무척 정통적인 연애소설이라고 할 수 있다. 아니, 연애 따위의 좁은 범위에 가둬놓을 수 없는 정통적인 '관계소설'이다. 웃고 울고 놀라며 읽었다.

　그건 그렇고 개인적인 감상인데, 책을 읽을 수 있는 열은 37.7도 정도까지다. 그 이상 열이 오르면 더 이상 책을 읽을 수 없으니 발열에도 조정이 필요하다.

보잘것없는 리얼한 세계와
몽상적이고 기묘한 장소

■ 토니 애보트, 『제시카와 함께한 날들』

□ 마쓰야마 이와오, 『고양이 풍선(猫風船)』

다이타 아카코라는 번역가를 나는 내 나름으로 신뢰하고 있다. 그녀는 주로 청소년 대상의 책들을 번역해 왔는데, 하나같이 가슴에 서서히 스며드는 감동을 주는 책들뿐이라 번역자로서는 물론, 그런 책을 소개해주는 사람으로서도 신뢰하고 있다. 『제시카와 함께한 날들』도 다이타 씨가 번역한 작품이다.

주인공은 뚱뚱하고 평범한 소년 톰. 같은 반의 아름다운 소녀를 남몰래 좋아하고 있다. 어느 날 톰네 반에 전학생이 온다. 전학생 제시카는 전신에 심한 화상을 입어 똑바로 쳐다볼 수 없을 정도의 용모를 하고 있다. 반 친구들은 그녀를 어떻게 대해야 할지 당황하고 이윽고 그녀의 화상에 관한 지독한 소문을 퍼뜨리기 시작한다.

이 소설엔 꾸며낸 듯한 부분이 전혀 없다. 반 친구가 제시카를 심하게 따돌려 톰이 구해주는 장면 같은 건 없다. 혹은 몸과 마음 모두에 상상도 못할 정도로 상처를 입은 제시카가 전학간 학교에서 정신적으로 회복되는 것도 아니다. 그렇기 때문에 더욱 톰의 미세한 마음의 움직임, 반 친구들의 반응, 제시카가 하는 말, 모든 게 아플 정도로 리얼하게 다가온다.

사소한 사건을 계기로 제시카와 말을 주고받게 된 톰이 '작고 보잘 것 없는 힘'에 대해 말하는 부분이 있다. 그는 슈퍼맨 같이 뭐든 할 수 있는 커다란 힘이라면 뻔하고 시시하다, 훨씬 작은 힘밖에 없는 게 재밌다고 말한다. 엄청난 괴력을 발휘하는 손가락이 하나 있다거나, 엄청 빠르게 뜀뛰기를 할 수 있다거나, 그런 편이 멋지다고. 그렇게 톰은 특수능력도 무엇도 아닌 작은, 정말 보잘것없는 힘을 제시카라는 이형의 전학생에게 사용하게 된다.

커다란 사건은 아무것도 없다. 하지만 톰은 제시카와 만나게 되면서 아주 조금 변한다. 아마 제시카도. 슈퍼맨이 아닌 우리들은 사람을 구원할 수 없다. 하지만 누군가와, 혹은 자신과 마주볼 수는 있다. 마주보고, 변화할 수 있다. 이 책 또한, 서서히 마음에 스며드는 훌륭한 소설이었다.

현실로부터 멀리 떨어져 있어 재미있던 책은 『고양이 풍선』. 수필인가 하고 읽었는데 무척 기묘한 장소로 독자를 끌고 간다. 피아노 리사이틀 중인 콘서트홀에서 요란하게 울리는 매미소리. 더운 여름날 하늘 가득 떠오르는 고양이 얼굴. 깡마른 노인이 별사탕을 붙여 만드는 벚꽃나무. 놀림인지 장난인지 담벼락에 가득 쓰인 시시한 욕설.

한 편 한 편이 짧은 문장이지만 읽고 있다 보면 스산하게 불안한 기분이 든다. 현실에서는 일어날 리 없는 이야기라 해도 어쩐지 그 이야기가 환기하는 불안이나 초조, 까닭 모를 옅은 공포는 현실에서 접할 때보다 더 현실적이라 멈칫하며 읽었다. 그렇다고 해도 저자는 이상한 걸 생각해 내고, 그런 이상한 것을 위화감 없이 언어로 변환하는 사람이라는 생각이 든다. 혹은 타인이 보고 있는 세계란 이토록 자기 자신과 동떨어진 기묘한 것일지도 모른다.

산다는 것의 무서움과 우스움과 강건함

□ 이노우에 아레노,『즈무 데이즈』

□ 사이바라 리에코,『매일 엄마 4: 소박데기 편』

이노우에 아레노가 쓴『즈무 데이즈』를 읽고 한 방 얻어맞은 듯한 충격을 받았다. 마음 깊이. 화자는 삼십대 여성, 아내가 있는 남자와 막다른 길 같은 연애를 하고 있다. 그 연애에서 벗어나기 위해 그녀는 여덟 살 연하의 애인을 만든다. 서로를 '즈무' '아무'라고 부르며 함께 살기 시작하지만, 화자는 막다른 길 같던 연애에서 벗어나지 못한다.

"사람은 그저 살아가기만 해서는 안 돼"라고 늘 무언으로 전하던 돌아가신 아버지가 소설가, 그리고 화자도 소설가라는 설정이라 독자는 무의식적으로 작가와 화자를 겹쳐 생각할지도 모르겠다. 하지만 작가는 한결같이 그 둘을 분리하며 쓰고 있고, 그 거리감이 절묘한 유머를 뿜어낸다. 나는 몇 번이고 소리를 내어 웃었고, 그 웃음이 진정될 무렵이면 반드시 섬뜩한 공포를 느꼈다.

삼십 대인 아무는 소설을 쓰려고 해도 써지지 않는다. 즈무를 사랑해 보려고 하지만 사랑할 수 없다. 아내가 있는 남자에게 휘둘리고, 이를 뿌리치려고 공허한 노력을 하는 그런 무위(無爲)의 나날을 보내고 있다. 여기에 그려지는 것은 압도적인 무위다. 하지만 그 무위는 독자인 우리들에게도 걸핏하면 되돌아온다. '산다는 것이란 도대체 어떤 걸까'라는 거대한 문제를 이 소설은 웃음을 섞으며 태연하게 들이민다. 그 속에는 '사랑한다는 것은 어떤 걸까'도 포함되어 있다.

　아무는 익살맞고, 때로는 꼴사납기도 하지만 나는 그 모습에서, 혹은 즈무나 아내 있는 남자나 다른 등장인물들의 모습에서 산다는 것의 무서움과 강건함을 동시에 본다. 무척 자연스러운 방법으로 독자에게 충격을 안겨주는 소설이다.

　사람이라는 존재의 우스움과 강건함은 사이바라 리에코의 『매일 엄마 4: 소박데기 편』에서도 그려지고 있다. 이 책은 연작 만화인데 앞치마 차림의 엄마도, 바보짓만 하는 장남도, 되바라진 여동생도 건재하다.

　타이틀에 있는 '소박데기'란 이혼 후 집을 나온 알콜 중독에 빠진 남편을 가리킨다. 남편 '가모 짱'은 암 선고를 받고 가족 곁으로 돌아온다.

　나는 아무리 자신의 경험을 바탕으로 했다 하더라도, 만화도 소설도 픽션이라고 생각하기 때문에 될 수 있으면 작품과 현실을 섞지 않으려고 하지만 이 작품은 그럴 수 없었다. 특히 '가모 짱'의 모델인 가모시다 유타카 씨가 쓴 알코올 중독인 남자를 주인공으로 한 소설『술이 깨면 집에 가자』를 작년에 읽었기 때문에 이『매일 엄마』를 그 속편으로 읽게 되어서, '아아, 가모 짱 정말 집에 돌아갔구나' 하고 생각하고 말았다.『술이 깨면 집에 가자』의 주인공이 그토록 버려두었던 걸 후회했던 가정, 마치 낙원처럼 떠올렸던 가족 곁으로 바라던 대로 제대로 돌아갔음을 이 만화를 통해 확인할 수 있어 마음 깊이 안도했다. 친척 아줌마처럼 안심이 되었다.

사람과 사람이 진정한 의미의 가족이 되는 그 순간이 이 만화에는 그려져 있다. 큰소리로 울었다.

인간의 삶의 행위로서의 다이어트

□ 가타노 유카,
『다이어트를 그만둘 수 없는 일본인 몸을 추적하다』

내가 십 대 중반일 때는 곤약과 미역이었다. 이십 대에 들어섰을 때부터는 삶은 달걀, 자몽에 이어 손가락에 테이프를 감는 방법도 있었다. 이후 기름 안 먹기, 탄수화물 안 먹기, 아침밥 안 먹기, 고기, 국(순서는 이제 잘 모르겠지만) 안 먹기로 이어진다. 다이어트 얘기다. 숙변이란 말도 들어본 적이 있고, 귀에 침을 맞는 방법도 있었던 것 같다. 최근 많이 들었던 건 빌리의 부트캠프.

나는 단 한 번도 진지하게 다이어트를 해본 적은 없지만, 그런 나도 이 정도는 다이어트 붐의 변천에 대해 알고 있다. 왜냐면 십대일 때부터 '늘 다이어트를 해야 해', '이 체형을 어떻게든 바꿔야 해'라고 강박관념처럼 생각해 왔기 때문이다. 그리고 나뿐만이 아니라 이 세상에 사는 많은 여성들이 그렇게 생각하며 살고 있다.

이 책은 '이거 좀 이상하지 않아?'라고 하며 시작한다. 삶은 달걀이다, 귀에 침이다, 다이어트 방법은 너무나 많은데 그 무엇도 정착하지 못하고 도시전설처럼 여성의 입에 오르고는 사라져간다. 다이어트란 무엇일까, 애초에 우리들은 왜 홀린 듯이 마른 몸을 목표로 하는가에 대해 여러 각도로 검증하고 있어 무척 흥미롭게 읽었다.

나는 처음엔 이 책이 다이어트를 비판하는 책일 거라고 짐작했었다. 다이어트 과열 현상을 냉담하게 응시하며 계속 나오는 새로운 다이어트법을 시도하는 현대 여성의 병든 마음(같은 것)을 그려내는 책이겠지 하고. 하지만 전혀 달랐다. 저자는 다이어트에 휘둘리는 우리들을 긍정하고 있다. 철저하게 객관적으로 바라보며 긍정하는 것이다. 그래서 강한 공감과 흥미를 불러일으킨다.

다이어트는 현대 특유의 현상이라고 생각하기 쉽지만 그렇지 않다고 저자는 지적한다. 일본에서는 전후 식량사정이 개선되자마자, 구미에서는 19세기부터 얼마나 마를 수 있을까, 어떻게 해야 이상적인 몸이 될 수 있을까가 세간의 관심사였다.

이상적인 몸이란 무엇인가에 대해 시대를 거슬러 올라가던 저자의 귀착점은 프랑스인 마네킹 제작자였다. 1959년에 그가 제작했던 마네킹은 기모노 체형이 일반적이었던 일본인 여성의 의식을 코카콜라 형의 굴곡 있는 스타일에 눈뜨게 만들었다. '허리가 꽉 잘록한' 당시의 이상적 체형이 지금의 우리들에게까지 영향을 미치고 있는 걸 보면 여러가지 생각에 잠길 수밖에 없다.

전후 일본인이 미국인의 생활을 그대로 풍족함이라고 받아들여 동경했던 것과 어딘지 닮아 있지 않은가.

TV의 보급에 따라 다이어트 프로그램이 등장한 것, 다이어트로 인한 모자(母子) 관계의 변화, 체지방이라는 새로운 척도의 등장, 지방 흡입이나 가슴 확대 수술과 같은 의료의 개입…… 이렇게 시대를 쫓는 본서는 그야말로 다이어트라는 관점에서 본 근현대사이다.

게다가 뜻밖에도 저자 스스로가 고단백질 다이어트를 실천에 옮겨 다이어트 식사법의 정답은 일본에서는 50년 전, 구미에서는 140년 전에 이미 나와 있음을 실증하고 있다. 그런데도 왜 다이어트 정보가 범람하고, 그 기세가 꺾이지 않는지에 대해서까지 이 책은 파헤치고 있다. 우리들이 원하는 것은 '정답'이 아니다. 나에게 다이어트를 둘러싼 싸움은 전후 시대를 사는 우리들의 '개인'의 획득, '개인'이라는 개념의 형성과 겹쳐지는 것처럼 보인다.

19세기말의 인기가수 겸 여배우, 다이쇼시대, 잡지 『타이요』(太陽)에 다이어트 기사를 수록한 외국인 신문기자, 1959년 〈텔레비전과 함께 살 빼자〉라는 프로그램에 출연했던 여성들. 본서에는 역대의 다양한 '다이어터'가 등장하는데, 모두 조금은 우습기도 하지만 매력적이다. 다이어트라는 것이 이미 삶에 동반하는 행위임을 드러내고 있기 때문이라고 생각한다. 그것을 이 책은 너그럽게 이해하게 한다.

모어와는 다른 언어로 쓰인 훌륭한 소설

■ 이윤 리, 『천년의 기도』

■ 샨사, 『측천무후』

이윤 리가 쓴 『천년의 기도』가 재밌었다. 작가는 1972년생 중국인 여성으로 대학 졸업 후 미국에 건너가 영어로 소설을 발표하고 있다. 수개월 전에 읽었던 『관광』 또한 태국인 작가가 영어로 쓴 소설이었는데, 그 소설과 많이 닮았다. 모어와 거주하는 지역 간의 차이 혹은 거리가 절묘하게 작용하고 있는 단편집이다.

수록된 단편소설 열 편의 주인공은 모두 중국인이다. 현대에 대해 쓰면서도 중국이 걸어온 장대하며 장렬한 역사가 슬쩍 엿보여 그것이 심상치 않은 넓이를 가진 소설 세계를 만들어 준다. 황제가 아직 존재하던 시대부터 시작하는 「독재자를 닮은 아이」는 공화제, 군벌, 두 번의 전쟁을 거쳐 공산주의로 돌입하던 곳을 무대로 독재자와 빼닮은 얼굴로 자라난 아이가 사람들에게 떠받들려져 인간다운 감정이나 관계를 거의 갖지 못한 채 늙어가는 모습이 그려진다. 감정을 배제한 듯한 문장으로 나라의 역사와 사람의 생을 부감하고 있다.

스물일곱 살의 지적장애가 있는 딸을 가진 부부를 그린 「쑤 씨의 이중생활」, 평범하지 않은 생활을 거쳐 학교 기숙사에서 일하게 된 늙은 여자의 여섯 살 난 소년을 향한 첫사랑을 그린 「잉여인간」, 핵개발 연구소에서 태어나 자란 여자아이를 화자로 한 「제대로만 한다면 죽음은 나쁜 농담이 아니야」, 미국에서 사는 딸을 방문한 늙은 아버지와 이란 출신의 여성이 서로 이해할 수 없는 언어로 대화를 이어가는 「천년의 기도」. 모든 단편이 숨이 멎을 정도로 결말이 훌륭하다. 영리하게 거리를 둔 시선으로 모순과 부조리, 고독이 담긴 생을 그리면서도 마지막 문장에서 이 작가는 독자에게 생의 풍성함과 아름다움을 해방하듯 보여준다. 중간중간 끼워진 중국 고래의 성어와 표현이 맛깔난 향신료처럼 소설을 돋보이게 한다.

추천을 받아 읽은 『측천무후』의 저자 샨사도 이윤 리와 같은 1972년생 중국인이다. 그녀는 열일곱 살 때 프랑스로 건너가 프랑스어로 소설을 발표하고 있다.

이 『측천무후』가 엄청 재밌었다. 읽는 걸 멈출 수 없어 어디에나 책을 가지고 다닐 정도였다. 중국 유일의 여제 측천무후의 생애를 그린 소설로 대하드라마 같은 장대함과 시와 같은 섬세한 서정성이 훌륭하게 융화되어 단 한 문장만으로 무척 스케일이 큰 경치를 독자 앞에 펼쳐 보인다. 측천무후의 내면을 태아일 때부터 사후 영혼에 이르기까지 치밀하고 주의 깊게 그려 이 여제에 관한 악평을 단번에 날려 버린다.

　이윤 리와 샨사, 동년배의 여성이 각자 모국어와는 다른 언어로 소설을 발표하고, 그 소설이 모두 빼어나게 재밌다는 건 무척 흥미로운 일이다. 이것은 우연이 아니라 필연이라는 생각도 든다. 아마 앞으로도 중국 출신의 뛰어난 젊은 작가가 계속 나오지 않을까. 두근두근하다.

읽는 거리, 보는 거리

■줌파 라히리,『이름 뒤에 숨은 사랑』

『이름 뒤에 숨은 사랑』은 고골리라는 남자 아이가 성장하는 모습을 그린 장편소설이다. 젊은 인도인 부부가 미국으로 건너가 그곳에서 남자 아이와 여자 아이를 낳는다. 고골리와 여동생 소니아는 인도인 사회와의 연결을 중시했던 부모 밑에서 자라난다. 특별한 사건은 아무것도 일어나지 않지만 작은 에피소드들이 쌓이며 나도 어느샌가 등장인물 중 한 사람인 것처럼 섞여 들어가 페이지를 넘기는 손을 멈추지 못했던 기억이 떠오른다.

전작『축복받은 집』도 그렇지만 줌파 라히리의 소설에는 절묘한 거리감이 있다. 라히리 자신이 인도인 부부의 딸로 런던에서 태어나 미국에서 자랐기 때문일까. 그녀가 인도를 그려도 미국을 그려도, 현재를 그려도 과거를 그려도 그곳에는 그녀만이 그릴 수 있는 거리가 생겨난다. 그 거리감은 독자가 인도나 미국 같은 이국문화를 느끼는 거리감과 조화되어 섞여 들어가는 재미있는 현상이 일어난다. 그래서 독자는 그곳에 그려진 것을 감각적으로 알 수 없다고 해도 깊이 공감하게 되고, 그곳에 그려진 광경을 본 적이 없다고 해도 어느새 생생하게 눈앞에 떠올리게 되는 것이다.

영화화된 작품을 보고 가장 놀랐던 것은 문자로 읽으며 막연히 느꼈던 거리감을 시각적으로 구현했다는 점이었다. 영화와 소설은 전혀 다른 장르라는 당연한 사실을 새삼스레 깨달았다. 그 정도로 눈으로 직접 그 '거리'를 느낀다는 것은 대단했다.

인도를 벗어나본 적 없는 젊은 아시마(고골리의 어머니)는 중매결혼으로 미국에 있는 아쇼크(고골리의 아버지)에게 시집을 간다. 말을 할 수는 있지만 아무것도 모르는 채로 생활하고, 아이를 낳고, 아이를 키운다. 인도의 소란함, 미국의 청결함, 인도의 열기, 미국의 질서, 영상으로 보면 양자는 양극단으로 보일 정도로 달라 전혀 다른 세계에서 살게 된 아시마의 고독과 불안이 저릿하게 다가온다.

그리고 고골리의 이야기. 미국에서 살면서 인도사회의 연을 쌓아가는 어머니 아시마가 보기에, 장성해 유창한 영어로 말을 하고 힙합을 듣는 아들은 마치 이방인 같다. 그들 가족 네 명이 마할을 견학하러 가는 장면에서 나는 가슴이 덜컥했다. 인도인인 고골리와 여동생 소니아가 그저 외국인 관광객처럼 보였기 때문이다. 그게 어쩐지 슬펐다. 고골리는 이 위대한 건축물을 보며 건축을 배우기로 결심한다. 이 부분부터 고골리는 자기에게 흐르는 인도의 피와 흡수해 온 미국의 공기, 두 가지의 정체성으로 인해 흔들리게 된다.

내가 타지마할 장면에서 느낀 슬픔은 그들 일가의 슬픔이었으리라. 이국에서 살고 이국의 언어로 이야기함으로써 자기 자신이 어쩔 수 없이 분열되어 간다. 그 분열은 가족 간에도 생긴다. 어머니는 아들을 이해할 수 없고, 아들은 부모님의 세계관에 의문을 품는다. 하지만 아버지의 죽음으로 인해 고골리는 아이덴티티를 되찾게 되고 이와 동시에 가족 간의 분열 또한 점점 아물어 간다. 영화에서는 미국, 인도 양쪽 광경으로 다리가 인상적으로 사용되는데, 마치 그 다리로 연결되는 것처럼 그들 가족의 내면에 존재하던 거리도 단절을 면하게 된다.

일본에서 태어나고 일본에서 자라, 아이덴티티란 무엇인가를 생각해 본 적도 없는 나도 나란 존재는 어디에서 왔고 무엇인지를 생각할 때가 있다. 부모님과 세대 차이를 느낀 적도 있다. 줌파 라히리의 이 소설이 많은 호응을 얻은 이유는 그녀의 글이 이국간의 아이덴티티라는 국지적인 테마가 아니라 장소와 시대를 넘는 보편적인 것을 내포하고 있기 때문이다.

영화에서는 (아무래도 '거리'가 생생히 보이는 까닭에) 고골리의 이야기라기보다는 어머니 아시마의 이야기라는 인상을 받았다. 하지만 라히리의 소설에 감도는 섬세함, 투명감, 미세한 것을 어느샌가 장대함으로 바꾸는 힘, 그리고 소설 『이름 뒤에 숨은 사랑』이 가진 보편적인 테마는 전혀 잃어버리지 않았다.

평범함이라는 개성과 시의 힘

□ 후지노 지야, 『사야카의 계절』

□ 엘리자베스 스파이어스, 『에밀리 디킨슨 가의 생쥐』

평범함, 범용함이 그다지 환영받지 못하는 시대다. 개성은 보통이 아닌 것과 동의어가 되어 타인과 다른 것, 일반에 매몰되지 않는 비뚤어짐을 무턱대고 찬양하고 있는 듯한 느낌이 들어 참을 수 없다. 소설 『사야카의 계절』은 이런 시대 경향에 대해 의문을 던지기도 하고, 가운뎃손가락을 치켜세우기도 하며, 멀리서 냉정하게 지켜보고 있는 듯도 하다. 물론 그건 글쓴이의 의도라기보다는 어디까지나 독자인 나의 인상이다. 이 책은 2005년에 출판된 『베지터블하이츠 이야기』의 속편이지만, 연립주택 주민이 화자였던 전작과 달리 대학생이 되어 혼자 살게 된 집주인 딸 사야카가 화자가 되어 진행된다.

이 사야카란 아이의 일상은 지겨울 정도로 특별할 게 없다. 연인과 끈적끈적한 장난을 치고, 여자친구들에게 응석을 부리고, 여동생을 맹목적으로 아끼는 아버지와 별것도 아닌 일로 싸우는 대학교 1학년생. 그다지 의욕이 없는 탓에 비상근 강사에게 영상 작품에 출연해 달라는 의뢰를 받아도 거절하고, 예전에 아동극단에 함께 있었던 소꿉친구가 나오는 포스터를 봐도 질투하지 않는다. 평범하게 있는 것에 스스로 매몰되어 살아가고 있다.

'정말 이 아이는 겁쟁이구나'라고 생각하면서 계속 읽어나갔는데 점점 그녀의 야심 없는 성격이 오히려 시원시원하다는 생각이 들게 된다. 동시에 점경(点景)처럼 그려진 그녀 주변 사람들의 실로 '평범한' 야심이 우습게 느껴지기도 한다. 충분히 행복한 사야카의 1년간을 읽으며 개인이라는 의미를 착각한 채 비대해져 버린 세상 속의 자의식에 대해 문득 생각하게 되었다.

방의 벽 구멍에 사는 생쥐가 화자인 『에밀리 디킨슨 가의 생쥐』에 등장하는 시인 에밀리 디킨슨도 '명성과 지위 같은 것으로부터 멀리 떨어져 산 사람'이라는 의미에서 사야카와 닮았다. 나는 이 시인을 잘 몰랐는데 '에밀리 디킨슨에 대해'라는 항목을 읽으면 그녀가 얼마나 특이한 존재였는지를 알 수 있다. 방에서 나오지 않고 '아무도 아닌 사람'으로 살면서, 방대한 양의 훌륭한 시를 썼다.

이야기는 작은 생쥐 에머라인이 디킨슨 가에 살게 되면서 시작한다. 에머라인은 어느 날 종잇조각에 쓰인 에밀리의 시를 읽고 충격을 받는다. 시의 힘, 말의 힘에 한 방 맞은 듯 정신을 차릴 수 없었다. 그리고 이끌리듯 에머라인 자신도 시를 쓰기 시작하면서 에밀리와 에머라인의 시를 통한 서신 교류가 시작된다.

언어가 자신을 각성시키고, 광대하게 하고, 해방시키며 모르는 장소로 마법처럼 데려다준다는 것을 깨달을 때의 놀라움과 기쁨이 자그마한 에머라인을 통해 그려진다. 사람이 자기 자신의 삶을 산다는 것은 어떤 것일까. 귀여운 삽화와 함께 절로 흐뭇한 미소를 짓게 하는 이야기지만 전달하는 메시지는 무척 넓고 깊다.

커다란 체험과 개인적 체험

■ 치마만다 은고지 아디치에, 『숨통』
□ 야마다 다이치 글, 구로이 겐 그림, 『릴리언』

전쟁, 학살, 폭동과 같은 것이 소설에 그려질 때, 특히 화자(혹은 쓰는 이)의 체험으로 그려지게 되면 아무래도 그 체험 자체가 커다란 위치를 차지하게 된다. 전쟁과 학살이라는 것은 너무나 거대하고 무겁기 때문이다. 그렇게 되면 필연적으로 소설은 비참한 소음을 발하게 된다.

하지만 나이지리아인 작가의 단편집 『숨통』은 전쟁, 학살, 폭동, 투쟁을 다루고 있는데도 소설은 시종일관 고요하다. 그것들은 소설 안에서 주요한 위치를 차지하고 있지 않다. 글쓴이가 그리는 것은 비참한 체험이 아니라 그것을 어쩔 수 없이 감당해야 하는 '사람'이다. 이 단편집을 읽고 있으면 전쟁과 빈곤의 한가운데에 있는 인간이 얼마나 고요하게 그것을 받아들이고 마는지를 알 수 있다. 그것들은 사랑과 결혼, 출산과 이사와 같은 일상생활과 슬플 정도로 동등한 경험에 불과하다.

「사적인 행위」가 수작이었다. 이모네 집을 방문한 여대생이 시장에서 폭동에 휘말린다. 도망치다 들어간 폐가에서 다른 종교를 가진 다른 민족 여성과 만나게 되고 몇 시간을 함께 지낸다. 폭동이 일어나지 않았다면 만나지 않았을 사람, 나눌 수 없었던 말이 진중할 정도의 고요함 속에서 그려진다. 다른 단편들과 같이 여기에 그려지는 것은 비극이 아니다. 하나의 '체험'이다. 우리들은 아픔과 슬픔과 같은 너무나 개인적인 체험을 타인과 공유하는 것은 불가능하지만, 서로를 보듬어 줄 수는 있다. 모든 작품의 무대 설정은 슬픔과 억눌린 분노에 가득 차 있지만 그곳에서 살아가는 사람들의 모습은 강한 빛에 감싸져 있다.

　야마다 다이치 씨가 글을 쓰고 구로이 겐 씨가 그림을 그린 그림책 『릴리언』은 60년도 더 전의 옛날 도쿄의 어느 골목에서 여섯 살 소년이 체험한 이상한 경험이 그려져 있다.

　친구의 죽음을 체험한—아마 처음 죽음이라는 것을 알게 된—소년이 걸핏하면 도망치려고 하는 공상 세계를 낯선 소녀는 "그거 거짓말이지?"라고 말하며 부수려고 한다. 이윽고 소학교에 진학한 소년은 뒷골목에서 수염이 덥수룩하고 꾀죄죄하고 덩치가 큰 남자를 만난다. 소년의 친구가 된 소녀를 팔로 감싸안은 덩치 큰 남자는 소년을 향해 말한다. "꿈과 진짜는 달라. 뒤죽박죽으로 만들면 안 돼."

　아마 이 이야기의 배경에는 전쟁이라는 커다란 체험이 있을 것이다. 그것은 그 시대를 산 모든 사람의 공통 체험이지만, 그와 동시에 한 사람 한 사람의 개인적 체험이기도 하다. 소년이 만난 거대한 남자는 그 '개인적 체험'을 놓아버려서는 안 된다고 말하고 있는 게 아닐까 하는 생각도 든다. 끌어안기에는 벅차고 믿기 어려운 사건이라 할지라도, 누구나 공통으로 갖고 있는 것 즉 누군가의 체험으로 치부해서는 안 된다고, 스스로 끌어안아야 한다고 말하는 것처럼 느껴진다.

소년이 어른으로 향하는 자그마한 한 걸음을 딛고 있는 모습이 이 그림책에는 그려져 있다.

빛이 아닌 그늘에 있는 청춘

□ 니시무라 겐타, 『다시는 가지 못할 마을의 지도』

□ 가이코 다케시, 『푸른 월요일』

한결같이 사소설(私小說, 작가 자신을 일인칭 주인공으로 하여 자신의 체험이나 심경을 고백하는 형태로 표현하는 소설—옮긴이)이라는 스타일을 고집하는 니시무라 겐타의 신간 『다시는 가지 못할 마을의 지도』는 네 편으로 이루어진 중편소설집이다. 중학교 졸업 후 부모 곁을 떠나 일용직을 전전하는 남자의 나날이 그려져 있다. 대충 분류하자면 청춘소설이라고 할 수 있지만 작금의 청춘소설에 자주 보이는 반짝이는 빛, 또는 미래에 대한 불안과 기대, 명랑함, 건전함, 타인과의 따스한 연대 같은 것이 전혀 없다는 점이 신선하고 이 저자의 특이성을 잘 드러낸다고 할 수 있다.

열일곱 살이면서 술을 많이 마시고, 돈이 모이기만 하면 창녀촌으로 향하고, 연인의 존재를 고마워하면서도 별 것도 아닌 일로 난폭한 행동을 하고, 집세를 밀린 후 도망치고, 아르바이트하는 곳에서 싸우다 유치장에 들어간다. 화자의 일상에 반짝이는 빛도 미래에 대한 희망도 없지만, 그렇다고 해서 음울하기만 한 것도 아니다. 유머와 꿰뚫는 듯한 속시원함이 있고, 이렇게밖에 할 수 없는 한 남자의 모습이 있다.

사소설이기 때문에 소설 안에 그려지는 사건이 저자의 체험일 거라 생각하기 쉽지만, 소설과 저자의 거리가 확실히 느껴진다는 점이 이 사람이 쓰는 소설의 매력이라는 생각이 든다. 일단 독자는 '나' 또는 '기타(貴多)'라는 이름으로 등장하는 주인공을 전혀, 조금도 좋아할 수 없을 것이다. 동정도 연민도 공감도 느낄 수 없을 것이고, 행동원리나 사고회로를 이해할 수도 없을 것이다. 저자도 그렇게 쓰고 있는 것처럼 나에게는 느껴졌다. 자신이라는 화자를, 전혀 이해할 수 없는 인간으로 여기면서 쓰고 있다고 말이다. 비참한 사태가 이어지는 이 소설이 바싹 마른 유머를 세부에 흩뿌리고, 화자의 막무가내한 부조리함마저 느껴지는 중얼거림이 불쾌하지 않고 속 시원하게 느껴지는 것은 저자와 소설 사이에 절묘한 거리감이 있기 때문이 아닐까. 그렇다고 해도 이 저자가 쓰는 대화문은 얼마나 탁월한지 감탄을 자아낸다. 못생긴 연인이나 집세를 받으러 오는 노인을 향한 갖가지 욕은 움찔할 정도로 재미있다.

이 책을 읽으며 떠오른 책이 가이코 다케시의 『푸른 월요일』이었다.

"나에게 있어 소년시대와 청년시대는 늘 끝없는 숙취였다"라는 저자의 말처럼 전쟁 중·후에 소년기와 청년기를 보냈던 저자의, 말하자면 청춘의 책이다.

전쟁 중, 주린 배를 움켜쥐던 가족의 식사 풍경과 도시락을 둘러싼 이야기가 처절하게 그려진다. 저자는 고도성장기로 향하는 시대의 희망과 에너지보다는 오히려 패전이라는 상흔의 음영을 그린다. 생활비와 용돈을 벌기 위해 닥치는 대로 했던 수많은 아르바이트는 하나같이 기괴하고 수상쩍다. 그렇다고 해서 이 책도 음산하거나 음울하지는 않다. 이 저자만이 쓸 수 있는 위협적인 아름다움이 세부에 펼쳐져 있다.

청춘이란 가장 많이 부끄러울 시기이고, 빛보다는 그늘에 있다고 믿고 있는 나에게는 이 같은 책 두 권이 아무래도 더 신뢰가 간다고 할까, 읽으며 기분이 좋아졌다.

일상이 이미, 기묘한 선생이다

□ 이토 히로미, 『그 시절, 선생님이 있었다』

□ 미우라 시온, 『기절 스파이럴』

'선생'이라는 말을 듣는 것만으로도 거부반응을 느끼는 내가, 『그 시절, 선생님이 있었다』라는 책을 적극적으로 펼쳐든 이유는 저자가 이토 히로미 씨였기 때문이다. 이 시인이 쓰는 말과 문장은 언제나 자유분방하고, 무엇에도 묶여 있지 않다는 느낌이 든다. 그러한 문장을 쓰는 사람이 어떤 식으로 '선생'이라는 인종과 관계를 맺어 왔는지 무척 흥미로웠다.

핑장히 재밌었다. 글쓴이가 초등학교, 중학교, 고등학교에서 만나온 교사들에 대해 쓴 책인데, 별종인 사람, 정직한 사람, 촌스러운 사람, 재미없는 사람, 그야말로 '훌륭한 선생'들만 늘어놓지 않은 점이 좋다. 시대성이라는 것도 있겠지만 선생님 한 명 한 명이 너그럽고 인간적이다. 저자는 옳다 그르다든가, 좋다 싫다든가 그런 식으로 묶어버리지 않고 더욱 너그러운 눈으로 그들을 바라보고 있다.

「괴짜의 권유」라는 장에 등장하는 전형적인 괴짜 선생님에 대해 "어떻게 해야 괴짜가 될 수 있는지 어린아이였던 나에게 자상하게 가르쳐 주었습니다" 하고 저자는 쓰고 있다. 이 대목에서 나는 그렇구나, 하고 무릎을 쳤다. 내가 선생님이라는 단어조차 싫어하는 이유는 늘 정답만을 가르쳐주어야 하는 선생님이라는 사람이 그 정답을 가르쳐주지 않는다고 생각했기 때문이었다. 하지만 그렇지 않다. 근친자 이외에 처음으로 접한 선생님이라는 어른들이 나에게 가르쳐준 것은 공부나 정의나 살아가는 힘 같은 것만이 아니라, 치우침과 유치함, 치사함 등과 같은 것도 있었던 것이다.

그렇게 생각하니 예전에 너무너무 싫어했던 비인격자(라고 생각했던) 선생님이 아주 조금은 친근하게 느껴지기도 한다. 그리고 저자가 후기에 쓴 것처럼 우리들의 선생님은 학교 교단에 선 '교사'라는 직업을 가진 사람들이 전부가 아니다. 선생님에 대해 쓰여 있지만 어떤 식으로 '이토 히로미'라는 시인이 형성되었는지도 흐릿하게나마 엿보이는 책이다.

너무 재밌어서 소리를 내어 웃게 되기 때문에 미우라 시온 씨의 에세이는 외출할 때는 절대 갖고 나가지 않는다. 『기절 스파이럴』, 이 책도 바깥에서는 읽지 말기를 권유한다. 웃지 않고 읽기는 불가능하기 때문이다.

문장(과 이 작가의 뇌내)은 폭발하지만, 이 사람의 세상을 보는 섬세한 시선에 놀라게 된다. 우리들이 눈치 채지 못하고 지나쳐 버리는 것들을 저자는 멈춰 서서 지그시 바라보고, 속도감 넘치는 문장으로 그 시선이 멈추는 곳을 섬세하게 재현해 보인다.

저자의 일상은 언뜻 특별할 게 없는 것처럼 보이지만 이 '특별할 게 없는 것'의 재미랄까 무시무시함이랄까, 독특함 같은 것을 새삼스럽게 깨닫게 된다. 앞에 쓴 이토 히로미 씨의 말을 빌리자면 일상이 이미, 더 없이 기묘한 선생임을 절실히 느꼈다.

뮤지션이 육성으로 말하는 삶이라는 싸움

□ 요시이 가즈야, 『잃어버린 사랑을 찾아서』

□ 요코야마 겐, 『마이 스탠더드』

평소에는 그다지 손이 가지 않는 종류의 책이지만 뮤지션이 쓴 자서전 두 권이 마침 눈에 들어와 읽어 보았다. 옐로 몽키의 보컬이었던 요시이 가즈야 씨의 『잃어버린 사랑을 찾아서』와 크레이지 켄 밴드의 요코야마 겐 씨가 쓴 『마이 스탠더드』이다. 두 책 모두 무척 재미있었다.

『잃어버린 사랑을 찾아서』는 인터뷰를 바탕으로 구성된 책이다. 방랑예인이었던 아버지는 결혼 후 직업을 바꿔 일가는 도쿄에서 생활하기 시작한다. 하지만 요시이 씨가 다섯 살일 때 아버지는 사고로 세상을 떠나고 만다. 이 책은 아버지의 유골을 가지고 돌아왔을 때의 옛 기억에서부터 시작한다. 이후 어머니의 본가가 있는 시즈오카로 이사해 낯선 환경 속에서 성장하고, 이윽고 록과 만나게 된다. 메이저 데뷔와 동시에 결혼하고 아이가 생기지만 그러한 사실을 숨긴 채 활동을 계속하고, 옐로 몽키라는 밴드는 점점 인기를 끌기 시작한다. 하지만 그려지는 것은 성공담이 아니라 지금까지 저자가 무엇을 잃었고 무엇을 얻었는지에 집중하고 있다는 점에서 무척 충실한 내용을 담고 있다는 느낌이 들었다.

나는 기억이라는 것은 주관적이고, 그러한 의미에서 다소 픽션에 가깝다고 생각한다. 하지만 이 책에 실린 본인이 말하는 사실로서의 픽션은 소리내어 말하지 않으면 발생하지 않는 절실함으로 가득 차 있다. 이 책이 재밌는 이유는 글쓴이가 성공한 뮤지션이기 때문이 아니다. 사람은 인생과 격투할 수밖에 없다는 걸 꾸미지 않은 말로 쓰고 있다는 점이 이 책의 매력이다.

한편, 『마이 스탠더드』도 요코야마 씨의 유소년기부터 그려진다. 태어나 쭉 자라왔던 마을 풍경, 부모의 이혼으로 어쩔 수 없이 변한 생활 환경 등을 떠올리는 방식이 요시이 씨와 닮았다. 표현이라는 것은 이러한 기억의 농담(濃淡), 개인적 픽션의 강도에 의해 좌우되는 것인가, 문득 생각하게 된다. 초등학생 시절 이미 직접 연주한 레코드를 팔고, '불량 클럽'을 결성했던 요코야마 씨가 어떤 음악에 촉발되었고, 어떤 모습으로 성장해 왔는지가 순서 없이 쓰여 있다. 모든 장, 전문에 걸쳐 품격 있는 야만성이랄까, 천박한 매력과 독특한 흥취로 가득 차 있어 이 사람은 유소년기부터 한결같이 표현자 '요코야마 겐'으로 존재했음을 아주 잘 알 수 있다.

두 권의 책을 읽고 생각했던 건 개인은 슬플 정도로 개인인 채로 머문다는 것이다. 개성은 존중의 대상이긴 하지만, 그 사람의 아무리 해도 바꿀 수 없는 '핵심'이란 결코 독창성이나 창조력 같은 것이 아니라 좀 더 투박하고 때묻지 않은 그 무엇이고, 산다는 것은 나와 다른 것과의 싸움이 아니라 자기 자신의 핵심과의 싸움인 게 아닐까. 그 싸움을 지탱하는 것은 다른 무엇도 아닌 그 사람이 가장 순수한 형태로 좋아하게 된 것—이 두 책의 경우라면 음악—일지도 모른다.

이들의 음악을 들으면 단번에 느낄 수 있겠지만, 이 두 책을 통해서도 확실히 이들만이 만들 수 있는 음이 들려오는 듯하다.

용서받고, 용서하다

■ 사노 요코, 『나의 엄마 시즈코 상』

어머니에 대한 소설을 쓰면 인터뷰하러 온 사람의 7할이 내가 어머니와 어떤 갈등이 있었는지, 어떤 식으로 관계가 악화됐는지, 어머니의 어떤 점을 싫어했는지를 물어 진절머리 날 때가 있다. 일단 이건 소설일 뿐이고, 엄마 혹은 가족에 대해 싫었는지 좋았는지, 갈등이 있었는지 없었는지가 그렇게 단순하게 다룰 만한 일은 아니라고 생각하기 때문이다. 칼리플라워를 좋아하는지 싫어하는지 같은 이야기는 아니지 않은가.

평소 그렇게 생각해 왔던 탓인지 이 책을 읽으며 나는 몇 번이고 무릎을 치며 맞아 맞아, 하고 목소리를 높였고, 스스로도 놀랄 만큼 울었다. 끊임없이 눈물이 흘렀다.

어머니에 대해 쓴 책이다. 소설이 아니다. 시즈코 상은 저자의 어머니다. 90세를 넘어 노인요양시설에서 살며 자신이 누구였는지 잊어버리고 만 어머니다.

저자는 거리낌 없이 어머니를 조금도 좋아해본 적이 없다고 쓴다. 읽어봐도 이 사람과 어머니가 얼마나 서로 성격이 안 맞았는지 아주 잘 알 수 있다. 어머니는 미안하다와 고맙다는 말을 절대 하지 않는다. 딸에 대해 결코 칭찬하지 않는다. 베이징에서 온 가족이 돌아와 야마나시에서 살았던 3년간 엄마는 딸을 학대하기까지 한다.

자, 이 어머니는 나쁜 어머니일까. 책을 읽으면 그렇지 않다는 걸 알 수 있다. 이 어머니는 멋있다. 교사인 아버지가 제자나 친구를 아무리 늦은 시간에 데려와도 불평 한마디 하지 않고 손수 요리를 만들어 대접한다. 스무 살 나이에 숨진 한 제자가 죽음을 맞는 그 순간, 이 어머니를 만나고 싶다고 말하자 그녀는 부랴부랴 그곳에 달려가기까지 했다. 늘 단정히 화장을 했고, 친구가 많았고, 가사 능력 또한 출중했다.

이런 엄마에게 아무리 말도 안 되는 취급을 받는다 해도 불합리하다고 생각하지 않고 감사마저 했던 어린 딸은 사춘기에 접어들면서 폭발적으로 반항한다. 거의 대화를 하지 않게 된다. 이윽고 딸은 도쿄로 떠나고, 결혼을 하고, 아이를 낳는다. 거리가 멀어지면서 모녀 관계는 아주 조금은 매끄러워진다. 어머니는 같이 살던 남동생의 아내에게 쫓겨나는 듯한 모양새로 딸의 집에 찾아온다. 그리고 점점 치매 증상이 나타나기 시작한다. 딸은 어머니를 노인요양시설에 입소시키기로 결정한다. 그리고 그 후 줄곧 딸은 어머니를 버렸다며 자신을 책망한다.

요양시설에서 늙은 엄마의 치매는 점점 진행되고, 전에 알던 엄마가 아니게 된다. 엄마가 아닌 그 사람은 엄마였던 때에는 결코 입에 담지 않았던 고맙다와 미안하다는 말을 '바가지로 쏟아붓듯이' 떠들어댄다. 아이를 낳은 적이 없다고 말하는 엄마는 부처님처럼 온화해진다. 그렇게 엄마를 한 번도 좋아하지 못하고, 엄마와 살을 맞대지 못하고, 그랬던 걸 자학하던 딸은 어느 날 갑자기 그 자책의 감정으로부터 해방된다. 여기에는 기적과 같은 순간이 그려져 있다. 딸은 용서 받았다고 느낀다. 아마 딸은 용서도 했을 거라고 읽으며 생각한다. 용서 받는 것, 용서하는 것이 결코 아름다운 행위만은 아님을, 너무나 긴 여정의 끝에 놓여 있음을 뼈저리게 느끼게 된다.

　　우리들 중 대부분은 가족, 특히 어머니라는 존재에 대해 어떤 식으로든 생각을 한다. 좋다 싫다와는 또 다른 감정으로 원망하거나, 감사하거나, 죄책감을 느끼거나, 말로 할 수 없는 무언가를 품고 있다. 대부분의 사람은 말로 하지 않는다. 말로 해서는 안 된다고 생각하고 있다. 그것을, 이 작가는 해냈다. 속속들이, 한 점의 티 없이, 장식도 허세도 없이, 미화하는 일도 없이 어머니라는 존재와 마주보고, 어머니와 마주본 자기 자신과 마주보고, 자신의 몸을 깎아내듯 언어로 담았다. 그저 압도되었다. 압도된 채로 나 자신도 마지못해 나의 엄마와 나라는 존재와 마주하게 된다. 엄마와 자식의 관계라는 것은 얼마나 복잡하게 뒤틀려 있는지. 그 뒤틀림 속에서 자식은 얼마나 많은 것을 얻는지.

어머니의 침대에 나란히 누워 뒹굴고, 처음으로 늙은 엄마와 살을 맞댔을 때 딸이 느낀 세계를 덮은 막이 단번에 벗겨지는 듯한 해방감을 나 또한 맛보았다. 나의 엄마는 이제 없지만 그럼에도 저자의 문장에 의해 엄마와 진정한 의미로 만난 듯한 느낌이 들었다. 눈부시게 아름다운 빛에 감싸인 기분이었다. 터무니없을 정도로 끝없는 용서 속에, 나도 엄마도 분명히 존재했음을 깨닫게 되었다.

'특수'하지 않으면 '개성'이 아닌가

□ 하시구치 조지, 『17세 2001~2006』

□ 다카다 유, 『페이보릿』

『17세의 지도』라는 사진집이 출판되었던 때가 1988년. 사진가 하시구치 조지 씨가 거의 1년에 걸쳐 홋카이도부터 오키나와에 이르기까지 여행하면서 만난 열일곱 살 아이들을 찍은 사진집 이다. 그리고 하시구치 씨는 또 다시 일본을 여행하며 오늘날의 열일곱 살 아이들을 오려냈다. 『17세 2001~2006』이 그것이다.

　이쪽을 응시하는 1990년대 초반에 태어난 열일곱 살 아이들 을 보고 있자면 신기한 기분이 든다. 이십년 전의 열일곱 살과 그 시선의 힘, 윤곽의 불안정함, 늠름하게 서 있는 모습이 전혀 변하지 않았기 때문이다. 사진과 한 쌍이 되어 그들이 하는 말이 쓰여 있는데, 이 글 또한 나의 상상을 보기 좋게 배반했다. 철이 들지 않았을 때 버블기는 종막을 맞았고, 그 후 침체 일로를 걷 는 경제밖에 모르는 지금의 열일곱 살 아이들은 세상에 대해 어 떤 희망도 기대도 품지 않고 자신의 인생에 대해 될 대로 되라는 심정이지 않을까 생각했는데, 그렇지 않다. 그들은 자신들의 장래를 똑바로, 땅에 발을 딛고 현실적인 시선으로 바라보고 있다. 그들의 말을 읽고 있다 보면 희망이라는 말이 떠오른다. 그들이 느끼는 희망이 아니라, 그들을 통해 내가 희망을 느끼게 된다.

하지만 당연하게도 이십년 전 열일곱 살과 모든 게 똑같지는 않다. 특히 인상적이었던 건 몇 명의 열일곱 살이 범죄사건에 연루되어 있었다는 것과, 주위 사람들 사이에서 붕 떠 있는 걸 두려워한다는 것이었다. 분위기 파악을 못하는 것을 KY['공기·분위기'를 뜻하는 일본어 '쿠우키(空氣·くうき)'와 '읽지 못한다'는 뜻 '요마나이(読まない)'의 알파벳 표기 앞 글자를 합친 신조어로, '분위기나 상황 파악을 못 하는 사람'을 가리키는 속어 —옮긴이]라고 아무렇지 않게 말하는 걸 바로 떠올리게 되는데, 잘못된 관념의 개성을 강요당했던 세대였기 때문이 아닐까 하고 나는 멋대로 상상한다. 하지만 그들은 그곳에서 어떻게든 각자의 독자적 개인으로서의 자신를 모색하고 있다.

같은 각도, 같은 자세에서 열일곱 살 아이들을 찍어서 그런지 한 인간의 특별성이 제대로 부각된다. 그리고 이십년 전의 사진집과 마찬가지로 이 사람의 이 수법으로밖에 도려낼 수 없는 일본의 지금이 수록되어 있다.

이번 달 읽었던 소설 중 재밌었던 것이 『페이보릿』. 미스터리 서스펜스 소설을 많이 써 왔던 저자의 첫 연애소설이다. 태평한 성격의 하쓰모와 부모님 집에서 사는 스물아홉 살 유마의 느슨한 연애가 그려진다. 특별한 사건은 일어나지 않고, 두 사람의 연애에 장애물은 아무것도 없다. 사랑한다고 서로 큰소리로 외치는 것도 아니다. 하지만 그런 특별할 것 없는 그들의 연애는 읽고 있는 독자들까지 행복한 기분으로 만들어준다. 앞서 '잘못된 관념의 개성'이라는 표현을 썼지만, 다른 사람과 다른 것을 해야만 하는 것, 특수해야만 하는 것이 개성이 아님을 이 소설을 읽고 있다 보면 절실히 깨닫게 된다. 사람은 그저 평범하게 있는 것만으로도 특수하고, 좋아한다 사랑한다고 절박하게 외치지 않아도 사람과 사람은 이렇게 서로에게 다가설 수 있다.

특별한 일이라고는 아무것도 일어나지 않는 매일매일의 특별함을 말랑한 웃음 속에서 끌어올린, 마치 빛을 두른 듯한 소설이었다.

비합리와 합리의 틈 사이에서

□ 호시노 히로미, 『바보, 중국을 가다』
□ 가와카미 히로미, 『풍화』

책을 펼치고 있는 동안 전철 안, 식당, 은행 플로어 등 장소를 가리지 않고 웃고, 울고, 눈을 번쩍 뜨고, 미간을 찌푸리고, 분노로 으드득 이를 갈았다. 옆에서 봤다면 아마 기묘했을 거다. 모두 『바보, 중국을 가다』 탓이다. 이 책은 사진가이자 작가인 호시노 히로미 씨가 학생 시절 유학했던 홍콩에서 드나든 중국 여행을 그리고 있다. 1986~1987년 무렵의 중국의 모습을 엿볼 수 있다.

저자는 딱히 깊은 흥미를 가지고 중국을 여행했던 것은 아니다. 고등학생 때 자기도 모르게 종잡을 수 없는 흥미에 이끌려 한 발 한 발 중국에 다가갔던 것이다. 그리고 스무 살을 넘기던 무렵, 같은 유학생이었던 미국인 남자친구와 휴가를 이용해 중국으로 여행을 떠났다.

오늘날의 중국만을 알고 있는 사람이라면 이십 년 전 중국의 어마어마한 비합리성, 철저한 불편함에 놀랄지도 모른다. 젊었던 저자는 그 비합리성과 불편함에 몹시 시달리며 분노하고, 한탄하고, 망연자실하고, 그리고 깊이 사고한다.

읽으면 읽을수록 이런 여행은 절대 하고 싶지 않다는 생각이 절로 들지만, 그와 동시에 맹렬하게 부러워진다. 이건 젊은 시절에만 할 수 있는 여행이다.

잭 케루악의 『길 위에서』의 중국 버전이라고 해도 좋을 것 같다. 그리고 젊은 시절에만 할 수 있는 여행이란 건 여러 의미에서 그 사람의 근원이 된다. 이 여행도 저자의 뿌리가 되었을 거라고 나는 느낀다. 이렇게 튼튼하고 심원한 뿌리를 가지게 된 것 또한 부러워진다.

비합리와의 싸움에 도전하고 참패하는 저자의 모습은 유머러스하고, 관광지에서 역사에 대해 생각할 때는 읽는 사람도 고요히 생각에 잠기게 되고, 여행하는 두 사람에게 균열이 발생할 때는 조마조마해진다. 지금 80년대 중국을 여행하는 것은 불가능하지만, 이 책을 읽으며 우리들은 과거의 그 공간을 여행할 수 있다. 그 정도로 현장감이 넘치는 책이다.

아무리 합리적인 세상이 되어도 사람은 비합리적인 생물이라는 것을 가와카미 히로미 씨의 소설 『풍화』를 읽으며 생각한다. 남편으로부터 이혼을 요구 받은 노유리는 헤어질까 말까를 결정하지 못한 채 하루를 보낸다. 노유리는 왠지 멍해져서 그래, 헤어지자 하고 합리적인 판단을 내리지 못한다. 남편의 제멋대로인 변명에도, 자기 자신의 인생에도 어딘가 방관적이라 읽고 있다 보면 안달이 난다. 하지만 그것은 나 자신이 평범하게 하루를 보내던 중에 스스로에게 느끼던 초조함과 무척 닮아 있다. 남편도, 아내도 이야기할 말을 갖고 있지 않다. 그들은 이야기하지 않는다. 그곳에 아플 정도의 현실미가 있다. 대개의 사람들이 말로는 설명할 수 없는 행동을 하고, 말로는 설명할 수 없는 관계를 만들어내고 있는 것처럼.

지금은 쉽게 이혼하는 부부가 많지만 결혼이라는 것이, 아니 관계를 만든다는 것이 이렇게나 끈덕지고 강렬하며 무시무시한 것임을, 소설의 마지막을 읽으며 적막한 충격을 받았다.

눈과 코와 입과, 손과 발과 머리와

□ 가이코 다케시, 『일언반구의 전장(戰場): 더 썼다! 더 말했다!』

고인의 신간이라는 것은 있을 수 없다. 그래서 경애하는 작가가 이미 고인이거나 사망할 경우 그 사람의 새로운 문장을 더 이상 읽을 수 없다. 나는 자주 이런 일로 인해 의욕을 잃었고, 이제 세상에 없는 경애하는 작가의 글은 한꺼번에 읽지 않기로 했다. 이를테면 가이코 다케시가 그렇다. 나는 이 작가를 사랑하지만 모든 저작을 읽지 않았다. 다음이 없다는 게 무섭기 때문이다.

그런데 그 가이코 다케시의 신간이 나왔다. 게다가 두껍다. 에세이, 대담, 인터뷰에서 책의 띠지에 쓰인 추천문, 해설 등 거의 모두가 미발표, 장르를 가리지 않고 가이코 다케시의 '말'이라면 모두 건져 올려 연대순으로 정리한 책이다. 1958년부터 1989년, 사망하기 4개월 전까지의 방대한 그의 '말'. 마치 목마른 자가 물을 마시듯 단번에 읽었다. 그리고 생각했던 것은 이 작가는 이십대 시절부터 한결같이 변하지 않았다는 것이었다.

다방면의 잡지에 글을 게재했던 탓에 같은 시기에 쓰인 글에는 같은 에피소드가 반복된다. 대담에서도 인터뷰에서도 에세이에서도. 만약 다른 작가의 글이었다면 이 반복은 조금은 식상하게 느껴졌을지도 모른다. 혹은 같은 소재를 돌려쓴다고 생각했을지도 모른다. 하지만 이 책에서 반복되는 에피소드와 글은 어쩐지 믿음직스럽고 단단한 인상이 있다. 그가 이야기하는 하나의 에피소드는 대담에서, 인터뷰에서, 또 1년 후에, 5년 후에, 전혀 변형되지 않는다. 과장도 각색도 하지 않는다. 커지지도 작아지지도 않는다. 그저 그의 글로 쓰일 뿐. 몇 번이고 반복되는 그 에피소드를 읽는 사이 내가 이 작가를 경애하는 이유가 이런 점 때문이었음을 새삼스럽게 깨달았다.

이 작가의 가장 큰 특색은 본질을 맨손으로 붙잡아 그것을 자신의 언어로 무엇도 놓치지 않고 쓴다는 점이라고 생각한다. 이것은 이러한 것이라고 딱 잘라 정의한다. 거기서 우리들은 사물의 본질을 본다. 그렇다면 이 작가는 어떻게 본질을 파악하는가. 자신의 육체를 사용한 경험으로부터다. 눈과 코와 입과, 손과 발과 머리와, 모두를 사용해 얻은 체험에서다. 그래서 그는 한번 얻은 체험을 반복해서 이야기하고, 반복해 쓴다. 그 반복 속에서 본질, 진실이라고 말하는 것이 서서히 증류되어 간다.

이 책은 통째로 그의 말이 본질을 파악하고 있던 증거라는 생각도 든다. 그가 반복해 이야기하는 것, 반복해 쓰는 것은 전혀 낡지 않았다. '신간'이라는 분류에 어울릴 정도로 그의 말은 지금 더욱 새롭다. 환경문제나 현대인의 모습에 대한 언급은 이십 년도 더 전에 이야기했다는 걸 생각하면 예언이라는 생각마저 든다. 그의 말이 낡지 않고 변색되지 않는 까닭은 그것이 표층이 아닌 본질이기 때문이다.

문예지, 청년지에서 PR지, 신문에서 문고 해설에 이르기까지 다각적으로 선별함으로써 이 작가가 가진 여러 가지 면이 또렷하게 부각되어 있다는 점도 이 책의 매력 중 하나다. 인간을 혐오하는 면, 하지만 인간을 속수무책으로 사랑하고 있는 면, 장난기 많은 면, 비장한 면, 약한 면, 모두를 포함해 너무나 짙은 사람 냄새가 풍긴다. 마치 독자 한 명 한 명에게 직접 말을 거는 듯한 느낌이 든다. 그렇다고 해도 이 작가는 어찌나 서슴없이 말을 하는지, 새삼 감탄한다. 자신의 체험에서 본질을 포착해,──그렇게까지 할 수 있는 사람은 적지 않을지도 모르지만──그것을 말로 할 때는 아주 조금의 주저가 섞이기 마련이다. 그래서 난해해지거나 답답해지기도 한다. 하지만 이 사람은 알기 쉽게 싹둑 잘라 말한다. 단언할 때에는 '아닐지도 모른다'라는 생각도 있었을 게다. 하지만 어쨌든 말로 끼워 맞춰 버린다. 그렇게 하면 사물이 말에 바싹 다가가듯 본질을 드러낸다. 이 작가는 본질을 그려낸 것이 아니라 자신의 말만으로 본질을 만들어 낸 것일지도 모른다는 생각마저 든다.

신간이라는 분류에 동의한다. 이십 년도 더 전에 사망한 작가의 새로운 글을 접하는 행운에 그저 푹 빠져 있고 싶다.

성가신 세상을 긍정한다는 것

□ 모리 에토, 『런』

□ 나가시마 유, 『나는 침착하지 못해』

『런』. 모리 에토 씨의 신간 제목이다. '런(run)=달리다'라는 타이틀에서 내가 상상했던 것은 산뜻하고 열정적인 러닝소설이었지만, 기분 좋을 정도로 멋지게 그 상상은 빗나갔다. 이 소설은 산뜻한 스포츠 정신과도 스포츠에 대한 열정과도 무관하다.

주인공은 스물두 살인 다마키. 열세 살 때 사고로 가족을 모두 잃고, 그 후 그녀를 거둬준 숙모도 다마키가 스무 살 때 돌아가신다. 죽음과 매우 가까이 있는 그녀는 현실생활도 될 대로 되라는 식이고, 미래에 대한 확고한 전망도 갖지 못한 채 살고 있다. 그런 그녀가 어떤 우연이 겹치면서 달리기로 결심하고 정체불명의 사람들로 구성된 마라톤 팀에 들어간다. 이 마라톤 팀 또한 산뜻하지도 않고, 열정과도 거리가 멀다. 그들이 달리기를 시작한 이유도 하나같이 부정적이거나 옹졸하다. 게다가 팀의 리더를 제외한 전원이 초보. 다마키가 이 마라톤 팀에서 달리기를 시작한 이유도 무척 부정적이다. 그녀는 사자(死者)와 만나고 싶어 달리기로 한 것이다. 어쨌든 그들은 구메지마의 풀마라톤을 목표로 좌충우돌 연습을 시작한다. 그 나날 속에서 끝없이 과거를 향하던 다마키가 천천히 앞을 보며 달리기 시작한다.

스포츠를 소재로 한 소설에 항상 따라다니는 필사적인 모습이 전혀 없다는 점이 좋다. 땀 냄새 대신 뒤풀이의 술 냄새가 나는 게 좋다. 필사적으로 다짜고짜 앞만 바라보며 정정당당하게 싸우는 것만이 스포츠인 것도 아니고, 또 그런 것만이 살아가는 것도 아니다. 우물쭈물 망설이고, 별것도 아닌 일을 잊지 못하고, 좀스러운 속물 그 자체인 우리들과 우리들이 살아가는 성가신 세계를 이 소설은 낮은 톤으로 강하게 긍정한다. 모리 에토라는 작가의 면모가 생생히 드러나는 걸작이다.

나가시마 유의 『나는 침착하지 못해』에서는 여고생 노조미가 화자가 되어 도서부에 소속된 고등학생들의 일상이 그려진다. 팔랑팔랑하고, (그야말로) 산만하게 풀어지는 듯한 대화와 이리저리 튀는 사람의 사고(思考)처럼 흔들리는 문장으로 구성된 이 소설은 어떤 의미에서 소설에 대한 글쓴이 나름의 도전일지도 모른다는 생각이 든다. 소설을 관통하는 하나의 선——알기 쉽게 말한다면 줄거리——은 보이지 않지만, 그럼에도 소설을 읽어나가는 사이 아무 의미도 없어 보였던 하나하나의 대화들이나 내일이 되면 잊어버릴 법한 행동이 지금 이 순간에만 성립하는 아름다운 필연으로 떠오른다. 무척 사소한 무언가가 시작되어 가는 거품 같은 순간과 그것이 끝나가는 시간이 실로 신비한 수법으로 그려지고 있다.

이 책은 또한 그저 단순히 고교생을 그린 소설이 아니라 책을 읽는다는 것은 어떤 행위인가, 책이 우리들에게 무엇을 해주는가에 대해 소설 자체가 사고하고 있다. 평범한 듯 보이지만 새로운 소설이다.

인간의 행위 끝에 있는 심원

□ 나카무라 사토시, 『위대한 간호』

□ 오바 미나코, 『칠리호』

『위대한 간호』는 「주간아사히」의 현역편집부원인 저자가 산골 짜기에 있는 호스피스 '희망의 집'을 공들여 취재하고 쓴 논픽션이다.

'희망의 집'은 나라가 지정한 '완화케어병동'이 아니라 사회복지법상 '숙박소'에 지나지 않는다고 한다. 따라서 이곳에 살고 있는 사람들을 꼭 시한부 선고를 받은 사람들이라고는 할 수 없다. 그들의 공통점은 죽음으로 향하는 거리가 가깝다는 것이 아니라 갈 곳이 없다는 점이다. 친척이 없다든가, 있어도 연락할 수 없어 생활보호를 받고 있는 사람들.

저자는 마치 친척이나 친구를 방문하는 것처럼 그들이 머무는 곳을 찾아 그들의 이야기를 듣는다. 하지만 저자도 설마 이렇게 다채로운 이야기를 들을 수 있을 거라고는 생각도 못하지 않았을까. 그들의 이야기는 정말 가지각색이다. 731부대에 소속되었던 남자, 서로의 가정을 남겨둔 채 도쿄로 온 노커플, 전후 시베리아에 억류되었던 경험을 가진 사람, 형무소에 들어갔던 적이 있는 전직 야쿠자……. 그들의 이야기는 놀라울 정도로 다양해서 이들이 모두 쇼와라는 시대를 지탱했던 사람들이었구나 실감하게 된다. 갈 곳을 잃어 노숙자가 되어버린 그들에게 마지막 머물 곳을 제공한 것이 '희망의 집'이었던 것이다.

평화롭기만 한 건 아니다. 싸우기도 하고 원장이 이기적인 입주자를 맞춰 주다 지쳐서 건강을 해치기도 한다. 그럼에도 이곳에서는 본래 있어야 마땅한 사람과 사람 사이의 유대가 있다. 취재를 통해 알게 된 사람들의 죽음에도 저자는 입회한다. 이상한 감상일지도 모르지만 나는 이 책을 읽으며 죽음에 대한 사고방식이 달라졌다. 죽음이 이렇게도 자연스럽고 편안한 것이라고는 생각하지 못했다. 그렇게 생각하게 되는 까닭은 이 책이 그들의 죽음이 아니라 삶을 적었기 때문임을 비로소 깨닫는다. 죽음이라는 것이 생활과 같이 무척 인간적인 것임을 이 책은 일깨워 준다.

얼마 전에 읽었던 『칠리호』를 떠올린다. 중학생 때부터 대학 시절까지 미국에서 생활했고 어머니의 임종도 지키지 못했던 유키에의 목소리로 진행되는 오바 미나코 씨의 유작이다. 중년기에 접어들어 아버지가 다른 두 딸을 가진 유키에는 또 다시 미국을 방문한다. 그녀의 회상에 의해 유키에와 과거 관계가 있던 사람들의 삶과 죽음이 탄산수의 거품처럼 나타났다 사라진다.

소설 속에서 이야기하는 사람들은 꺼림칙한 느낌이 들 정도로 복잡하게 얽혀 있다. 하지만 그 하나하나가 칠리호라는 환상의 호수에 가라앉아 정화되어 떠오르는 듯하다. 그 광경은 환상적이면서 인간의 행위에 이미 포함되어 있는 듯한 묵직한 뿌리를 느끼게 한다.

'칠리호 바닥에서도 여러 사람들의 목소리가 안개처럼 피어오른다.' 제2부를 집필하던 중 뇌경색으로 쓰러진 저자가 그 후에 쓴 『환상의 칠리호』에 있는 말이다. 이 소설은 인간의 모든 행태의 끝에 있는 헤아릴 수 없이 깊은 호수에서 우리들에게 보내온 메시지라고 생각한다.

세계의 폭과 여운

□ 테스 갤러거, 『부엉이 여인의 미용실』

■ 사노 요코, 『사는 게 뭐라고』

테스 갤러거라는 이름은 알고 있었지만 레이먼드 카버의 아내이고 소설도 썼던 시인이라는 지극히 단순한 지식 정도밖에 없었다. 단편집 『부엉이 여인의 미용실』로 처음 그녀의 작품을 접하게 되었다.

나에게 있어 좋은 단편소설이란 마지막 한 문장을 다 읽은 후 갑자기 팟 하고 미지의 세계가 열리는 듯한 소설이다. 바꿔 말하자면 깊은 여운이 남는 소설이라고 표현하고 싶다. 이 단편집에는 분명히 그러한 종류의 소설들만이 수록되어 있다.

잠깐 누이의 아이를 맡게 되지만 희망과는 달리 아이를 돌려주게 된 부부를 그린 「돌 상자」, 남편의 불륜을 알면서도 온갖 것에 대해 소원을 비는 아내를 그린 「기도하는 여자」, 남편을 잃은 후 총을 사겠다는 생각에 사로잡힌 아내가 화자인 「마이 건」. 모든 소설에서 사람은 그 사람의 인생을 하는 수 없이 살아가고 있다. 이 작가의 특이성은 그러한 현실과 싸우는 생을 쓰면서 그 것과는 대척점에 있는, 이를테면 숨막힐 듯한 자연의 향기나 인공물이 전혀 없는 광대한 광경, 혹은 사자(死者)의 청정한 혼 같은 것을 전혀 모순되지 않게 부각시킨다는 점이다.

몇 개의 소설에는 상실이 그려진다. 그것이 다른 것으로 채워지는 일은 없다. 사람들은 상실을 껴안은 채 살고 있다. 하지만 독후감이 절망으로 직진하지 않는 까닭은 우주나 신, 자연이나 혼 같은 것이 행간에서 피어오르듯 흘러넘치기 때문이 아닐까. 그러한 의미에서도 각 소설의 마지막 한 문장을 읽기를 마쳤을 때 열리는 세계는 멈칫할 정도로 넓고 풍요롭다. 나는 개인적으로는 작가 부부 옆집에 사는 남자가 화자인 「우드리프 씨의 넥타이」가 무척 좋았다. 이 소설과 만나게 된 것을 진심으로 감사하고 싶을 정도로.

사노 요코의 『사는 게 뭐라고』는 에세이지만, 역시 이 책에 수록된 글에서도 이 사람 아니면 쓸 수 없는 세계의 폭과 여운이 있다.

정말, 아무 쓸모없는 나날에 대해 쓰여 있다. 몇 월 며칠, 몇 시에 일어나 누구와 어떤 대화를 한다. 어디에 가고, 무언가를 본다. 저자는 암에 걸리고, 한류드라마와 한류스타에 푹 빠지고, 수도국 직원에게 시비를 건다. 특별할 것도 없는 나날인데 거드름과 허영과 겉치레를 시원하게 벗어던진 문장이 너무나 상쾌해서 책을 읽으면서 낄낄 웃었다. 낄낄 웃으면서도 마지막 한 문장을 읽으면 마음 어딘가가 잔잔해진다.

모든 사람의 나날은 쓸모없다. 우리들은 무언가 희망을 갖거나 엄청난 걸 생각하면서, 하지만 하루하루의 자질구레한 일을 좀스럽게 처리하면서 지내고 있다. 저자의 아무럴 것도 없는 매일을 읽고 있으면 어마어마한 무언가를 접한 듯한 기분이 든다. 그 어마어마함은 나를 안심시키고, 이와 동시에 경건하게 한다. 매일은 좀스러울지라도 그것이 연속되면 '생'이라는 어마어마한 무언가로 변화하는 것이다.

삶의 고요한 출렁임

■ 줌파 라히리, 『그저 좋은 사람』

줌파 라히리의 소설 『그저 좋은 사람』은 2부로 구성되어 있다. 제1부는 다섯 편의 단편, 제2부는 세 편의 단편으로 이루어져 있는데, 화자가 달라질 뿐 하나의 이야기이다. 모든 소설의 주요 등장인물은 구미에 사는 인도인이고, 그·그녀의 부모는 결혼하고 바로 구미로 건너온 벵갈인이다.

데뷔작인 『축복받은 집』에서도, 장편 『이름 뒤에 숨은 사랑』에서도 화자는 구미에서 태어난 인도인이었다. '고향을 모르는 이국인'이라는 작가 본인의 정체성은 집필의 중심 모멘텀일 것이다.

하지만 이 책은 지금까지의 두 권과 전혀 다르다. 모든 소설에서 누군가를 향한 마음이 그려진다. 그것은 때로는 이루어질 수 없는 사랑이나 고요한 사랑이고, 때로는 가족을 향한 변형된 애정이다. 사랑이 태어나는 순간도, 확고해야 할 사랑이 일그러지는 순간도 그려져 있다. 그리고 그것들은 어떤 형태를 불문하고 소멸해간다. 단편소설 속에 사랑의 시작과 끝을 모두 훌륭하게 담아낸 점에는 아연할 수밖에 없다. 질척한 느낌이 전혀 없으면서도 건조하고 아이러니컬한 시선도 없다. 글쓴이는 그저 담담히 어디에나 있는 한 흐름으로서 일련의 사건을 다루고 있다.

그러나 상실이 이 단편집의 테마는 아니라고 생각한다. 그려지는 것은 점이 아닌 선이다. 삶의 고요한 출렁임이라고 해야 할까. 그런 탓에 나는 운명에 대해 읽고 있는 듯한 기분이 들었다. 갖고 싶다고 바라는 것과 실제 손에 잡히는 것, 그 사람이 본래 있어야 할 곳에 대해서. 체념도 방관도 아닌 우리들에게 바싹 붙어 있는 운명이라는 기묘한 힘이 모든 소설에서 손에 잡힐 듯 느껴진다. 모든 소설이 슬픈 결말을 맞지만 읽고 나서 깔끔할 정도로 시원시원한 느낌이 드는 까닭은 그러한 엄청난 것을 접할 수 있기 때문일 것이다.

나에게 좋은 단편소설이란 실제 페이지 수의 몇 배로 세계가 부풀어 오르는 소설이다. 한창 읽고 있는 동안 팽팽하게 부풀어 오르는 소설도 있고, 다 읽자마자 왈칵하고 세계가 넓게 퍼지는 소설도 있다. 라히리의 소설 『그저 좋은 사람』에 수록된 모든 단편은 그 넓이를 맛보게 해준다.

보통내기가 아닌 사람들

□ 구리타 유키, 『귀뚜라미』

□ 가노 슌, 『고엔지 헌책 술집 이야기』

『귀뚜라미』를 봤을 때, 너무나 아름다운 책이라고 생각했다. 엷은 초록에 갈색 선으로 하늘과 강과 여러 동물이 그려져 있는데, 손에 들기만 해도 잔잔하게 두근거리는 장정이다.

수록된 단편소설 열 편 모두에 보통내기가 아닌 인물이 등장한다. 이를테면 「서러브레드」(말 품종의 하나―옮긴이)의 화자는 손을 잡으면 그 사람의 과거나 미래를 영상으로 볼 수 있다. 「유니콘」의 화자는 자신이나 타인 속에 깃들인 동물을 볼 수 있다. 「개미핥기」에서 화자의 소꿉친구는 출산을 앞두고 태어날 아이는 남편이 아닌 그 소꿉친구(화자)를 닮았을 거라고 가볍게 말한다. 「원숭이의 걸상」의 화자는 번개에 맞아 죽기로 결심하고 휴가를 낼 때마다 수도자 차림을 하고 산에 오른다. 보통내기가 아닌 기발한 사람들의 기묘한 스토리인데도 읽어가다 보면 현실에서 사는 나와 그들이 무척 가까이 있는 듯 느껴진다. 옛날이야기 같지만 우리들 마음처럼 흘러가지 않는 현실을 그리고 있는 듯한 느낌이 든다.

나는 「사메지마 부인」이란 단편이 가장 좋았다. 남자를 좋아하는 남자와 위장 결혼하는 여성이 화자인 이야기다. 이 작품 또한 보통내기가 아닌 사람의 이야기인데 전혀 현실과 동떨어진 소설이란 생각이 들지 않는다. 몇 번을 읽어도 마지막엔 꼭 울고 만다.

이 열 편을 관통하는 것은 사람의 순수한 마음인 것 같다. 누군가를 생각하는 마음이라는 건 전혀 티 없는 순수함인데 그것이 현실 생활에 나타나면 미묘하게 변형된다. 순수하고 아름답기만 한 것이 아니게 된다. 이들 열 편이 이렇다 할 이유 없이 애처로운 까닭은 그 때문이고, 애처롭지만 독후감이 묘하게 청량한 까닭은 그 맑은 순수함을 접할 수 있기 때문이다.

『고엔지 헌책 술집 이야기』는 제목과 같이 고엔지에서 헌책 술집 '칵테일'을 경영하는 젊은 점주의 일기와 수필이 실려 있다. 헌책 술집이란 헌책도 파는 술집을 말한다.

제1장은 가게에 대한 글과 친구에 대한 글, 일상을 그린 글을 엮은 말 그대로의 '일기'인데, 이 점주의 비관과 낙관이 뒤섞인 듯한 감성이 재밌다. 염세적이면서도 어쩐지 세계나 사람에 대해 신뢰를 버리지 못하는 시선이.

제2장에서 왜 헌책 술집을 열게 되었는지에 대한 경위를 읽으면 글쓴이의 신뢰가 어떻게 키워졌는지를 어렴풋하게나마 알

게 된다. 『귀뚜라미』에 필적할 정도로 보통내기가 아닌 사람들과 어딘가 옛날이야기 같은 시간이 그려진다. 사람과의 관계의 기묘함, 그에 따른 특별함이 넘친다. 글쓴이의 어딘가 복고적인 시점과 어우러져 무척 향기로운 사람 냄새가 피어난다. 생각해보면 책과 술은 모두 사람 냄새가 가장 강한 것들이다. 이 가게를 지탱하고 있는 것은 바로 그 사람 냄새가 아닐까.

'보통' 환상과 멀리 떨어져

□ 나쓰이시 레이코, 『오늘도 역시 처녀였습니다』

□ 아가와 사와코, 『남는 건 식욕』

야마구치 아오바, 24세, 처녀. 그녀가 소설 『오늘도 역시 처녀였습니다』의 주인공이다. 희망하던 영화사의 자회사에 취직했지만 도저히 타협할 수 없는 일 때문에 2년 만에 그만두고, 현재 부모님과 함께 세타가야선 인근 마을에서 살며 파견사원으로 일하면서 그림 공부를 하고 있다.

그녀는 자신의 장소를 찾고 있다. 이걸로 괜찮은 걸까, 이대로 괜찮은 걸까, 나는 무언가가 될 수 있을까, 지금 있는 곳은 맞는 걸까. 하지만 이것은 자아 찾기가 주제인 소설은 아니다. 그리고 아오바는 어마어마하게 고민하거나 발버둥치지 않는다. 그녀는 담담하게 일상을 보내면서 그저 생각하는 것이다. 우리들 모두가 매일 의식조차 못하고 그렇게 사는 것처럼.

조용한 그녀의 하루하루에도 조금씩 사건은 일어난다. 아버지가 1년이라는 기한을 조건으로 혼자 살기 시작했고, 어머니가 아침밥 만들기를 포기하고, 파견 동기 후키코 씨가 충격적인 고백을 하기도 한다. 그런 사건들 속에서 매일 그녀는 담담히 일하고, 담담히 그림을 그린다.

읽어나가가 보면 그녀는 머물 곳을 찾고 있는 게 아니라 자신이라는 것을 획득하기 위해 싸우고 있는 게 아닐까 하는 생각이 들게 된다. 예를 들어 스물네 살인데 처녀라는 것은 '보통'이 아닐지도 모른다. 1년간 집을 나가고 싶다고 말하다 진짜 나가 버린 아버지도, 그런 행동을 용서하는 어머니도 '보통' 가족은 아닐지도 모른다. 세상은 보통이 아닌 것을 배제하려 한다. 보통보다 많이 뚱뚱한 귀국자녀 후키코 씨가 따돌림을 당했던 것처럼. 그래서 우리들은 배제되지 않기 위해 보통인 척을 해야 하는 게 아니라 자기 자신이 머물 곳을 자력으로 만들어야 한다. 그리고 보통이라는 환상과 멀리 떨어진 곳이 아니면 자신이 머물 곳은 결코 발견할 수 없다. 애인이 없어도, 줄곧 처녀일지라도 결코 조급해하지 않는 아오바는 세상이 말하는 보통과 싸우면서 이미 자신이 머물 곳을 향해 걸어가고 있는 것이다. 청결함과 진지함으로 가득한 소설이다.

『남는 건 식욕』은 아가와 사와코 씨가 먹고 마시는 것에 대해 엮은 에세이. 이 사람은 정말 맛있는 것을 사랑하고 있구나, 하고 아가와 씨의 식(食)에 관한 에세이를 읽을 때마다 생각한다. 대상에 대한 사랑이 스며나와 읽고 있는 독자도 행복한 기분이 된다. 온센다마고(溫泉卵, 흰자가 노른자보다 부드러운 달걀—옮긴이)에 대한 글에 격하게 공감했고, 시원하게 알려주는 조리법을 바로 시험해보고 싶어지고, 소개된 요리나 칵테일에 강한 동경을 품기도 한다. 글쓴이는 후기에 '먹을거리에 대한 집착은 없다'고 썼는데, 그래서인지 지나치게 애쓰려 하지 않는 본문에는 이웃 같은 친근함이 기분 좋게 감돌아 독자로 하여금 행복한 느낌에 푹 잠겨 '음, 오늘밤은 무얼 먹을까?' 하고 빙글빙글거리며 생각하게 한다. 요즘 여자 친구들과 먹을 것에 대해 이야기하기 시작하면 멈출 수가 없는데 그런 여자 친구를 한 명 얻은 듯한 기분이 든다.

인연이나 운명이나

□ 오자와 세이라, 『시즈카의 아침』

아내가 있는 사람과의 연애에 종지부를 찍었지만, 아직 그 상처가 아물지 않은 주인공 시즈카는 회사가 도산하면서 직업마저 잃고 멍하니 어찌할 바를 모르고 있다. 어린 시절부터 월등히 예쁘고 총명한 언니가 자신이 갖고 싶은 것을 착착 손에 넣어가는 것과 달리 그녀는 자신이 무얼 원하는지, 어디를 향해 걸어가고 싶은지조차 모른다. 어머니의 권유로 선을 보지만 사랑의 징조가 확실한 사랑으로 변하기도 전에 상대는 사라져 버린다. 그리고 시즈카는 우연에 이끌리듯 요코하마의 양관(洋館)에 더부살이를 하러 가기로 결심한다.

그녀가 더부살이를 하기 시작한 요코하마의 양관에 살고 있는 사람은 15년 전에 남편을 잃은 타냐라는 노부인이었다. 러시아인 남성에게 시집와 그리스정교에 입신했을 때 받은 러시아명을 그대로 사용하고 있다. 글쓴이는 이 노부인을 전형적인 착한 사람으로도, 익살스러움이 충만한 '아줌마'로도 그리지 않는다. 어딘가 종잡을 수 없는 매혹적인 여성으로 그리고 있다.

읽어 나가다보면 필연이 쌓인 긴 시간을 바라보고 있는 듯한 기분이 든다. 어떤 사람이 어떤 행동을 할 때, 본인은 아무 생각 없이 한 행동이라도 그 행동의 이면에는 몇 겹으로 겹쳐진 우연이 있다. 행동으로 옮김에 따라 그 겹쳐진 우연은 필연이 된다.

본가를 떠나본 적이 없는 어딘가 태평한 성격의 시즈카가 굳은 결심을 하고 요코하마의 양관에 더부살이를 하러 가는 데에는 몇 가지의 거듭된 우연이 있었고, 그 중 하나라도 빠졌다면 그녀는 새로운 문을 열려고 하지 않았을 것이다. 문 안쪽에서 고통스러웠던 과거에서 도망치지 못하고, 인생의 성공자인 언니를 우러러보며 무엇이 하고 싶은지 모른 채 살고 있었을 것이다. 아름다운 언니의 변화도 눈치 채지 못했을지 모른다.

문을 연 시즈카는 확실히 지금까지와는 다른 광경을 만난다. 가치관이 와르르 무너지는 듯한 일은 없다. 하지만 그녀는 눈에 보이지 않는 시간이나 행복, 자기 자신과 같은 것들을 본다. 마치 타인처럼 느껴지는 어린 시절의 자신과 지금 여기에 있는 자신이 그야말로 무수한 필연으로 연결되어 있음을 깨닫게 된다.

타냐라는 노부인은 앞서 썼듯이 전형적인 인물 조형을 부여받지 않았다. 말수도 그다지 많지 않고 자신보다 훨씬 젊은 사람을 향해 모든 걸 다 안다는 듯한 말도 하지 않는다. 하지만 독자에게는 무척 매력적인 인상을 준다. 아마 그 이유는 전쟁이라는 고단한 시대를 넘어 러시아인 남성과 결혼했던 그녀의, 그야말로 필연으로 채워진 터무니없이 긴 시간을——그저 말로 설명하는 것이 아니라——그리고 있기 때문일 것이다. 우리들 독자는 시즈카의 자그마한 시간과 타냐의 끝없이 긴 시간을 떠올리며 전혀 접점이 없던 그 두 시간이 겹쳐지는 필연의 힘을 관조하듯 지켜보게 된다.

글쓴이는 인연이나 운명 같은 단어로 대충 분류된 것을 하나하나 끄집어내 그것들의 정체를 소설 곳곳에 숨겨놓은 듯하다.

마지막 부분의 파티 장면이 무척 아름답다. 그것은 정경의 아름다움은 물론이고 어쩌면 아무 관계도 없었을 개인 각자의 시간이 고요히 겹쳐지는 아름다움이기도 하다. 이를테면 시즈카가 태어나 처음으로 간 클래식 콘서트, 오전 중 혼자 간 영화관, 언니와 몰래 들어간 한밤중의 묘지, 밥 딜런과 조니 미첼의 음악이 마음속에 들어왔던 순간.

이 책에는 극히 평범한 나날의, 타인이 본다면 하찮을지 몰라도 순도 높은 행복으로 가득 찬 지극히 개인적인 순간순간들이 곳곳에 흩어져 있다. 마치 시즈카가 우러러본 지붕 뒷방의 네모난 밤하늘에 뜬 무수한 별처럼.

'나는 나'라는 인생

□ 이토 히로미, 『여자의 절망』

□ 호사카 가즈시, 『소설, 세계를 연주하는 음악』

시인 이토 히로미가 아닌, 에도 사투리로 부를 때의 이토 시로미가 독자가 보낸 고민에 답하는 신문 연재를 바탕으로 쓰인 책 『여자의 절망』. 부부간의 섹스에 대한 상담이 온다. 아내는 하고 싶은데 남편이 서지 않는다. 남편은 하고 싶은데 아내가 거부한다. 한 번 오면 계속해서 온다. 불륜, 폐경, 갱년기, 이혼, 간병에 대해, 대부분 여자들로부터 계속 상담이 들어온다. 그에 대한 이토 시로미의 답변이 구체적이고 실용적이며 이해와 사랑이 넘친다. 신문이기 때문에 써서는 안 된다는 것 따위는 생각하지 않는다. 섹스에 대해서도 미세하고 상세하게 답한다. 이런 고민 상담은 본 적이 없다. 나도 모르게 "시로미 씨 들어보세요" 하고 메일을 쓰고 싶어질 정도다.

　나이를 먹어 갈수록 이런저런 일이 아무래도 상관없게 되고, 고민은 줄어드는 법이라고 생각해 왔다. 그렇지 않다. 줄어들지 않는다. 연애도 질투도, 섹스도 부모와의 관계도, 질이 달라지면서(혹은 달라지지 않은 채로) 계속 이어지는 것이다. 그것을 이토 시로미는 '절망'이라고 쓰는데, 여기에 쓰인 절망은 결코 흥건하게 젖은 불쾌한 것이 아니다. 수많은 여자들의, 수많은 절망의 목소리를 들으면서도 어쩐지 여자들이 손을 모아 혼자가 아니라고 확인하는 듯한 친밀함과 안도감을 느끼게 된다. 그것은 전적으로 이토 시로미의 아니, 이토 히로미 씨의 '나는 나' '죽을 땐 혼자'라는 철저한 인생관에서 비롯된 것이 아닐까. 이 사람이 이토록 친밀하게 타인의 고민, 여자의 절망에 다가설 수 있는 건 '나는 나'라는 인생과 철저하게 마주하고 있기 때문이 아닐까.

중년의 위기와 갱년기를 맞게 될 나는 앞으로 몇 번이고 이 책을 다시 읽게 될 것 같다. 하지만 오히려 여자보다 남자에게 더욱 추천하고 싶은 책이라고 책을 덮으며 진지하게 생각했다.

『소설, 세계를 연주하는 음악』은 호사카 가즈시 씨가 쓴 소설론이랄까, 소설이란 무엇인가를 생각하는 책이다. 프로야구선수가 집에 돌아와 하는 맨손 투구 오백 번 등의 연습은 소설가에게 있어서 무엇에 해당하는지 묻는다면 "나에게 그것은 '소설에 대해 생각하는' 것이다"라고 썼듯이, 글쓴이는 무의식이 짠 틀과 전제를 신중하게 배제하면서 성실한 사고와 언어로 소설의 주변을 빙글빙글 걷는다. 가만히 한곳에 앉아 생각하기보다는 걷는 듯한 동작이 있는 사고다.

독자인 나도 그래서 함께 생각하게 된다. 생각한다고 해서 뭐가 어떻게 되는 건 아니다. 자기가 쓰는 소설이 갑자기 좋아질 리도 없고, '알겠다!'하며 무릎을 칠 만한 것도 없다. 다만 '생각한다'는 것이 이렇게나 움직임이 있는 행위이며, 읽기 시작하기 전과 후에는 다른 지점에 도달하게 된다고는 생각지 못했다. 타인의 머리를 빌려 생각하는 듯한, 다른 책에서는 맛볼 수 없는 자극도 있다.

삶의 시간

■ 에쿠니 가오리, 『좌안』
□ 우치자와 준코, 『아저씨 설명서』

소설 『좌안』은 디테일의 축적이 어느새 커다란 시간의 흐름을 만들어 내는, 어떤 의미로 무척 장대한 소설이다.

주인공은 데라우치 마리. 대학 교수인 아버지와 화려한 걸 좋아하는 어머니, 총명한 오빠와 함께 하카타에서 살고 있다. 하지만 마리가 열 살 때 오빠가 죽고, 마리 자신은 열일곱 살 때 연인과 도쿄로 가출을 감행한다. 소설은 집을 나온 그날부터 시작해 마리의 소소한 파란만장을 그린다.

춤과 술과 남자를 좋아하고 뿌리를 내리지 못한 풀처럼 정처 없이 떠도는데도, 흔들리지 않는 뿌리를 가진 것처럼도 보이는 마리라는 인간이 공들여 쓰인 디테일에 의해 독자의 마음속에 선명히 떠오른다. 실제 아는 사람인 것처럼.

그렇게 마리에 이입하며 읽고 있다 보면 그녀가 너무나도 많은 것을 잃어버리며 살았음에 놀라고 만다. 사람은 돌연히 모습을 감추고, 지금 손에 넣은 것은 손에 넣은 순간 어느새 떨어져 나가 다른 무언가로 모습을 바꾼다. 그럼에도 마리는 멈추지도 뒤돌아보지도 않고 "멀리 가는 거야"라는, 지금도 들리는 죽은 오빠의 말을 따르듯 앞으로 계속 나아간다. 읽어나가는 동안 죽음이나 이별은 상실을 의미하지 않음을 깨닫게 된다. 마리는 나이를 먹음에 따라 너무나도 풍요로워지기 때문이다.

여기에는 삶의 시간이 그려져 있다. 마리의 어머니가 좋아하던 유리 재떨이나 녹색 커튼, 마리의 남편 하지메가 가지고 들어온 픽업트럭, 그러한 '물건'이 서서히 먼지를 쓰고 빛바래고 낡아가는 시간이 마치 눈에 보이는 듯하다. 그와 같은 시간은 마리에게도 흘러 낡고 퇴색한 녹색 커튼에 다시 새것이었던 시절의 그것을 겹쳐 보는 것처럼 늙어가는 마리의 내면에도 오빠를 가장 좋아했던 고집 센 소녀가 보인다. 책을 읽으며 그러한 것을 느낄 때 공연히 기뻐졌다.

무척 치밀한 그림을 그리는 우치자와 준코 씨의 『아저씨 설명서』는 말하자면 현대 아저씨 도감. 타인의 눈을 전혀 신경 쓰지 않는 중년 남성을 우치자와 씨가 훌륭하게 스케치하고 있다. 목살을 셔츠 칼라에 얹고 있는 아저씨, 스도쿠에 몰두하고 있는 아저씨, 귀에 털이 난 아저씨, 듬성듬성하게 머리가 벗겨진 아저씨. 전철 안이나 거리에서 하루에 몇 번은 꼭 목격할 듯한, 결코 멋지다고는 할 수 없는 아저씨들이 책을 통해 데굴데굴 웃으며 바라보는 사이 신기하게도 사랑스러워진다. 그 이유는 아마 그리는 사람이 그러한 중년남성에게 경의를 갖고, 그들을 사랑하고 있기 때문이라고 생각한다.

후기에 저자는 이 아저씨들을 "안티에이징이라는 헛된 집착에서 해방되어 마치 와불처럼 자유롭다"고 쓰고 있다. 이렇게 자유롭게 행동할 수 있다면 정말 좋을 것 같다는 생각이 든다.

언뜻 보면 어디에나 있을 것 같은 개성 없는 아저씨들이지만 머리 벗겨진 모양도 다르고 귀밑털도 다르게 생겼다. 자유로운 만큼 그들은 개성이 넘친다. 그 부분을 간파해 그린 우치자와 씨의 통찰력이 대단하다.

'나의 세계'로 덮쳐오는 또 다른 세계

□ 사쿠라바 가즈키, 『패밀리 포트레이트』

■ 요시모토 바나나, 『그녀에 대하여』

현실감이 느껴지는 소설이란 우리들이 보고 있는 것과 무척 닮은 세계가 소설 안에서 전개되어 나도 모르는 새에 내가 있는 현실과 소설의 현실이 뒤섞여 버리는 것이라고 늘 생각해왔다. 하지만 그런 생각을 사쿠라바 가즈키 씨의 소설은 모조리 깨부숴준다. 내가 아는 현실과 전혀 다른 세계라 하더라도 그것이 색다른 힘을 갖고 있다면 내가 보고 있는 현실로 침식해 온다는 것을 나는 이 작가의 저작을 읽으며 깨달았다.

그녀의 작품 『패밀리 포트레이트』 또한 현실과는 멀리 떨어진 세계를 그리면서도 나의 세계로 성큼성큼 덮쳐오는 듯한 힘이 느껴지는 소설이다.

화자인 고마코는 엄마 마코와 함께 도망 생활을 이어가면서 성장해 간다. 이윽고 아름다웠던 엄마는 젊음을 잃어버리고, 엄마를 한결같이 사랑했던 고마코는 아이라는 역할에서 딸이라는 성을 가진 존재로 변하고, 엄마는 고마코에게 이유 없이 폭력을 휘두른다. 그리고 엄마 마코는 고마코를 두고 저편으로 사라져 간다. 제2장에서는 성장한 고마코가 그려진다. 고마코는 엄마와 이어갔던 방랑 여행의 기억과, 엄마에게 버림받았다는 메울 수 없는 상실감이 만들어낸 일그러진 구멍이 난 채로 나이를 먹어 간다.

하지만 이 소설은 이러한 줄거리 설명을 전혀 필요로 하지 않는다. 이 소설이 가진 가장 큰 매력은 소설이 보여 주는 세계 자체이기 때문이다. 엄마와 딸이 펼쳐나가는 세계는 때로는 환상적이고, 때로는 잔혹하며, 때로는 에로틱하다. 그 모두가 내가 알고 있는 현실과 멀리 떨어져 있는데도 글쓴이의 강한 필치로 인해 생생한 리얼리티가 느껴져 독자는 그 정체를 알 수 없는 현실에 풍덩 빠지게 된다. 그 소름 돋는 쾌감은 어린 시절 책을 펼치는 것만으로도 그 세계에 몸 전체를 던져 버렸던 무구한 집중과 닮았다.

그렇게 이 긴 이야기의 마지막에서 나는 문득 생각했다. 이 터무니없고 거대한 세계를 가진 소설은 모든 책을 향한, 책을 필요로 하는 사람들을 향한 장대한 러브레터가 아닐까 하고. 그렇게 생각하면 이 작가가 얼마나 대단한 일을 해냈는지 그저 놀라울 따름이다.

『그녀에 대하여』 또한 색다른 세계를 보여주면서도 생생한 현실감이 느껴지는 소설이다. 비극적인 과거를 가진 주인공 유미코가 사촌 쇼이치와 함께 잃어버린 기억을 더듬어 찾는 사이 중대한 사실을 알게 된다. 무척 무서운 이야기이기도 하지만 한결같이 환상과 같은 아름다움이 이야기를 감싸고 있다. 이 소설은 우리들을 살게 하는 것은 무엇일까라는 물음을 강한 절실함을 담아 독자에게 건넨다. 그것은 대단치 않은 작은 것, 일상에 얼마든지 흩어져 있는 그런 것일 게다.

　사는 것과 죽는 것, 빛과 어둠, 구원과 절망에 대해 다루면서도 결코 무겁고 답답하게 짓누르는 듯한 소설은 아니다. 결말을 향해 가면서 놀랄 만큼 슬픈 사실을 알게 되지만, 다 읽은 후에 남는 것은 슬픔도 절망도 아닌 삶에 대한 깊은 신뢰다.

한 사람 한 사람의 인생이 포개지며
영원을 향해 퍼져간다

□ 마이클 온다체, 『디비사데로 거리』

■ 무라야마 유카, 『더블 판타지』

정말 신비로운 소설이었다. 처음엔 소설 세계에 빠지기 어려워 줄거리 비슷한 것을 쫓듯이 천천히 읽어 나갔지만 어느 순간 갑자기 나 자신이 통째로 이야기에 삼켜졌음을 깨달았다. 그 순간 이야기의 줄거리 따위는 아무래도 상관없어지고 내가 삼켜진 것은 언어가 잇는 방대한 시간임을 알게 되었다. 어쩌면 이 소설 『디비사데로 거리』의 주인공은 시간일지도 모른다.

캘리포니아의 농장에서 아버지, 딸, 피가 섞이지 않은 또 한 명의 딸, 가족을 잃은 소년이 함께 살고 있다. 아이들이 사춘기가 된 어느 날, 그들을 뿔뿔이 흩어지게 만들어 버린 결정적인 사건이 일어난다. 딸은 도망치고, 소년도 돌아오지 않고, 아버지는 마음의 문을 닫고, 피가 섞이지 않은 딸은 그날의 일을 떠올리며 성장한다. 거기서부터 이야기는 도망친 딸이 도착한 프랑스의 시골구석으로 무대를 옮겨, 예전 그곳에서 살았던 노작가의 기억으로 이어져간다. 특정한 화자는 없고, 시점도 여러 가지로 바뀌고 시간은 진행되기도 하고 과거로 돌아가기도 한다. 장마다 완성되는 단편소설 같기도 하지만 읽어나감에 따라 그 소설들을 꿰매 맞춘 거대한 시간이 우뚝 드러난다. 그렇다, 이 이야기의 주역인 시간이.

한 사람이 사는 인생의 시간은 유한하다. 우리들은 절대적인 영원이라는 것을 스스로는 체감할 수 없다. 하지만 이 소설을 읽다보면 한 사람 한 사람의 인생이 겹쳐지며 연결되었던 누군가의 시간이 꿰매어져 무한으로, 영원으로 확장되는 모습을 체험할 수 있다. 돌이킬 수 없을 것처럼 보이는 실패마저 유한을 무한으로 바꾸는 중요한 요소가 될 수 있다.

다 읽은 후 소설이나 언어를 초월한 끝없이 광대한 곳에 서 있는 기분을 느꼈다.

『더블 판타지』는 표지와 띠지의 카피를 보고 성애를 테마로 한 선정적인 소설일 거라고 생각했었다. 서른다섯 살인 각본가 나쓰가 주인공인 이 소설은 물론 여성에게 있어 성애란 무엇인가라는 것도 쓰고 있지만, 그것이 전부는 아니다. 독자가 개인적으로 품고 있는 문제에 따라 다양한 테마를 떠올리지 않을까 싶다. 성별 차이에서 비롯되는 어찌할 수 없는 엇갈림의 그 우스움과 비애에 깊이 공감하는 사람도 있을 것이고, 엄마와 딸의 관계에서 비롯되는 뿌리 깊은 감정에 대해 생각하는 사람도 있을 것이다. 나는 이 소설은 의존과 독립을 그린 소설이라고 생각했다

(아마 내가 의존적인 인간이기 때문일 것이다). 우리들은 강하거나 나를 지켜줄 수 있을 것 같은 것에만 의존하지는 않는다. 공포나 불편함, 쾌락, 슬픔에도 의존한다. 나에게는 나쓰가 남편, 존경하는 연출가, 대학 시절 선배, 영향력이 강했던 엄마, 그러한 사람들을 향한 무의식적인 의존과 계속 싸워왔던 것처럼 느껴진다. 그래서 마지막에 이르러 "외로워"라고 중얼거리는 나쓰의 모습에서 나는 싸우는 여자의 씩씩함을 본다. 싸우는 것은 언제나 고독한 법이다.

미지의 광대한 재미

□ 존 어빙, 『호텔 뉴햄프셔』

책이 재밌다는 건 초등학교에 들어가기 전부터 알고 있었다. 지루하다거나 난해하다거나 성향이 잘 맞지 않는 것 모두 책의 재미에 포함된다는 것 또한 이미 알고 있었다. 그런데도 신기한 것은 재밌는 책과 만나게 될 때마다 '이렇게 재밌다니!' 하고 깜짝 놀라게 된다는 거다. 재밌다는 걸 알고 있음에도 깜짝 놀란다. 그건 책이라는 것이 늘 내가 '재밌다'고 느끼는 협소한 틀을 기분 좋게 부서뜨리기 때문일 것이다.

존 어빙의 소설은 십 대 시절부터 읽으려고 했었다. 주변에 어빙의 팬이 많았기 때문이다. 직접 사기도 했고 어빙 신봉자인 친구에게 강매 아닌 강매를 당하기도 했다. 하지만 읽지 않았다. 겨우 몇 페이지를 읽는 것만으로 항복했다. 등장인물이 너무 많았기 때문이다. 계속 나오는 외국 이름의 등장인물이 누가 누구인지 헷갈리는 통에 극도의 혼란에 빠져 책을 덮어 버리게 되는 것이다. 신뢰할 수 있는 친구들이 모두 추천하는 걸 보면 재미없을 리가 없는데 읽어지지 않는다. 몇 번 도전해도 결국 못 읽는다. '재미' 속에 들어가지 못하고 주눅이 들어 어빙의 책을 살며시 책장에 꽂아버렸다.

어떤 계기였는지는 잊어버렸지만 서른여섯 살이 되어 다시 한 번 그의 책을 손에 들었다. 『호텔 뉴햄프셔』이다. '아마 또 못 읽겠지'라고 생각하며 페이지를 넘겼고, 정신을 차려 보니 어느새 몰입해서 읽고 있었다. 등장인물이 많다는 것 따윈 전혀 신경 쓰이지 않았다. 외국 이름은 여전히 적응이 안 됐지만 한 명 한 명이 일어나 입체적인 존재로 움직이고 있었으므로 '누가 누군지 모르겠다' 같은 사태는 일어나지 않았다. 음식을 졸이는 사이, 일하다 휴식시간에, 전철을 타고 이동하는 사이, 욕조에 몸을 담그며, 잠들기 전까지 열중해서 읽었다. 읽기를 멈출 수 없었다. 혹시 이 소설은 나의 성장을 기다려준 게 아닐까 하는 생각이 들었다. 혼란스러워 읽기를 그만뒀던 십 대 시절에는 이 소설이 얼마나 대단한지 아마 알 수 없었을 것이다.

침대 속에서 하권의 절반쯤을 읽고 있을 때였을까. 갑자기 나는 지극한 고양감에 빠졌다. 이렇게 재밌는 것이 세상에 있다니. 책이, 이야기가 있는 세계란 얼마나 멋진가. 나는 얼마나 멋진 곳에서 살고, 얼마나 멋진 것을 음미하고 있는지. 지금 얼마나 과장되게 쓰고 있는지는 스스로도 알고 있지만, 그때는 진심으로 그렇게 생각했다. 거의 울고 싶을 정도의 지극한 고양감이었다. 그건 아마 **독서 하이**(high)라고 불러야 할지도 모른다.

재밌다는 걸 알고 있는데, 책은 그걸 훨씬 뛰어넘는 재미를 늘 제공해 준다. 어빙이라는 작가도 그러한 엄청난 재주를 부리고 있다. 읽지 않은 책, 혹은 신간을 손에 들고 '정말 재밌을' 거라는 걸 이미 알고 있지만 나는 그의 책을 펼친다. 그곳에는 늘 미지의 광대한 재미가 존재하고, 그는 내가 기대하는 '재미'를 늘 뛰어넘는 글을 계속 쓰고 있다.

터무니없는 시간의 흐름

□ 나가시마 유, 『잠든 후에』

■ 샨사, 『바둑 두는 여자』

「아사히신문」 석간에 연재되었던 나가시마 유 씨의 소설 『잠든
후에』에서는 피서에 적합한 기타카루이자와의 산장에서 성인
들이 놀고 있다. 하여튼, 줄곧 놀고 있다. 그것도 마작이나 배구
같은 그런 일반적인 놀이가 아니다. 언젠가부터 산장에서 시간
을 죽이기 위해 만들어낸 기묘한 놀이를 주구장창 할 뿐이라고
말한다면 그'뿐'인 소설이다.

　등장인물은 글쓴이를 방불케 하는 작가 고모로, 고물상을 운
영하는 고모로의 아버지, 아버지의 친구인 미대 재수생 앗코 씨,
화자인 구로코(久呂子) 씨, 그리고 산장에 들르거나 놀러오는 사
람들. 구로코 씨는 그야말로 구로코(黒子, 가부키나 노 등의 무대에서
검은 옷을 입고 배우 뒤에서 연기를 돕는 사람—옮긴이)처럼 게임을 설명
하고 상황을 설명한다.

　소설에서 특별한 사건은 아무것도 일어나지 않는다. 그럼에

도 기묘한 흡인력이 있어 다음을 읽고 싶어진다. 디테일의 섬세함, 거기에 포함된 우스꽝스러움이 흡인력을 자아낸다. 소설에 등장하는 각종 신묘한 게임에도 감탄했다. 시시껄렁하지만 사이에 끼고 싶어진다. 시시껄렁한 동시에 매력적인 놀이를 그려낸다는 건 필력이 없다면 쓸 수 없다.

몇 년간의 여름을 보낸 시간에 대해 쓴 게 다인데 왠지 터무니없는 시간의 흐름을 느낄 수 있었다. 그 흐름의 일부에 나 자신이 있고 그 일부의 더 작은 일부에 먼 옛날 보냈던 온전히 행복했던 시간이 있다. 등장인물들이 무절제했던 여름의 시간들을 행복하다고 의식하는 일은 없겠지만, 이 소설은 독자에게 지나가 버린 완벽한 행복감을 맛보게 한다. 그렇다고 해도 기묘한 놀이를 계속하는 게 '전부'인 소설을 신문에 연재했던 작가의 의지에는 존경을 보낸다.

꽤 예전에 출판되었던 프랑스에 거주하는 중국인 작가 샨사의 『바둑 두는 여자』를 읽었다. 이 책 또한 상당히 오래 전에 입수했음에도 겨우 최근에 완독했다. 이 책은 화자 두 명이 계속 바둑을 둔다. 한 사람은 중국인 소녀. 또 한 사람은 소녀가 사는 동네를 침공했던 젊은 일본 육군 장교. 시대 설정은 1930년대, 무대는 중국. 『잠든 후에』와는 전혀 다른 분위기의 이 소설은 화자 두 사람이 짊어진 일상이 실로 파란만장하다. 소녀는 민이라는 청년과 사랑에 빠져 임신하지만, 민은 항일연합군으로 오인되어 일본군에게 총살당하고 만다. 육군 장교는 일상적으로 고

문 장면을 보고 사창가에 다니고, '죽음'을 늘 가깝게 의식하며 살아가고 있다. 장교는 어느 날 동네 주민으로 위장해 바둑을 두는 광장으로 발을 옮긴다. 그리고 이름 모를 소녀와 바둑을 두는 나날이 시작된다.

잔혹하고 긴박한 나날 속, 두 사람이 아무 말 없이 마주하는 바둑 두는 시간만이 완벽한 무음처럼 느껴진다. 그 무음이 무음 그대로 점점 고조되어 마지막, 격렬한 음으로 폭발한다. 완벽하다고밖에는 말할 수가 없다. 줄거리만으로 보자면 흔한 비극이지만 시적이고 단단한 문장이 놀랄 만큼 아름다운 광경과 순수한 사랑의 형태를 수줍어하거나 부끄러워하지 않고 당당히 보여 준다.

사랑하는 사람과 헤어져도
'살아갈' 수밖에 없는 행복

□ 시마모토 리오, 『네가 내리는 날』

■ 하치카이 미미, 『느릿느릿 양과 빨랑빨랑 양』

시마모토 리오 씨의 소설집 『네가 내리는 날』에는 세 편의 소설이 수록되어 있다. 이 작가의 문장에는 데뷔 당시부터 한결같이 물과 같은 투명함이 있다. 청결감이라고 바꿔 말할 수 있는 그 투명함은 연애라는 제재에 무척 적합하다고 신작소설을 읽을 때마다 생각한다.

수록된 세 편에 등장하는 남녀는 연애 한가운데가 아닌 그 주변에 있다. 예를 들어 표제작은 교통사고로 연인을 잃은 시호와 사고 당시 차를 운전하고 있던 연인의 선배와의 사랑으로는 이르지 못한 관계를 그리고 있다. 「겨울의 동물원」에서는 회사에 다니는 여자아이와 남자 고등학생의 사랑이 시작되기 직전의 행복을, 「들장미」에서는 두 고등학생의 사랑으로 미처 승화하지 못한 서글픈 엇갈림을 그리고 있다.

사랑이라는 것이 일상에 개입하면 풍경이 바뀐다. 잘 알고 있던 세계가 색도 감촉도 변하고 만다. 그것은 마냥 즐겁지만은 않아 슬픔과 괴로움, 깊은 어둠을 품고 있을 때도 있다. 세계가 변환하는 그 순간이 무척 주의 깊고 리얼하게 그려져 있다. 세 작품 모두 해피엔딩이라고는 할 수 없는데도 읽은 후 하루하루를 평범하게 보낸다는 것의 행복을 실감하게 되는 이유는 이 작가 특유의 청결감 때문이리라.

세 소설 모두 먹는 장면이 특히 인상에 남는다. 죽을 만큼 슬플 때에도, 기억 속에서도, 행복의 절정이라고 느낄 때도 모두 무언가를 먹고 있다. 맛있다고, 맛없다고 느낀다. 살아가는 것의 강건함과 잔혹함이 이 아름다운 연애소설에 슬쩍 얼굴을 내밀고 있다.

시인 하치카이 미미 씨의 그림책 『느릿느릿 양과 빨랑빨랑 양』도 재미있었다. 모든 템포가 다른데도 사이좋은 양들. 빨랑빨랑 양은 걷는 것도 먹는 것도 빠르고, 느릿느릿 양은 모든 행동이 꾸물거린다. 빨랑빨랑 양은 너무 성급한 나머지 양모제를 써 털북숭이가 되고, 느릿느릿 양은 너무 꾸물거린 나머지 숲을 그린 그림을 완성하지 못한다. 하지만 빨랑빨랑 양은 일손이 빠른 덕에 겨울이 오기 전에 느릿느릿 양에게 머플러를 짜 줄 수 있었고, 느릿느릿 양은 가만히 관찰한 덕에 자신들이 잡아먹힐 뻔한 위기를 모면한다.

어린이용 책에 종종 나오는 강한 우정이나 신뢰는 전혀 그려지지 않는다. 두 마리 양은 무척 느슨하게 이어져 있다. 그렇기 때문에 마지막에 누군가는 그 자리를 떠나고, 남은 누군가는 배웅을 하게 된다. 어느 쪽도 울거나 붙잡거나 타이르지 않는다. 그저 손을 흔든다.

두 마리 양의 캐릭터가 무척 매력적이라 읽어나가면서 일러스트의 양이 나타나기를 고대하게 된다. 하지만 어른인 나에게는 그저 귀여운 양 이야기로만 보이지는 않았다. 다 읽고 나서 시마모토 씨의 『네가 내리는 날』을 다 읽었을 때와 같은 기분을 맛보았다. 우리들은 사랑하는 사람과 헤어져도 우리들의 삶을 살아갈 수밖에 없지만 그건 행복한 일이라는 것을.

읽기를 멈출 수 없는 소설을 가지고
혼자 밥을 먹으러 가자

□ 히라마쓰 요코, 『여자 혼자 밥 먹기』

□ 메리 윌리스 워커, 『신의 이름으로』

불쑥 들른 서점에서 '저자 사인본'이라는 광고판을 보고 어쩐지 횡재하는 기분으로 산 히라마쓰 요코 씨의 『여자 혼자 밥 먹기』. 요리책인가 싶었는데 단편소설집이었다. 모든 소설의 주인공은 여성, 타이틀대로 모두 혼자 식사를 한다. 덴푸라나 정식, 중화요리에 프랑스요리, 초밥.

모든 소설에서 여성의 '먹는' 모습이 묘사되어 있기 때문일까, 어쩐지 무방비하고 느긋해서 매력적이다. 무엇보다 놀란 것은 이 저자의 음식에 대한 묘사력이다. '음식'에 대해 미세하게 쓰는 작가는 많지만 이렇게 부드럽고 따뜻하게, 하지만 서서히 압도하듯 식욕을 자극하는 묘사는 처음 읽은 것 같다. 애쓰지 않는데도 그 요리의 김까지 보이고, 냄새에마저 도달하게 된다. 게다가 주인공 여성이 그것을 먹을 때, 그녀들과 같은 행복을 독자인 나도 맛볼 수 있다. 그 순간 이 짧은 소설 세계가 훌쩍 넓어진다. 마법처럼.

맛있는 걸 먹으며 화를 낼 수 있는 사람은 없다고 들은 적이 있는데, 확실히 맛있는 음식은 우리들에게 긍정적인 기분을 느끼게 한다. 살아 있어서 다행이라고까지 생각할 때가 있다. 이 짧은 소설 하나하나도 딱 그렇다. 맛있는 음식을 먹을 때처럼 읽는 것만으로도 몸속에서부터 힘이 솟아오른다. "좋았어, 잘 될 거야"라는 기분이 절로 든다. '여자'라는 타이틀이 붙지만 남자에게도 읽기를 권한다. 이 책이 가진 맛있는 힘은 모든 이에게 닿을 테니까.

권말에 여자 혼자서 가기 좋은 레스토랑과 바 100곳 안내가 실려 있는데 이런 덤도 흐뭇하다. 저자 사인도 있고, 역시 엄청난 횡재였다.

예전부터 사놓았지만 이제야 다 읽은 메리 워커의 『신의 이름으로』. 놀랄 만큼 재밌어서 읽기를 멈출 수 없었다. 컬트집단이 아이들을 태운 스쿨버스를 습격해 운전기사와 아이들이 컬트집단 본거지의 땅 속에 묻히게 된다. 사건 기자인 주인공 몰리가 그들을 구하기 위해 나선다는 내용의 서스펜스 소설로, 컬트 종교나 베트남전쟁 등 미국이 안고 있는 어둠이 소설에 입체감을 부여하고 있다.

컬트단체 '제즈릴의 집'의 교주인 남자의 음침함이 실감나게 두드러져 몰리가 그의 특이한 내력을 알게 되는 부분에서는 고동소리가 빨라질 정도로 흥분했다. 기복이 많은 스토리인데도 등장인물의 심리 묘사도 섬세하게 그려져 있는 점이 무척 내 취향에 맞는 소설이었다. 읽고 있는 사이 이 사건을 텔레비전으로 열심히 보고 있는 일반 시민이 된 듯한 착각을 느꼈고, 그래서 결말을 읽을 때엔 텔레비전 앞에서 눈물을 쏟고 있는 기분이 들었다.

나는 혼자 밥을 먹는 게 딱 질색이지만 이렇게 읽기를 멈출 수 없는 소설을 가지고 히라마쓰 씨가 추천하는 식당에 간다면 조금은 즐거울지도 모르겠다.

인생의 변환점이 응축되고 있다

□ 미야시타 나쓰,『먼 곳에서 들리는 목소리에 귀를 기울이며』
■ 이이지마 나미,『LIFE 1 : 카모메 식당 그들의 따뜻한 식탁』

미야시타 나쓰 씨의『먼 곳에서 들리는 목소리에 귀를 기울이며』를 처음엔 장편소설이라고 생각하며 읽기 시작했다. 할아버지가 쓰러졌다는 소식을 듣고 어머니와 병원으로 향하는 주인공은 꽤 회복한 할아버지에게 어린 시절 들었던 추억 어린 말을 듣는다. 가공의 마을이라고 생각했던 그 마을의 이름은 에콰도르의 수도 이름이었다. 다음 장부터 그 기억으로 장면 전환을 했다고만 생각했던 나는 다음 장이 다음 장이 아니라 전혀 다른 단편소설이라는 걸 깨닫고 스스로의 지레짐작을 부끄러워하면서 아주 조금 낙담했다. 멋대로 장편을 기대했던 나에게 이 한 권에 수록된 작품 하나하나는 너무나도 짧고 은근하다. 한 단편에 얼굴을 내밀었던 사람이 성장해 다른 단편에도 얼굴을 내민다. 어떤 단편에 나오는 어떤 사람이 말했던 누군가를 다른 단편에서 다른 사람이 이야기한다. 그런 것들도 눈치 채지 못했을 정도로 은근하다.

하지만 읽을 때마다 끼웠던 책갈피의 위치가 절반을 넘어설 즈음 이들 은근한 작품들이 겹쳐지며 신비한 중량감을 갖고 다가옴을 느끼게 된다. 무척 짧은 매수 속에 누군가의 인생의 변환점이 응축되어 있다. 변환의 계기는 특별히 커다란 사건이나 만남이 아니다. 아주 자그마하고 당사자밖에 닿을 수 없는 정도의, 하지만 그래서 더욱 의미 있는 사건.

내가 애초에 이 책을 장편소설이라고 생각했던 이유는 책 제목과 같은 수록작을 찾을 수 없었기 때문이다. 하지만 확실히 모든 작품에 등장하는 모두가 "먼 곳에서 들리는 목소리에 귀를 기울이고" 있다. 그리고 어느새 독자인 나도 먼, 누구인지 알 수 없는 목소리에 귀를 기울이려 하고 있다. 눈치 채지 못하고 지나쳐 버리는 소리나 풍경, 사건이나 사람의 마음에 닿으려 숨을 죽이고 있다. 마지막까지 한결같이 고요하고, 그 고요함에 압도된다. 낙담이라니, 당치도 않았다.

『LIFE 1: 카모메 식당 그들의 따뜻한 식탁』은 푸드 스타일리스트 이이지마 나미 씨가 『호보닛칸이토이신문』에 연재했던 레시피를 모은 책. 이 책은 연재할 때부터 친구들 사이에 평판이 좋았다. "레시피대로 만들면 엄청 평범한 요리도 확 세련되게 변한다", "정말 맛있어진다!"고 모두가 입을 모아 얘기했던 터라 도대체 어떤 레시피일까 줄곧 궁금했었던, 고대하던 레시피집이다.

하필이면 책을 구하고 나서부터 출장이 계속돼 집에서 거의 요리를 하지 못했다. 그래서 이 레시피의 위력은 아직 체험하지 못했다. 하지만 읽을거리로서 무척 훌륭하다는 건 알겠다. 레시피에 곁들인 이이지마 씨의 따뜻하고 포근한 문장은 식사가 단지 영양 보급원이나 사료가 아님을 역설하고 있으며, 요시모토 바나나나 다니가와 슌타로 씨의 에세이도 인상 깊은 양념처럼 마음에 남는다. 소개되어 있는 요리가 유부초밥이나 쇼가야키(돼지고기 생강구이─옮긴이) 같은 일상식인 것도 좋다. 앞에 소개한 『먼 곳에서 들리는 목소리에 귀를 기울이며』에 등장하는 한 여성의 운명을 크게 바꾼 요리책은 혹시 이런 책이 아니었을까 하고 문득 상상해 본다.

상쾌한 느낌의 기묘한 색기

□ 우노 아키라, 『오쿠노요코미치』

□ 니시 가나코, 『미키 다쿠마시』

우노 아키라 씨를 만난 적은 없지만 그 이름을 볼 때마다 '앗' 하고 반가워하게 된다. 18년 전, 나의 데뷔작이 단행본으로 만들어질 때 표지 삽화를 그려주신 분이 우노 씨였기 때문이다. "이렇게 대단한 분이 파격적인 가격으로 수락해 줬어요!"라며 담당 편집자가 기뻐했던 걸 지금도 기억하고 있다(그 파격적인 가격도). 그렇다, 우노 씨는 18년 전에도 이미 대단한 사람이었다. 하지만 일본을 대표하는 삽화가이자 그래픽 디자이너라고만 알고 있었을 뿐, 어떤 점이 대단한지 구체적으로는 잘 몰랐다. 아, 이런 점에서 그는 대단하구나 하고 구화(句畵) 에세이집 『오쿠노요코미치』를 읽으며 다시 한 번 깨달았다.

구(句)와 그림과 짧은 에세이로 이루어진 책으로, 그 하나하나가 생각지 못한 부분에서 겹쳐져 독자는 그 겹쳐지는 접점에 자신의 기억과 상상을 더해 각자 개별의 세계를 만들어 맛볼 수 있다. 열 명이 있다면 열 명이 다른 광경을 보는, 그렇게 자유롭게 즐길 수 있는 책이다. 우노 아키라의 대단한 점은 경계선을 불식하는 자유로움임을 깨닫는다. 이러한 것을 어제오늘이 아니라 지금보다 훨씬 경계선이 진했던 시대부터 시작했다니.

그렇다고 해도 에세이에 잠시 등장하는 그 '경계선이 진했던 시대', 그 시대의 분방함을 생각하면 부러워진다. 물론 그 분방함은 처음부터 있었던 게 아니라 이러한 사람들이 만든 것이지만, 경계선을 넘고, 지우고, 섞는 흥분은 경계선이 있기 때문에 가능한 것이라고 생각한다. 남자도 여자도 똑같고, 사십대도 오십대도 아직 젊고, 밤은 밝고 24시간 영업하는 가게가 손님을 맞는 지금이라는 시대에는 이 책이 풍기는 수상함, 섬뜩함, 음탕함, 그리고 자유로움과 같은 것은 나타나기 어려움을 깨닫는다. 물론 이 책이 그리는 것은 그것들뿐만은 아니지만, 지금 그러한 것을 찾아볼 수 없으니까 눈에 띄는 것이다. 이 책에서 풍겨 나오는 수상함이나 섬뜩함, 기묘한 색기(色氣)가 상쾌하게 느껴지는 것이다. 특히 내 마음에 남았던 것은 '좌정'(左亭)이라는 이름으로 작자가 읊는 구절의 자유로움. 예를 들어 이런 식이다.

'별빛 총총한 밤 고독과 두 사람의 배가 간다'
'그 바다는 멜론소다라고 소녀가 말했다'.

이 사람은 그려도 써도 우노 아키라구나.

또 한 권은 폭소 보장, 니시 가나코 씨의 에세이집 『미키 다쿠마시』. 지쿠마쇼보 홈페이지에 연재했던 글로, 나는 연재할 때부터 애독했다. 작업실에서 읽으며 곧잘 뒹굴며 웃고, 눈물을 흘리고, 코를 풀었다. 글쓴이 본인과 밀접한 일들이 에세이에 쓰여 있는데 문체의 다양한 변화가 놀랍다. 각 에세이의 테마가 몸에도 분위기에도 딱 맞는 옷을 입은 것처럼 읽으면서 기분이 좋아진다. 꾸밈없는 언어는 친한 친구와 닮아 책을 읽다보면 친구 얘기를 듣고 있는 듯 웃고 울고 끄덕이게 된다.

모두, 사랑스러워

□ 사노 요코, 『문제가 있습니다』

사노 요코의 에세이는 중독적이다. 한 번 읽으면 더욱더 읽고 싶어져 신간이 나오면 달려들듯이 산다. 나는 이십 년도 더 전부터 사노 요코 중독자다. 왜일까. 이 사람의 에세이에는 진심만이 쓰여 있기 때문이다. 우리들은 이렇게나 진심에 굶주려 있음을, 사노 요코의 문장을 읽을 때마다 생각하게 된다.

『문제가 있습니다』는 여기저기 잡지에 쓴 에세이를 모은 책이라는 것을 초출 일람을 보면 알 수 있다. 가장 오래된 글은 1978년, 최근 글은 2008년. 에세이가 게재된 잡지는 여성지, 정보지, 신문, 사상지, 팸플릿 등 다양하지만 모두 일관되게 사노 요코 그 자체다. 그리고 1980년에 쓰인 글과 2006년에 쓰인 글 사이에 전혀 차이가 없어 역시 모든 글이 '지금의' 사노 요코를 드러내고 있다. 이는 이 작가가 진심만을 쓴다는 증거라고 생각한다. 진심은 낡지 않는다. 사노 요코는 흔들리지 않는다.

글쓴이는 줄곧 책을 읽어왔지만 "독서는 쓸데없었다"고 쓴다. "책 읽는 것만 좋아했던 내 인생도 쓸데없었다는 생각이 든다"고 쓴다. 롯본기힐스에 갔는지 오모테산도힐스에 갔는지 묻는 육십 가까운 친구에게 "갈 리가 없잖아"라고 쓰고(두 건물 모두 도쿄 중심지에 위치한 복합쇼핑몰—옮긴이), 열 살은 젊어 보이는 그 친구에 대해 "겉모습도 그렇지만 나이에 맞는 내면이란 건 없다"라고 쓴다. "노인은 불필요하다"라고도 쓴다. 거침없이 쭉쭉 쓴다. 임금님은 벌거숭이라고 외치는 소년 같은 기세로 쓴다.

하지만 글쓴이는 무언가를 규탄하려는 것도, 비판하는 것도 아니다. 자신의 눈에 보이는 것을 보이는 대로 쓰고, 자신의 손이 닿은 것을 닿은 감촉 그대로 쓴다.

글쓴이의 펜은 애매함이 전혀 없고 떳떳하지만 그것이 정론인 것은 아니다. 글쓴이는 세상 사람들의 일반적인 정론을 도도하게 읊는 듯한 촌스러운 짓을 결코 하지 않는다. 이 사람이 쾌불쾌를 쓴다고 하면, 그것은 자신이 생각하는 쾌불쾌이다. 선악을 쓴다고 하면 그것은 자신이 생각하는 선악이다. 그것이 옳다고는 결코 쓰지 않는다. 하지만 읽고 있는 사람이 보기에는 그것이 진지하고 건강하다는 생각이 든다. 정론이라는 것과는 다른 의미로 지극히 옳은 것이라는 생각이 드는 것이다.

앞에도 썼지만 우리들은 진심이라는 것에 익숙지 않다. 진심을 듣는 것은 물론, 말하는 것도. 우리들은 어느샌가 누군가로부터 진심을 말해서는 안 된다고 교육 받거나, 혹은 자신의 힘으로

배워 그것을 실천하며 살고 있다. 실언을 하면 세상 사람들로부터 범죄자처럼 규탄 당하는 오늘날, 점점 진심을 말하지 않을 뿐더러 진심으로 생각하는 것조차 포기하고 있다. "노인은 불필요하다" 같은 건 생각해서는 안 되는 것이다. 그리하여 얼굴을 들고 귀를 기울이면 늙어도 더 청춘이라는 둥 제2의 인생이라는 둥 세상 사람 모두가 진심으로 생각하려 하지 않고 듣기 좋은 말만 하고 있다.

사노 요코는 마치 우리들을 대신하는 듯 진심으로 생각하고 무엇도 두려워하지 않고 진심으로 쓴다. 진실을 썼다고 해도 아무도 이 사람을 비난하지 않는다. 노인이 불필요하다니 무슨 소리냐며 덤벼들지 않는다. 진심 앞에서 쩔쩔매기 전에, 납득하고 동시에 자신을 의심하게 되기 때문이다. 나는 한 번이라도 나의 눈으로 보고, 나의 손으로 만진 것이 있었나. 나의 진심이 담긴 말로 생각한 적이 있었나.

마지막에는 「어떤 여자」라는 소설이 수록되어 있다. 화자와 악연인 민폐녀의 모습이 두드러진다. 사랑이란, 여행이란, 여자란, 남자란 무엇인가. 둘의 대화에 껄껄 웃으면서 문득 그러한 것의 본질에 대해 조금은 이해한 듯한 기분이 들었다.

흩어져 있는 진심의 말들을 읽으며, 살아가는 것도 그렇게 나쁘진 않다고 느낄 수 있다니, 정말 신기하다. 사는 것에 얽힌 추잡한 것 모두가 사랑스럽게 느껴진다니, 정말 대단한 마술이다.

순수하게 욕망을 그리다

■ 야마다 에이미, 『학문』

□ 아라카와 요지, 『러브신의 말(言葉)』

야마다 에이미 씨의 소설은 『학문』이라는 제목을 달고 있지만, 학교에서는 전혀 도움되지 않고 가르쳐주지도 않는 것들, 하지만 살아가면서 꼭 알아둬야 할 중요한 사항이 담겨 있다.

무대는 1960년대, 시즈오카현의 해변 마을. 도쿄에서 이사 온 일곱 살 히토미는 그 마을에 사는 리더 격인 신타, 잠꾸러기 치호, 먹보 무료와 만나 친해진다. 소학생에서 중학생으로, 고등학생으로 성장해가는 그들의 모습과 함께 소설은 진행된다.

각 장은 네 명의 사망기사로 시작되는데 이것은 작은 장치 역할을 한다. 처음엔 사망기사의 의미를 잘 알 수 없었다. 그저 활자 너머로 확장되는 숨이 멎을 정도로 아름다운 광경에 눈을 떼지 못하며 읽어 나간다. 그러다 점점 서두에 배치되었던 사망기사를 의식하게 되고, 마지막에 장치는 한 번에 결합되어 기폭한다. 그 교묘함에 놀라며 정신을 차려보니 눈물을 흘리고 있었다.

숨이 멎을 정도로 아름다운 것은 미루마라는 해변 마을의 광경과 자연뿐만이 아니라, 그곳에서 삶이란 무엇인가를 배우며 성장하는 아이들의 그 시간임을 깨닫게 된다. 남자와 여자가 왜 존재하며, 사랑이란, 연애란, 욕망이란 무엇이며 자유나 부자유란 무엇인지, 먼 옛날 어린이였던 네 사람은 각자에게 주어진 나날 속에서 각자의 방식으로 알아내 간다. 그 사람이 그 사람일수밖에 없듯, 그 사람의 '배움'은 그 사람만의 것이고, 그 한참 뒤에 놓인 결말 또한 그 사람의 것일 수밖에 없음을 통감하게 된다. 과장된 말은 무엇 하나 사용하지 않는데도 장대한 철학을 배운 듯하다.

고금동서의 문학부터 에로 책, 속옷 카탈로그부터 독자투고에 이르는 폭넓은 분야에서 요염한 언어를 고른 『러브신의 말』을 읽어 보니 성(性)에 대한 말이 얼마나 어려운지를 절실히 느끼게 된다. 식(食)에 대한 말과 마찬가지로 통속적이거나 문학적이거나 고백적인 말 등 여러 종류가 있지만, 각자 오래 사용했던 진부한 표현이 있다. 새롭게, 하지만 너무 희귀하지 않은 말로 쓴다는 게 이렇게나 어렵다니.

물론 필자 아라카와 요지 씨는 성을 기술한다는 것이 이렇게 난해하다는 걸 보여 주기 위해 이 책을 쓴 것은 아니다. 본문은 짧고 경쾌하며 냉철한 유머가 있고, 철저히 말을 소개하는 데에 충실하다. 때로는 "우와" 하며 감탄하고, "우하하" 하고 폭소하고, "엥" 하고 의심하고, 말없이 생각에 빠지게 된다. 사람은 이 난해함을 어떻게 해서든 극복해 성적인 흥분을 말로 전하려고 했구나 싶어 우스우면서도 서글프고, 든든하기도 한 기분이 들었다. 그리고 후반에는 성 묘사란 무엇인가를 진지하게 생각하게 된다. 오늘날 관능소설이나 문학에서 '성욕' 묘사가 눈에 띄지 않고 '묘사'만이 남았다고 필자는 말한다. 그런 사실에 비춰보면 『학문』은 얼마나 순수하게 성욕을 그린 소설인가. 게다가 성욕이란 얼마나 고귀한 욕망인지를 생각하게 한다.

진정한 재능을 느낄 때

□ 시노다 세쓰코, 『황혼』

□ 와시다 기요카즈, 『잘라낼 수 없는 기억』

시노다 세쓰코 씨의 소설 『황혼』. 단숨에 읽고 싶은 마음을 꾹 누르고 천천히, 천천히 읽었다. 그렇게 하지 않으면 어쩐지 소중한 것을 놓쳐 버릴 것 같아서. 서스펜스 형식의 소설이니까 복선이나 단서를 놓치고 싶지 않다는 마음도 있었지만, 그보다는 미세하고 복잡한 인간 심리의 그 주름 속 구석까지 지나치고 싶지 않다는 마음이 더 강했다. 그 정도로 이 소설은 불가사의한 인간의 마음을 공들여 그려내고 있다.

주목 받지 못하고 숨진 향토화가의 회화가 여성 탤런트의 에세이를 통해 갑자기 각광 받는다. 화자인 출판사에 근무하는 남성 다치바나 또한 그의 작품에 매료되어 예전에 화가가 살았던 니가타현 고쿠와바라(小桑原)로 향해, 그의 아내와 그의 창작을 지지했던 사람들의 세계로 발을 들이게 된다.

다치바나가 그럴 거라고는 모른 채 발을 들인 고쿠와바라라는 세계는 인간 심리에 잡힌 주름이기도 하다. 여기에 그려져 있는 것은 천재의 고독과 그를 지지했던 아내의 헌신과 같은 단순한 것이 아니다. 재능이란 대체 무엇인가라고 묻는 소설은 많지만, 이 작품은 다른 소설에서는 볼 수 없던 방향으로 그 질문에 빛을 비춘다. 진정한 재능을 느낄 때 가까운 사람들은 어떤 반응을 보이는가. 그 재능을 누르는 것은 대체 무엇인가. 그리고 그 재능이 얼마나 높이 평가되든 보는 자의 마음을 움직이지 못하면 전혀 무가치하다는 회화예술의 잔혹함. 작가 특유의 치밀하고 담담한 문장이 훌륭한 회화가 발하는 신성한 빛과 그 근원에서 모순적일 정도로 서로 얽혀 있는 사람들의 생각이나 사는 모습을 그려내 아련한 공포를 불러온다.

철학자 와시다 기요카즈 씨의 문장을 읽으면 "눈에서 비늘이 떨어진다"는 표현을 체감할 때가 자주 있는데, 이 『잘라낼 수 없는 기억』 또한 그랬다. 요즘 들어 생각한다는 행위를 하지 않았구나 하고 비늘을 몇 장이고 떼어내면서 생각했다.

답을 바로 찾을 수 없는 질문을 "인생의 '문제'가 아니라 '과제'라고 바꿔 부르고 싶다"라고 썼듯이 저자는 인생의 과제에 대한 고찰을 더해 간다. 책에서 부각되는 것은 '오늘날'의 살벌한 광경이다. '가치의 원근법'이 뒤틀리고 어쩔 수 없이 타자의 '수염'과 닿지 않는 거리에서 살 수밖에 없는 고단한 우리들의 삶이다. 하지만 저자는 결코 옛날이 좋고 지금은 잘못되었다고 단순하게 말하려는 것도, 지금의 살벌함에 절망하고 있는 것도 아니다. 알기 쉽게 쓰인 문장을 읽으며 생각하다보니 아무리 오늘날의 살벌함을 실감한다 하더라도 결국 느끼는 것은 희망이다. 절망은 생각한 끝에 있는 것이 아니라, 생각하지 않는 것에 있음을 깨닫게 된다.

학생 시절 나는 이런 책을 탐독했었다. 눈에서 비늘이 떨어지는, 생각하는 것에 의해 무언가 하나를 깨달은 듯한 기분이 들었고, 깨달은 후 더욱 생각했다. 그런 일이 그저 즐거웠다. 그 시절의 나는 희망에 가득 차 있었을지도 모른다고 생각하니 새삼스러운 기분이 들었다.

천재가 만들어 낸 뒤틀림

■ 이사카 고타로, 『왕을 위한 팬클럽은 없다』
□ 호무라 히로시, 『뇨눗기』

사전에서 허풍이라는 말은 부정적인 의미로 사용되지만, 나는 아무리 생각해도 칭찬처럼 느껴진다. 좋은 의미로 약빠르고, 유니크하고, 잊을 수 없는 것에 대해 '허풍스럽다'라고 하는 게 아닐까. 예를 들어 이사카 고타로 씨의 저작을 생각하면 역시 좋은 의미에서의 '허풍'이 머리에 떠오른다. 『왕을 위한 팬클럽은 없다』도 그렇다.

프로구단이면서 만년 최하위 약소팀, 센다이킹스의 열렬한 신봉자인 부모는 아들에게 오쿠(王球)라는 이름을 지어준다. 세 살치고 훌륭한 배팅 폼을 보이는 이 천재 아이가 야구의 왕이 되도록 기르는데, 이윽고 부모가 야마다 오쿠에게 거는 정열은 도를 넘기 시작한다.

음악이나 회화가 아닌 객관적 숫자가 진실을 정확하게 말하는 스포츠 세계에서 천재가 한 사람 존재한다는 것은 어떤 것일까. 어떤 자는 그것에 의해 인생이 뒤틀리고, 어떤 자는 그것에 의해 인생을 되찾는다. '냉담하고 신성한' 왕에 걸맞게 주인공 오쿠에 대한 심리 묘사는 일체 생략되어 있다. 그는 유소년기부터 그저 '야마다 오쿠'로 살고 있다. 그럼에도 독자는 이 감정 없는 듯한 왕에게 분명 매료될 것이다.

이 소설에는 스포츠의 상쾌함도 천재라 불리는 자의 고독한 싸움도 그려져 있지 않다. 스포츠 소설도 아니고 야구 소설도 아니다. 여기에 그려지는 것은 천재의 기적이 아니라 천재가 만들어내는 뒤틀림이다. 그래서 사실 비극인데도 읽으면서 너무나 두근거리고, 결말은 신기하게도 슬프지 않다. 오쿠가 태어난 날에 죽은 센다이킹스의 감독, 검은 옷을 입은 세 명의 여자들, 배팅센터의 관리인 같은 눈에 보이다 말다 하는 '허풍' 넘치는 등장인물들이 소설 세계를 매력적인 이계(異界)로 만들고 있다.

가인 호무라 히로시 씨의 『뇨놋키』는 『놋키』의 속편으로, 이상한 것만 쓰여 있는 일기다. 이런 일이 있었습니다,라는 게 써있는 일기가 아니다. 예를 들어 어느 날은 "구미라니 먹어 본 적이 없네. 하고 생각했다. 과자 종류 중 구미. 주물럭거린 적은 있지만."이라는 세 줄. 사건이라기보다는 상념이나 광경, 기억 같은 것이 쓰여 있는데, 이게 엄청 재밌다. 시점의 미묘한 어긋남이 재밌다.

처음엔 글쓴이의 감각이 너무 초현실적이라 그 감각이 도려내는 세계가 때로는 유머러스하고, 때로는 무섭고, 때로는 불안정하고, 때로는 일그러진 것처럼 느껴지지만 읽어나감에 따라 공감이 가기 시작한다. '세상이란, 사람이란 이렇게 모두 이상하고, 이상한 채로 그곳에 존재하는구나' 하고 말이다. 호무라 씨의 시선과 감각이 특이한 것은 그 '이상함'을 하나하나 느끼고, 탁월하게 그 이상함을 강조하는 단문을 쓴다는 점일 것이다. 그렇다고 해도 너무 웃어서 배가 아프다.

아무것도 하지 않는다는 것의 무서움

■ 사토 쇼고, 『신상 이야기』

■ 제인 오스틴, 『이성과 감성』

고등학생일 때 어떤 선생님이 "해서는 안 될 짓이라는 걸 알면서 하는 것보다 모르면서 하는 편이 훨씬 나쁘다"고 말씀하신 적이 있는데, '왜 그런 걸까?' 하고 생각했다. 고등학교를 졸업해서도 이 물음은 내 안에 계속 남아 있었다. 그때, 고등학생인 나에게 사토 쇼고 씨의 『신상 이야기』를 전해준다면 그 의미를 한번에 알 수 있을 거라고 진심으로 생각했다.

남편으로 보이는 사람이 이야기하는 아내 '미치루'의 내력은 갈수록 혼란스러운 모습을 드러내기 시작한다. 그렇다고 해도 그녀는 어떤 계략도 흑심도 없이, '별 생각 없이' 행동하고 있다. 연인이 아닌 기혼자인 영업맨이 달라붙어 별 생각 없이 도쿄에 가고, 어쩌다보니 돌아가지 못하게 된다. 미치루에게는 몇 시간이고 움직이지 않고 방심'할 수 있는' 버릇이 있다고 화자는 고백한다. 그 버릇 자체는 그다지 특이하다는 생각이 들지는 않지만 그런 그녀의 공백이 사건을, 더 말하자면 운명을 생각지도 못한 방향으로 굴려 버린다. 소리 없이 고요히, 하지만 서서히 분명하게.

너무 무서워서 도중에 읽기를 멈출 수 없었다. 폭력과 살인과 증오, 유령과 원한같이 무서운 것은 많지만, 이 소설에서 가장 무서운 것은 '아무것도 하지 않는' 것이다. '어떻게 하지' 하며 발을 멈추고 있을 뿐이다. 그런데 사태는 점점 나쁜 방향으로 굴러간다.

독자는 분명 종잡을 수 없고 어딘가 둔한 미치루를 보며 먼저 조마조마함을 느끼고 그 다음엔 안달이 나고 그 다음엔 이렇게 생각할 것이다. '그럼 어떻게 했어야 되는 건데?' 하고. 그렇다, 마치 자신이 미치루인 것처럼. '아무것도 하지 않는' 건 누구나 할 수 있다. 우리 모두 미치루가 될 수 있다. 정말 무서운 건 그 점이다. 왜 모르는 게 더 나쁜 건지, 이 나이가 되어 겨우 알았다.

일을 하며 필요해서 읽게 된 『이성과 감성』은 나에게는 첫 제인 오스틴 작품이다. 이것도 거창한 신상(身上) 이야기라고 한다면 신상 이야기.

분별 있는 냉정한 언니 엘리너와 정열적이고 다정다감한 여동생 매리언의 옥신각신 연애극이 끝없이 이어진다. 19세기 작품인데 번역이 훌륭하고 읽기 쉽다. 그렇다고 해도 그녀들이 말하는 '연애'와 '결혼'에 대한 물음이, 2세기가 지난 지금도 빛바래지 않았다는 점에 놀라게 된다. 잘생겼지만 주변머리 없는 남자와 재산은 있지만 교양 없는 남자 중 어느 쪽이 나은가? 심심하고 지루하지만 어느 정도의 수입이 있는 상냥한 남자와 겉은 번지르르하고 사교적이지만 내면은 얄팍한 무취미남 중에서는? 등등, 이 책에서 여자들이 진지하게 이야기를 나누며 고민하는 것은 200년이 지난 지금 멀리 떨어진 이곳 도쿄에서도 늘 여자들의 화제다. 이 작가가 연애소설을 이 정도로 중후하게 쓰지 않았다면 연애는 소설의 테마가 되지 못했을 것이다. 요컨대 문학이라는 것은 섬세하든 거창하든 누군가의, 세대의, 시대의 신상 이야기라고 할 수도 있다.

후기

이런 내용을 쓰는 건 사실 부끄럽지만, 그래도 쓴다. 2010년은 내가 데뷔한 지 딱 20년째다. 태어난 아이가 성인식을 맞이하게 되기까지의 시간, 소설과 격투하고 있었구나 하고 생각하면 꽤나 감개무량한 일이다. 부끄럽지만 굳이 쓴 이유는 그 감개 때문이 아니라 이 책이 태어난 발단이 그 부근에 있기 때문이다.

이 책은 감상문집이다. 서평집이라고 하는 게 올바르겠지만, 나는 평론가가 아니니 평 같은 건 할 수 없다. 읽은 책의 감상과 좋아하는 작가를 향한 애정을 그저 써서 엮었을 뿐이다. 수록되어 있는 책은 거의 모두 읽고 싶어서 읽은 것들이고, 읽어보니 재밌었던 책들뿐이다.

작가 중에는 다양한 사람이 있다. 서평을 (올바른 서평으로서) 쓰는 사람이 있는가 하면 감상문을 쓰는 사람도 있고, 혹은 전혀 쓰지 않는 사람도 있다. 어쩌다 보니 그렇게 되었다,가 아니라 아마 모든 작가가 나름의 사상을 갖고 그렇게 하고 있을 것이다.

나는 감상문을 쓰는 작가이고, 굳이 따지자면 지나치게 많이 쓰는 부류에 속한다고 생각한다. 사상이라고 할 정도로 대단한 건 아니지만 나름 이유는 있다. 그 이유는, 이십 년 전 무렵 데뷔할 때로 거슬러 올라간다.

데뷔 당시, 나는 스물세 살이었다. 스물세 살에 사회 경험치나 소양, 교양이 풍부한 사람도 있겠지만, 나는 둘 다 전혀 없었다. 그 사실을 수상식 후 회식 자리에서 알게 되었다.

호텔 회장에서 수상식과 파티를 마치고 편집자의 권유로 당시 요쓰야에 있던 문단 바에 갔다. 작은 가게 안에 빽빽하게 차 있는 사람은 모두 나보다 연장자인 편집자와 작가들뿐. 선정위원을 해주셨던 분과 늘 독자로서 만났던 작가가 있어 나는 긴장으로 얼어붙었다.

요즘 편집자나 작가는 친절하다. 신사적, 숙녀적이다. 젊은 작가의 젊음을 존중한다. 하지만 이십 년 전의 편집자나 작가들은 엄격하고 가차 없어서 상냥한 말 한마디 듣지 못했다. 그들 중 몇 명인가(대부분 편집자)가 얼어붙은 나에게 누구누구의 소설은 읽었냐며 시험하듯 물었다. "읽었습니다" 하고 거짓말을 하면 큰일 날 것 같다고 직감한 나는 읽지 않았다고 솔직하게 대답했다. 흐음, 그럼 누구누구는? 안 읽었습니다. 그럼 누구누구는? 안 읽었습니다. 거의 대부분이 들어 본 적도 없는 이름뿐이었다 (그 중 한 명이 아기 요시노리였다는 것만은 기억하고 있다. 바로 읽었으니까).

그런 문답이 반복되다 결국 당시 예순에 가까웠던 편집자가 질렸다는 듯 말했다.

"아무것도 안 읽었구먼. 그렇게 안 읽고도 잘도 작가가 되려고 하네."

그렇다, 당연하지만 나는 당시 작가라는 인식조차 되어 있지 않은 상태였다. '작가가 되려고 하는' 정도였다. 그 후 몇 명인가 (이 또한 대부분 편집자)가 진지한 얼굴로 말했다. 계속 쓰고 싶다면 읽지 않으면 안 됩니다. 더 많이 읽어야 합니다.

나는 이때, 진심으로 무서웠다. 늘 작가가 되고 싶었다. 드디어 신인상을 받았다. 하지만 아직 작가가 아닌 그저 무지한 젊은 이이고, 앞으로 까무러칠 정도로 책을 읽지 않으면 작가가 될 수 없고, 됐다 하더라도 오래가지 못할 것이다. 이 얼마나 기가 막히는 세계인가. 그렇게 생각했다.

처음 잡지에 감상문을 쓴 것은 그 직후였다. 신인상을 준 출판사의 잡지에서 서평 일을 의뢰해 왔다. 서평이라는 일이 있다는 걸 처음 의식하고, 이때 나는 수상식날 밤에 일어난 일을 또렷이 떠올리며 결심했다. 서평, 감상문, 북 리뷰, 신간 소개, 부르는 말은 아무래도 상관없다. 책을 읽고 무언가 쓰는 일이라면 앞으로 절대 거절하지 않겠다고 말이다. 그게 소설이든 논픽션이든, 다큐멘터리든 그림책이든 만화든, 하여튼 쓸 수 있다면 뭐든지 썼다.

운이 좋게도 원래 나는 재미없다고 생각하는 책이 거의 없었고, 재미없는 책은 재미없는 게 재미라고 생각하는 터라 나와 맞지 않는 책은 거의 만나지 못했고, 늘 즐겁게 읽고 썼다. 자발적으로는 결코 손에 들지 않았을 책과 만나 기분 좋았던 기억도 많았다. 내가 쓴 감상문을 계기로 친해진 작가도 있다.

단 하나, 내가 오산한 게 있다면 서평이나 감상문의 의뢰는 8할이 신간에 한정된다는 것이었다. 따라서 5년 전에 나온 책이나 절판된 명저 등을 읽을 기회가 적었고, 스스로 다시 읽고 싶다고 생각하는 근현대소설 등을 읽을 시간이 확 줄어들었다. 아쉽다면 아쉬운 일이다.

최근에는 소설을 쓰는 일이 나의 허용량을 넘어 할 수 없이 서평 의뢰를 '모두' 수락하는 것은 포기했다. 그럼에도 지금도 꽤 많은 서평을 쓰고 있다.

여기저기에 쓴 감상문을 모아 이 한 권에 담았다. 이십 년 전의 결심이 보물이 된 것이다. 그 결심대로 분야를 가리지 않았다. 다양한 장르의, 다양한 출판사의 책이 있다. 공통점은 단 하나, 재밌었다(고 내가 느꼈다)는 것뿐.

다시 읽어보니 수상식 날 밤 느꼈던 기분이 생각났다. 감당하기에는 너무나 벅찬 세계라고 스물세 살의 나는 생각했다. 그리고 지금, 다른 의미로 같은 생각을 한다. 이렇게도 세상에는 많은 책이 있다. 나는 이들 활자를 쫓으며 실로 방대한, 행복한 시간을 보내왔다. 그 행복한 시간이 이 한 권의 책에 가득 차 있다.

하지만 세상에는 훨씬 많은 책이 있다. 그동안 책을 읽으면서 웃고 울고 화내고 술렁거리고 두근두근하고 넋을 잃기도 하고, 그야말로 풍부한 감정을 느껴왔지만, 또 다른 방법으로 자극해 오는 책이, 여기까지겠지 하는 감동과 감정과 공감과 심금의 폭을 확 넓혀줄 책이, 아직도 많이 있다.

그렇게 생각하면 정말 감당할 수 없이 벅찬 기분이 든다. 그 벅찬 감정은 그때 느꼈던 의지할 데 없던 외로움이 아니라, 훨씬 튼튼하고 넉넉한 것이다. 20년간 닥치는 대로 읽고 쓰면서 내가 작가로 있을 수 있는지 같은 생각보다는 책이 있는 세계의 행복을 그저 음미할 수 있게 되었다.

나는 수상식날 밤 나에게 겁을 줬던 노편집자에게 아직도 감사하고 있다. 그리고 나에게 감상문 쓰는 일을 맡겨 준 각 편집부, 이 행복한 독서 시간을 모아 하나로 묶어준 편집자 가리야 마사노리 씨에게, 정말 감사합니다.

마지막에 이르러, 읽어 주셔서 감사합니다. 소개한 책 중에서 한 권이라도 재밌을 것 같아 손에 들어 주신다면 무척 기쁠 것 같습니다. 앞으로도 책이 있는 세계에서 함께 유쾌하게 살아갑시다.

가쿠타 미쓰요

옮긴이의 글

인터넷 게시판 글을 읽다보면 친구 혹은 직장 동료가 자기 옷, 화장품, 가방을 자꾸 따라 사서 스트레스를 받는다는 글이 심심찮게 발견되곤 한다. 심지어 생판 남이 자기 SNS를 베꼈다는 사례까지 나오면 옷 따라 입는 정도는 애교로 느껴지는, 약간의 범죄적 냄새마저 풍겨 섬뜩한 기분이 든다.

하지만 좋은 독서 취향을 가진 사람이 읽는 독서 목록을 따라 읽는 것만큼은 먼저 읽은 사람도, 따라 읽는 사람도 무해하지 않나 싶다. '나만 알고 있었는데(그럴 리가 없음) 유명해져서 싫다'는 둥의 푸념을 하는 사람도 있을지 모르겠지만, 타인의 독서 취향을 내 것으로 만든다는 건 그저 남이 쓰는 화장품을 따라 바르거나 가방을 드는 것과는 또 다른 수고를 동반한다. 사면 그만인 게 아니니 말이다. 시간을 들여 읽어야 하고, 읽은 후의 감상은 각자 다를 수밖에 없다. 하지만 그렇게 '이 책은 잘 모르겠고, 저

책은 재밌었고…' 하는 동안 어느새 '나만의 취향'이 형성된다.

좋아하는 사람에 대해서는 무엇이든 알고 싶은 법이지만, 글을 쓰거나 음악을 만들거나 무언가를 창조해 내는 사람을 동경하게 될 경우에 내가 가장 알고 싶은 건 그 사람의 독서 목록이다. 이렇게 재밌는 글을, 이렇게 멋진 음악을 만드는 사람이 좋아하는 책이라면 당연히 좋은 책일 것이라는 절대적인 신뢰 때문이다.

중·고등학생 시절 좋아하는 가수의 홈페이지에 들어가 그가 읽었다는 소설을 따라 읽다가 어느새 그 작가의 팬이 되고, 그 작가가 재밌게 읽었다는 책을 읽기 시작하는 식의 '연쇄적 독서'가 나에게는 큰 즐거움이었다. 그렇게 만나게 된 책들은 대체로 내 믿음을 배신하지 않았고, 그래서인지 나에게 독서란 있어 보이는 취미가 아니라 그저 재밌으니까 하는 놀이 중 하나가 되었다.

이 책을 만나게 된 이유도 간단하다. 나는 가쿠타 미쓰요를, 그녀가 쓴 소설을 좋아하기 때문이다. 이렇게 재미있는 소설을 쓰는 사람이 읽어왔던 책 목록이 빼곡하다, 심지어 왜 그 책을 재밌게 읽었는지 이유까지 써 있다니, 안 읽을 도리가 없었다. 그저 작가를 흠모하는 마음으로 손에 들었던 책을 번역까지 하게 될 줄은 몰랐지만, 그렇게 이 책을 읽고 옮기며 만나게 된 책 역시 나에게는 소중한 책이 되었고, 다음에 읽을 책을 이어주는 연결고리가 되었다. 이 책을 손에 든 독자에게도 이 책이 다음의, 그 다음의 재미로 이어지는 연결고리가 되었으면 하는 바람이다.

이 책은 가쿠타 미쓰요가 쓴 '책 감상문'집이다. 어디까지나 저자는 서평이 아닌 감상문임을 강조하고 있다. 그래서 그녀의 독서 감상문은 어깨에 힘이 들어가 있지 않고, 독자를 가르치려 들지 않는다. 책을 평가의 대상으로 놓고 위에서 내려다보는 게 아니라 내가 사랑하는 이 작가가, 이 작품이 이렇게 재밌다고, 이 재미를 나만 느끼기는 아깝다며 널리 알리고 싶어 하는 박애 정신(!)이랄까, 그 책을 나만큼 사랑해주기를 바라는 순수한 열정이 느껴진다.

그녀는 '재미없는 책은 없다'고 말한다. 나와 맞지 않을 뿐이고, 어쩌면 그 재미없음마저 그 책의 재미이고 개성이라고 말한다. 이러한 그녀의 지론은 자신의 독서 경험에서 비롯된다. 그녀는 이 책을 통해 어릴 적에 읽었을 땐 재미없고 잘 이해할 수 없었던 책을 시간이 흘러 다시 읽게 되었을 때 비로소 재미와 감동을 느끼게 되었던 경험을 술회한다. 시간이 흘러도 책의 내용은 그대로이지만, 처음 그 책을 손에 들었던 소녀는 흐르는 시간 속에서 수많은 경험을 하고, 수많은 책을 읽으며 그때와는 조금 다른 사람이 된다. 그리고 도무지 이해할 수 없었던 그 책을 비로소 이해할 수 있게 된다.

책은 읽는 이를 기다려 준다. 그녀의 감상문을 읽으며 내가 읽어보지 못했던 책을 찾아 읽는 것도 물론 재밌었지만, 예전에 재미없다며 포기했던 책을 다시 읽어보고 싶어졌다. 혹시 모르지 않는가, 재미없던 그 책이 '내 인생의 책'이 될지.

이 책을 읽고 옮기며 나는 솔직하고 소탈한 생활인, 독서가로서의 가쿠타 미쓰요를 더욱 좋아하게 되었다. 이른바 '필독도서'를 읽지 못해 기가 죽기도 하고, 긴 외국 이름이 많이 나와 소설 읽기를 단념하기도 하고, 취중에, 미열에 시달리면서, 집안일을 하다 틈틈이 책을 손에 드는 그녀의 모습이 눈에 떠오른다. 아직 우리나라에 출간되지 않은 서적의 감상문도 수록되어 있어 책을 찾아 읽어 보고자 하는 독자들에게는 아쉬움이 남을 수도 있을 것 같다. 하지만 내가 모르는 이야기의 재밌는 부분만 솜씨 좋게 뽑아내 들려주는 그녀의 이야기 자체를 즐겨보는 것도 이 책의 묘미가 아닐까 싶다.

2016년 5월

조소영

가쿠타 미쓰요 서평 도서목록

2부_ 책 읽는 방, 2003~2006

일상에 녹아든 만화경 세계
□ 나가시마 유, 『탄노이 에딘버러』 (長嶋有, 『タンノイのエジンバラ』, 文藝春秋, 2006)

증식하는 '내'가 일그러질 때
■ 기리노 나쓰오, 『그로테스크』, 윤성원 옮김, 문학사상사, 2005

향기가 풍부한, 아름다운 소설
■ 가와카미 히로미, 『빛나 보이는 것, 그것은』, 이규원 옮김, 청어람미디어, 2005

행동과 의지의 틈새
□ 후지노 지야, 『그녀의 방』 (藤野千夜 『彼女の部屋』, 講談社, 2003)

세계는 거대한 미로다
■ 폴 오스터, 『빨간 공책』, 김석희 옮김, 열린책들, 2004

죽음과 삶은 연동하고 있다
■ 요코야마 히데오, 『종신 검시관』, 민경욱 옮김, 랜덤하우스코리아, 2007

한 여성의 혁명
□ 가모이 요코 컬렉션 (『鴨居羊子コレクション』, 国書刊行会, 2010)

---

* 이 책의 2부와 3부는 '책 읽는 방'이라는 이름으로 가쿠타 미쓰요가 2003년부터 2009년까지 쓴 서평을 모은 것으로, 서평의 대상이 된 책들을 한눈에 보기 좋게 모아놓았다. 국내에 번역 출간된 책은 ■로, 국내에 미출간된 책은 원서 정보와 함께 □로 표시하였다.

바람직한 연애가 파괴하는 것

■ 미우라 시온, 『내가 이야기하기 시작한 그는』 권남희 옮김, 들녘, 2010

익숙한 곳에 있는 사랑

□ 나쓰이시 스즈코, 『애정일지』 (夏石 鈴子, 『愛情日誌』, 角川学芸出版, 2010)

여백에서 스며 나오는 감정

□ 가타야마 가즈히로 편저, 『편지의 힘』 (片山 一弘, 『手紙の力』, 新潮社, 2004)

극히 평범한 곳에 있는 살의

■ 히가시노 게이고, 『방황하는 칼날』 이선희 옮김, 바움, 2008

단절과 연결의 틈 사이에서

■ 나가시마 유, 『울지 않는 여자는 없다』 이선희 옮김, 창해, 2007

천천히 졸음을 부르는 듯한 이야기

□ 구리타 유키, 『오테르 몰』 (栗田 有起, 『オテル モル』, 集英社, 2008)

여행의 시간은 꿈의 시간

□ 나카지마 교코, 『이토의 사랑』 (中島 京子, 『イトウの愛』, 講談社, 2008)

아버지는 도대체 어떤 사람이었을까

■ 모리 에토, 『언젠가 파라솔 아래에서』 권남희 옮김, 까멜레옹, 2012

영원보다 더 단단한 것

□ 후지노 지야, 『베지터블하이츠 이야기』 (藤野 千夜, 『ベジタブルハイツ物語』, 光文社, 2007)

전쟁으로 황폐화된 마을에서 살아간 여성의 인생사

■ 우베 팀, 『카레소시지』 김지선 옮김, 풀빛, 2009

모두 연애에 발버둥치고 있다

□ 히라타 도시코, 『2인승』 (平田 俊子, 『二人乗り』, 講談社, 2005)

그들을 '가족'으로 만들어 주는 것

■ 미츠바 쇼고, 『아빠는 가출중』 양억관 옮김, 한스미디어, 2008

사랑조차 될 수 없었던 그의 애정

■ 히가시노 게이고, 『용의자X의 헌신』, 양억관 옮김, 현대문학, 2006

터진 부분을 읽게 만드는 이야기

□ 리처드 브라우티건, 『불운한 여자』(Richard Brautigan, *An Unfortunate Woman: A Journey*, St. Martins Press, 2000)

이 나라에 살고 있다는 것

■ 이사카 고타로, 『마왕』, 김소영 옮김, 웅진지식하우스, 2006

쇼와사를 산 여성을 그린 '큰' 소설

□ 히메노 가오루코, 『하루카 에이티』(姫野 カオルコ, 『ハルカ エイティ』, 文藝春秋, 2008)

예술의 신은 존재하는가

□ 이이다 조지·아즈사 가와토, 『도작』(飯田 譲治·梓 河人, 『盗作』, 講談社, 2008)

언어는 하나밖에 없었다

□ 아고타 크리스토프, 『문맹 : 아고타 크리스토프 자서전 (Agota Kristof, *L'analphabète : récit autobiographique*, Zoe, 2005)

열한 명의 '선택받지 못한' 여자들

■ 요시다 슈이치, 『여자는 두 번 떠난다』, 민경욱 옮김, 미디어2.0, 2008

세상과 접촉하는 건 불가능한가

□ 고카미 쇼지, 『헬멧을 쓴 너를 만나고 싶어』(鴻上 尚史 , 『ヘルメットをかぶった君に会いたい』, 集英社, 2006)

미래라는 희망을 지키는 소녀의 이야기

□ 신시아 카도하타, 『풀꽃이라 불린 소녀』(シンシア カドハタ, 『草花とよばれた少女』, 白水社, 2006)

여든 살의 연애를 초월한 삶

□ 로렌초 리카르치, 『그대가 나에게 준 별이 빛나는 밤』(Lorenzo Licalzi, *Che cosa ti aspetti da me?*, Rizzoli, 2005)

시대를 영양분으로 살아온 여자의 일대기

ㅁ 모로타 레이코, 『게이코』(諸田 玲子, 『希以子』, 小学館, 2009)

환상적인 여행 속에 떠오르는 아름다움

ㅁ 쓰카사 오사무, 『브론즈의 지중해』(司 修, 『ブロンズの地中海』, 集英社, 2006)

정론은 아니지만 통쾌한 진실

ㅁ 사노 요코, 『기억나지 않아』(佐野 洋子 『覚えていない』, マガジンハウス, 2006)

사람은 모두, 톱니바퀴인가

■ 이케이도 준, 『하늘을 나는 타이어』, 민경욱 옮김, 미디어 2.0, 2010

진심을 담아 말하는 대화집과 이름없는 위인열전

ㅁ 모리야마 다이도, 『낮의 학교 밤의 학교』(森山 大道, 『昼の学校 夜の学校』, 平凡社, 2011)
ㅁ 무카이 도시, 『와세다 헌책방 거리』(向井 透史, 『早稲田古本屋街』, 未來社, 2006)

우정보다 훨씬 아름다운 것

ㅁ 오시마 마스미, 『무지개빛 여우비』(大島 眞壽美, 『虹色天氣雨』, 小学館, 2009)

수상쩍은 일상과 바싹 마른 고독

ㅁ 이노우에 아레노, 『볼품없는 아침의 말』(井上 荒野, 『不恰好な朝の馬』, 講談社, 2006)
ㅁ 나카지마 교코, 『긴 짱의 실종』(中島 京子, 『均ちゃんの失踪』, 講談社, 2010)

3부_ 책 읽는 방, 2007~2009

강하고 열려 있는 소설과 명석함을 뛰어넘은 문장
ㅁ 오시마 마스미, 『파란 리본』(大島 眞壽美, 靑いリボン, 小学館, 2011)
ㅁ 오타케 신로, 『네온과 화구가방』(大竹 伸朗, 『ネオンと絵具箱』, 筑摩書房, 2012)

산다는 것은 이처럼 모순적이다
ㅁ 가모시다 유타카, 『술이 깨면 집에 가자』(鴨志田 穣, 『酔いがさめたら, うちに歸ろう』, 講談社, 2010)

사람이 죽어도 살아남는 '집'의 힘
ㅁ 가토 유키코, 『집의 로맨스』(加藤 幸子, 『家のロマンス』, 新潮社, 2006)

티 없는 선의 앞에 놓인 것
■ 소노 아야코, 『빈곤의 광경』 오근영 옮김, 리수, 2014

시간과 공간을 오고가는 기억과 쇼와라는 광경
□ 야스오카 쇼타로, 『칼라일의 집』 (安岡 章太郎, 『カーライルの家』, 講談社, 2006)
□ 가와모토 사부로, 『명작사진과 걷는, 쇼와의 도쿄』 (川本 三郎, 『名作写真と歩く, 昭和の
東京』, 平凡社, 2007)

아무 일도 일어나지 않는다는 불온함
□ 이노우에 아레노, 『학원의 퍼시먼』 (井上 荒野, 『学園のパーシモン』, 文藝春秋, 2009)

'생각하고 싶다' '알고 싶다'라는 것의 깊이
□ 우치자와 준코, 『세계도축기행』 (內澤 旬子, 『世界屠畜紀行』, 角川書店, 2011)
□ 하시구치 조지, 『Couple』『Father』 (橋口 讓二, 産業編集センター, 2007)

책과 사람이 뜨겁게 연결되던 행복한 시대
□ 하세가와 이쿠오, 『예문왕래』 (長谷川 郁夫, 『藝文往来』, 平凡社, 2007)

사진과 문장이 호응하는 생의 단편
□ 호시노 히로미, 『미아의 자유』 (星野 博美, 『迷子の自由』, 朝日新聞社, 2007)
□ 사나이 마사후미 사진 · 요시다 슈이치 글, 『우리즌』 (佐內 正史 · 吉田 修一, 『うりずん』,
光文社, 2010)

농밀한 시간을 내포한 재생의 이야기
■ 기리노 나쓰오, 『메타볼라』 김수현 옮김, 황금가지, 2009
■ 존 어빙, 『일 년 동안의 과부』 임재서 옮김, 사피엔스21, 2008

열에 들뜨며 읽은 '관계소설'
□ 후지노 지야, 『중등부초능력전쟁』 (藤野 千夜, 『中等部超能力戦争』, 双葉社, 2010)
■ 에쿠니 가오리, 『잡동사니』 신유희 옮김, 소담출판사, 2013
■ 미우라 시온, 『그대는 폴라리스』 김주영 옮김, 문학동네, 2009

보잘것없는 리얼한 세계와 몽상적이고 기묘한 장소
■ 토니 애보트, 『제시카와 함께한 날들』 강수정 옮김, 다림, 2007
□ 마쓰야마 이와오, 『고양이 풍선』 (松山 巖, 『猫風船』, みすず書房, 2007)

산다는 것의 무서움과 우스움과 강건함

□ 이노우에 아레노, 『즈무 데이즈』(井上 荒野, 『ズーム-デイズ』, 小学館, 2007)

□ 사이바라 리에코, 『매일 엄마: 소박데기 편』(西原理恵子, 『毎日かあさん』, 毎日新聞出版)

인간의 삶의 행위로서의 다이어트

□ 가타노 유카, 『다이어트를 그만둘 수 없는 일본인 몸을 추적하다』(片野 ゆか, 『ダイエットがやめられない』, 新潮社, 2007)

모어와는 다른 언어로 쓰인 훌륭한 소설

■ 이윤 리, 『천년의 기도』 송경아 옮김, 학고재, 2011

■ 샨사, 『측천무후』 이상해 옮김, 현대문학, 2005

읽는 거리, 보는 거리

■ 줌파 라히리, 『이름 뒤에 숨은 사람』 박상미 옮김, 마음산책, 2004

평범함이라는 개성과 시의 힘

□ 후지노 지야, 『사야카의 계절』(藤野 千夜, 『さやかの季節』, 光文社, 2007)

□ 엘리자베스 스파이어스, 『에밀리 디킨슨 가의 생쥐』(Elizabeth Spires, *The Mouse of Amherst: A Tale of Young Readers*, Farrar, Straus and Giroux, 2001)

커다란 체험과 개인적 체험

■ 치마만다 은고지 아디치에, 『숨통』 황가한 옮김, 민음사, 2011

□ 야마다 다이치 글·구로이 겐 그림, 『릴리언』(山田 太一·黒井 健, 『リリアン』, 小学館, 2006)

빛이 아닌 그늘에 있는 청춘

□ 니시무라 겐타, 『다시는 가지 못할 마을의 지도』(西村 賢太, 『二度はゆけぬ町の地図』, 角川書店, 2010)

□ 가이코 다케시, 『푸른 월요일』(開高 健, 『青い月曜日』, 文藝春秋, 1974)

일상이 이미, 기묘한 선생이다

□ 이토 히로미, 『그 시절, 선생님이 있었다』(伊藤 比呂美, 『あのころ, 先生がいた』, イースト·プレス, 2012)

□ 미우라 시온, 『기절 스파이럴』(三浦 しをん, 『悶絶スパイラル』, 新潮社, 2012)

뮤지션이 육성으로 말하는 삶이라는 싸움

□ 요시이 가즈야, 『잃어버린 사랑을 찾아서』(吉井 和哉, 『失われた愛を求めて』, ロッキング

オン, 2007)

□ 요코야마 겐, 『마이 스탠더드』 (横山 剣, 『マイ·スタンダード』, 小学館, 2012)

용서받고, 용서하다

■ 사노 요코, 『나의 엄마 시즈코 상』 윤성원 옮김, 이레, 2010

'특수'하지 않으면 '개성'이 아닌가

□ 하시구치 조지, 『17세 2001~2006』 (橋口 讓二, 『17歳:2001~2006』, 岩波書店, 2008)

□ 다카다 유, 『페이보릿』 (高田 侑, 『フェイバリット』, 新潮社, 2008)

비합리와 합리의 틈 사이에서

□ 호시노 히로미, 『바보, 중국을 가다』 (星野 博美, 『愚か者, 中国をゆく』, 光文社, 2008)

□ 가와카미 히로미, 『풍화』 (川上 弘美, 『風花』, 集英社, 2011)

눈과 코와 입과, 손과 발과 머리와

□ 가이코 다케시, 『일언반구의 전장: 더 썼다! 더 말했다!』 (開高 健, 『一言半句の戦場: もっと, 書いた! もっと, しゃべった!』, 集英社, 2008)

성가신 세상을 긍정한다는 것

□ 모리 에토, 『런』 (森 絵都, 『ラン』, 角川書店, 2012)

□ 나가시마 유, 『나는 침착하지 못해』 (長嶋 有, 『ぼくは落ち着きがない』, 光文社, 2011)

인간의 행위 끝에 있는 심원

□ 나카무라 사토시, 『위대한 간호』 (中村 智志, 『大いなる看取り』, 新潮社, 2009)

□ 오바 미나코, 『칠리호』 (大庭 みな子, 『七里湖』, 講談社, 2007)

세계의 폭과 여운

□ 테스 갤러거, 『부엉이 여인의 미용실』 (Tess Gallagher, *At the Owl Woman Saloon*, Scribner, 1997)

■ 사노 요코, 『사는 게 뭐라고』 이지수 옮김, 마음산책, 2015

삶의 고요한 출렁임

■ 줌파 라히리, 『그저 좋은 사람』 박상미 옮김, 마음산책, 2009

보통내기가 아닌 사람들

□ 구리타 유키, 『귀뚜라미』 (栗田 有起, 『蟋蟀』, 筑摩書房, 2008)

□ 가노 슌, 『고엔지 헌책 술집 이야기』 (狩野俊, 『高円寺古本酒場ものがたり』, 晶文社, 2008)

'보통' 환상과 멀리 떨어져

□ 나쓰이시 레이코, 『오늘도 역시 처녀였습니다』 (夏石 鈴子, 『今日もやっぱり処女でした』, 角川学芸出版, 2008)

□ 아가와 사와코, 『남는 건 식욕』 (阿川 佐和子, 『残るは食欲』, 新潮社, 2013)

인연이나 운명이나

□ 오자와 세이라, 『시즈카의 아침』 (小澤 征良, 『しずかの朝』, 新潮社, 2008)

'나는 나'라는 인생

□ 이토 히로미, 『여자의 절망』 (伊藤 比呂美, 『女の絶望』, 光文社, 2011)

□ 호사카 가즈시, 『소설, 세계를 연주하는 음악』 (保坂 和志 『小説,世界の奏でる音楽』, 中央公論新社, 2012)

삶의 시간

■ 에쿠니 가오리, 『좌안』, 김난주 옮김, 소담출판사, 2009

□ 우치자와 준코, 『아저씨 설명서』 (内澤 旬子, 『おやじがき』, 講談社, 2012)

'나의 세계'로 덮쳐오는 또 다른 세계

□ 사쿠라바 가즈키, 『패밀리 포트레이트』 (桜庭 一樹, 『ファミリーポートレイト』, 講談社, 2011)

■ 요시모토 바나나, 『그녀에 대하여』, 김난주 옮김, 민음사, 2010

한 사람 한 사람의 인생이 포개지며 영원을 향해 퍼져간다

□ 마이클 온다체, 『디비사데로 거리』 (Michael Ondaatje, *Divisadero*, McClelland and Stewart, 2007)

■ 무라야마 유카, 『더블 판타지』, 김성기 옮김, 동화출판사, 2010

미지의 광대한 재미

□ 존 어빙, 『호텔 뉴햄프셔』 (John Irving, *The Hotel New Hampshire*, E. P. Dutton, 1981)

터무니없는 시간의 흐름

□ 나가시마 유, 『잠든 후에』 (長嶋 有, 『ねたあとに』, 朝日新聞出版, 2012)

■ 샨사, 『바둑 두는 여자』, 이상해 옮김, 현대문학, 2004

사랑하는 사람과 헤어져도 '살아갈' 수밖에 없는 행복

□ 시마모토 리오, 『네가 내리는 날』 (島本 理生, 『君が降る日』, 幻冬舎, 2012)

■ 하치카이 미미, 『느릿느릿 양과 빨랑빨랑 양』, 이영미 옮김, 파란자전거, 2011

읽기를 멈출 수 없는 소설을 가지고 혼자 밥을 먹으러 가자
□ 히라쓰 요코, 『여자 혼자 밥 먹기』 (平松洋子, 『おんなのひとりごはん』, 筑摩書房, 2009)
□ 메리 윌리스 워커, 『신의 이름으로』 (Mary Willis Walker, *Under the Beetle's Cellar*, Doubleday, 2015)

인생의 변환점이 응축되고 있다
□ 미야시타 나쓰, 『먼 곳에서 들리는 목소리에 귀를 기울이며』 (宮下奈都, 『遠くの声に耳を澄ませて』, 新潮社, 2012)
■ 이이지마 나미, 『LIFE1: 카모메 식당 그들의 따뜻한 식탁』, 시드페이퍼, 2010

상쾌한 느낌의 기묘한 색기
□ 우노 아키라, 『오쿠노요코미치』 (宇野亞喜良, 『奧の横道』, 幻戯書房, 2009)
□ 니시 가나코, 『미키 다쿠마시』 (西加奈子, 『ミッキーたくまし』, 筑摩書房, 2009)

모두, 사랑스러워
□ 사노 요코, 『문제가 있습니다』 (佐野洋子, 『問題があります』, 筑摩書房, 2012)

순수하게 욕망을 그리다
■ 야마다 에이미, 『학문』, 이규원 옮김, 작가정신, 2010
□ 아라카와 요지, 『러브신의 말』 (荒川洋治, 『ラブシーンの言葉』, 新潮社, 2009)

진정한 재능을 느낄 때
□ 시노다 세쓰코, 『황혼』 (篠田節子, 『薄暮』, 日本経済新聞出版社, 2009)
□ 와시다 기요카즈, 『잘라낼 수 없는 기억』 (鷲田清一, 『噛みきれない想い』, 角川学芸出版, 2009)

천재가 만들어 낸 뒤틀림
■ 이사카 코타로, 『왕을 위한 팬클럽은 없다』, 양윤옥 옮김, 웅진지식하우스, 2010
□ 호무라 히로시, 『뇨놋기』 (穂村弘, 『にょにょっ記』, 文藝春秋, 2012)

아무것도 하지 않는다는 것의 무서움
■ 사토 쇼고, 『신상 이야기』, 이영미 옮김, 문학동네, 2012
■ 제인 오스틴, 『이성과 감성』, 윤지관 옮김, 민음사, 2006

보통의 책읽기

초판 1쇄 인쇄   2016년 5월 20일
초판 1쇄 발행   2016년 5월 25일

지은이   가쿠타 미쓰요
옮긴이   조소영

펴낸이   유재건
펴낸곳   엑스플렉스(X-PLEX)
등록번호   105-91-96264호
주소   서울시 마포구 와우산로 180 4층 402호
대표전화   02-334-1412
팩스   02-334-1413

ISBN 979-11-86846-02-5   03800

이 도서의 국립중앙도서관 출판예정도서목록(CIP)은 서지정보유통지원시스템 홈페이
(http://seoji.nl.go.kr)와 국가자료공동목록시스템(http://www.nl.go.kr/kolisnet)에서 이용
실 수 있습니다.(CIP제어번호: CIP2016010718)

생각보다 글쓰기는 우리와 가깝습니다. 잘 쓰는 것도 좋지만, 쓰고 싶은 마음이 더 좋습니다.
엑스플렉스는 글로 소통하고 싶은 사람들을 위한 강의를 기획하고 책을 출판합니다.
언어의 세계는 무한하다는 믿음으로 미지수 엑스(X)의 활동을 꾸려나가는,
이곳은 '출판문화공간 엑스플렉스'입니다.